以性別及性史之名或曰丑角登場

崔子恩 著

01

援引歌劇《丑角》／為了純文學的動機／雙性開場白嗎

說起演戲，這個小小舞臺上所發生的使人感傷和流淚之事，一如往昔，並不是虛假的編造，而是作者按照人世間存在的事實，盡心竭力描繪出來的。……這裡有愛慕和憎恨，悲傷和惱怒，也有諷刺和嘲笑。所有一切，都是人間實有之事。作者把這些鮮明的形象一一展示給觀眾，你會感到這的確是個非常有趣的故事。我們這些人不過是身穿丑角服裝、從事演戲活動的演員，仍然未變赤子之心，同樣具有人的血肉，與大家共同生活在同一個可憂之世。這一點請各位千萬要很好地領會。[1]

1　《丑角》（*Pagliacci*，1892），Ruggiero Leoncavallo（1848-1919）編劇與譜曲。該劇以義大利南方為背景，表現平民階層的日常生活。這是一出「戲中戲」，其形式導源於古希臘喜劇，後盛行於16-17世紀。

02

花臉花衣花褲花花性徵的小丑登場

我哭喊著，將花臉從大幕的夾縫間探出去。一束銀白色的燈光打在我的臉上。我看不到黑壓壓的觀眾，急得大跳跟大歡笑。大幕霍然開啟，將我半裸的下體裎露在水紅色的二幕當前。全場歡聲雷動，嚇得膽小如鼠的我抱頭鼠竄向左，再鼠竄向右。左臺威立著舞臺監督月明和尚，右臺俏立著舞臺監督的情人咪咪。我只好惶惶然皮笑肉不笑地繞向那些陌生的面孔，用幾乎聽不到的聲音向他們告白：我剛剛接受完身體檢查，染色體正常，性器官及功能健全，血型也同我的對手相同，明天，對，明天我就將接受變性手術，改頭換面，脫胎換骨，夕陽西沉之前搖身變為如花似玉的美妍嬌娘。

我滿場飛翔，滿場舞浪，任那具年滿二十週齡的塊根狀接莖狀物體在戲裝短褲內自由跳騰扭擺抖顫。我只能在序幕階段為它舉行告別儀式。二幕一啟、正戲一開，它就要同我一起登上大舞臺上的小手術臺，被我的同行燕青用氯乙烷在兩分鐘內熏醉，然後由我的另一位同行亶爰扮作成型外科醫生，心狠手辣地將它割掉。在扮演女丑的類還未將卵巢獻出之前，我在手術臺上呈中性性別。不過，只要大幕一拉，再啟之後，我和類歌舞而出的插曲中，類和我便已然變換了性別。

沒有人為我鼓掌。沒有人為我喝彩。這個月的獎金全被我過於逼真的表演給砸了。他們沒能控制住入戲的欲望。可恨的亶爰和柳翠，他們在二幕後擺弄血管鉗子的聲音太響，脆弱的現代觀眾已預感到我的不幸。無論我作戲作得多麼滿不在乎，多麼若無其事甚至萬番慶幸，他們還是敏銳地透過我面上的油彩，身上的戲衣，以及故意縮短的細腿與幕布燈光的關係，嗅到了性徵健康卻情願換性者的心靈哀痛。

倒楣的時裝戲。小丑的陷阱。插科打諢者的災難。只要誰的耳朵沾上這齣戲的名字，就不免會將它與科學的進步，顯微外科，器官移植，抗免疫排斥藥物等等的正劇因素聯繫起來。希臘戲劇的傳統，肉色緊身衣的近裸視覺效果，滑稽的近乎面具的化妝，誇張的香蕉陽具累累垂在腰際偏下，那才是丑角的天堂。時裝戲，要麼瑣碎得如同地板拖布，要麼提醒人們現實比悲劇還要悲劇，比殘酷還要殘酷。

狂歡節。喜歌劇。《雲》[2]。誤解和令人歡欣的感傷。鳥和蛙狀的歌隊隊員。複雜而豪華鋪張的布景。羅馬和《自虐者》[3]。丑角演員的黃金海岸，我已遠離你的碧波萬頃，遠離你的白沙千畝，落進了時裝戲劇的惡毒圈套。我得使盡渾身解數，讓劇場和觀眾為我不陰不陽的腔調，不雌不雄的表情，不男不女的遭遇，而慶幸他們單一完全的性別，慶幸與生俱來的身心和諧，慶幸生殖的天才和後嗣有人。然而，我失敗了。我還沒有躺下，他們已為我感到恐懼。自從刀片、血液、橡膠手套一類時裝戲裡必不可少的字眼兒從我的臺詞中迸躍而出，他們的閹割恐懼便使座椅瑟瑟發抖。掌聲，歡呼，笑臉，我所要換取的一切，都被那倒楣的刀鉗動效所淹沒了。

女士們先生們，男人們女人們，今天我們將看到一齣亙古罕見的精緻戲劇。我不說想必大家也已經心領神會。對，《三維性別》！什麼什麼什麼？性別具有維度這個事實你們都不敢正視嗎？譬如你，那位光頭觀眾，你是一個維度，人稱之為男。那位那位珠光寶氣的太太，你是性別的另一維度，醫學上稱之為女。另一個維度嗎？當然是中性，不男不女，或者說不女不男。請耐心把戲看完，世上也許再沒有比這齣戲對性別學有更深的見識和體會啦。對不起，請先別鼓噪又跺腳，我得走了。過一會，我會乖乖地躺在散發著消毒劑氣味的窄臺上，任本戲的大牌明星亶爰先生操刀主宰。千萬別忘記，要為我一掬同情之淚喲！

---

2 Aristophanes的喜劇。Aristophanes（約446-385 BCE）是古希臘早期喜劇代表作家，相傳寫有44部喜劇，現存《阿卡奈人》（*The Acharnians*）、《騎士》（*The Knights*）、《和平》（*Peace*）、《鳥》（*The Birds*）、《蛙》（*The Frogs*）等11部。有「喜劇之父」之稱。

3 Publius Terentius Afer（約185-159 BCE）的代表作品。他共寫過六部喜劇。

03

麻醉師甲和柳湘蓮的扮演者燕青真棒真棒。沒有他在化妝間歇向我的講述，我幾乎無法把這部小說寫下去。

上一次演出，花子虛臉上扣著面罩身上罩著白布單子，白布單子的黃金分割線上開著一個大洞。匆促之間，它被錯放到胸口。我壓住笑聲，幫他給它調到另一頭，正對著他將被切割的要害部位。這一幕，他和類只是躺著，口鼻上罩著面罩，全身上下蓋著白布，象徵性地露出陰部。半個小時，若是換了我，準會不管舞臺上天翻地覆，睡上個黃粱美夢。

幕啟之後，我檢查一下道具桌上帶彈簧帽的金屬管和內面鍍銅的金屬瓶。它們裡面裝著清水，前者標著氯乙烷的拉丁文名字，後者標著Aether pro narcoi。

子虛是我的朋友，首場演出他沒能持續不衰地博得彩頭，清水噴淋，也算聊表安慰了。類可沒他這麼幸運。她的頭、她的方向、她的姿勢和象徵性裸露，同花一樣。花是男丑。她是女丑。不過，扮演麻醉師乙的六藝可沒我這麼美好。類另尋新歡，對他始亂終棄，他失戀加受傷的心正如打翻的五味瓶。於是，他的氯乙烷管中灌滿著五味水，麻醉乙醚瓶中也灌滿著五味水。只要大幕分向開放出縱向的裂口，他馬上就會與我取同一動律，將他心中的五味噴入類的鼻孔，爾後進入她的肺部，爾後借彌散作用通過肺泡進入血液。用氯乙烷所進行的誘導麻醉僅需一至二分鐘即可達到第三期麻醉。而乙醚則需要十五至三十分鐘。看樣子，六藝的揮發性麻醉藥藥效發揮恐怕要更快捷。

亶爰極不情願地帶上口罩。他盡可能將它向下拉，以顯出那一筆飽滿的鼻梁。據說，許多男女戲迷迷他的大鼻子迷得神魂顛倒。其中有一個中年詩人專門寫過一首長詩，刊載在男詩人主編的詩刊上，肆意讚美過他的鼻子。其實，口罩不僅遮沒了他名氣非凡的鼻子，也阻擋著他恢宏大氣的嗓音。他的臺詞，氣自丹田之下的陽根而孕，聲從喉結之上的方唇而振，正義凜然、堂堂蕩蕩，曾在宗教劇裡得到淋漓盡致的發揮。在《十二牧羊人》裡，他演牧人之一，我和花子虛演迷途羔羊。那時候，類和六藝還在藝專裡學習斯坦尼斯拉夫斯基[4]。這一次，導演嚴格按照劇作家

---

4 Konstantin Sergeyevich Stanislavski（1863-1938），俄國著名戲劇和表演理論家，臺灣常見的譯名為史坦尼斯拉夫斯基。著有《演員的自我修養》（*Работа актера над собой*）等書。

四卓的要求，在第一幕裡讓每個有臺詞的角色都戴上手術室裡專用的布口罩，以求科學、準確、真實。我們呼出的各種晚餐食物的衍生氣息，被認定會汙染從花的胯下摘下的陽物和從類中部取出的卵巢。手術一旦失敗，他們不僅不會得到易性癖者夢寐以求的異性性體，而且會失去本性，不女不男。

為了乾乾淨淨地拯救兩顆受盡天性傷害的靈魂，女導演扈三娘肯定會隔著大幕坐在觀眾席首排正中的位子上，以更年期特有的咄咄逼人的坐姿，鎮守著幕啟幕落的速度和臺上的每一個細節。彩排時她就是以那個坐姿坐在那個位置上，身邊伴著那個因肥胖而抹煞了第二性徵的劇作家。據他自己說，他夢見過索福克勒斯[5]和奧尼爾[6]，酷愛薩特[7]和貝克特[8]，一度企圖偷渡到斯特林堡的故鄉去。他打出的戲劇大旗是新寫實主義。他把阿瑟．密勒[9]看成同宗。一聽說密勒的祖國建立了變性專科醫院，他便靈感如泉，炮製出這些戴面罩戴口罩的變態角色，交給扈三娘，任她指劃著粗壯的手腳，擺弄了整整三個月。因嗜用罩類道具，他得美綽「四卓」。

聯排時，全劇的第一句臺詞須從我的口罩下發出：「主任，病人卜算子已昏迷不醒。」自此之後，將有二十三分鐘的默劇表演，其中包括最後一次皮表消毒，助手遞刀，主任醫師和副主任醫師同時動刀切割花和類的下體，一排排的血管鉗子呀呀作響夾在花和類陰部方圓一尺的戲裝上，兩名助手用白色搪瓷方盤分別托著血

---

5 Sophocles（c. 497- c. 406 BCE），古希臘劇作家，和艾斯奇勒斯、尤里比底斯並稱為古希臘三大悲劇詩人。代表作有《伊底帕斯王》（*Oedipus Rex*）、《安蒂岡妮》（*Antigone*）等。

6 Eugene O'Neill（1888-1953），美國著名劇作家，曾獲1936年度諾貝爾文學獎。

7 Jean-Paul Sartre（1905-1980），法國哲學家、存在主義和現象哲學大師。臺灣常見的譯名為沙特。

淋淋的道具陽物和道具陰道互換位置，等等。按照新寫實主義的戲劇原理，宇宙最中三分鐘變性專科醫院一場手術所需的二十三小時，以一：六〇的比例尺縮短為二十三分鐘。第二十四分鐘第一秒，類在面罩下喃喃夢囈：「我是男人，我不是女人。在《山海經》裡，我自孕而生，自為牝牡。」花對我那句臺詞提出尖銳的批評後，劇作家為亶爰加了一大段獨白。

　　花認為易性欲是欲不是病，稱他為病人不符合他體驗生活時對變性男女的實際瞭解和切身體驗。那時候，偌大的劇院裡只有三名審查官正襟聳坐於觀眾席。未敷脂粉的我們將一號手術臺推抵前景。舞臺監督衝司幕的耳根吹氣：五，四，三，二——一。大幕舒緩地打開絳紅色的胸襟，把我們這些腸子腔子肝臟膽臟一起暴露在空蕩蕩的座席面前，如同海星在陽光下曝曬五臟六腑。我往花的面罩上噴灑幾滴清水，等待著幕的胸襟完全袒露。時刻到了。我瞄一眼乾瘦乾瘦的主審官，對主刀者報告：「主任，病人卜算子已昏迷不醒。」這時，全場鴉雀無聲。主刀者從三%酚含量的水溶液中提取出泡得發白的雙手，戴上半透明的橡膠手套。突然，已全麻醉的男病人從手術臺上坐起來，詐屍一般盯著我，說：「不，我不是病人，我只是造物主錯誤拼配的跨性人。在身體外我是一個男人，在身體內我是一個少女。」說完，他嗵地一聲倒回到一號臺上。自此，我們劇院開始了接二連三的戲劇革命。可

---

8 Samuel Beckett（1906-1989），愛爾蘭作家，作品類型包括小說、戲劇和詩歌。戲劇方面的代表作為《等待果陀》（*En attendant Godot*）。

9 Arthur Miller（1915-2005），美籍猶太裔劇作家，代表作為《推銷員之死》（*Death of a Salesman*）。臺灣常見的譯名為亞瑟·米勒。

以說，誰都不曾見過這麼一齣毀滅主義的、新秩序層出不窮的戲劇。我們每個演員都參與了劇本創作。這部新寫實主義戲劇名作的誕生，為我們每個人都塗上了厚厚的丑角色彩。

04

我建議作家和讀者用味覺相互識別

親愛的讀者（或許你恰恰也是《三維性別》的觀眾），請原諒我在此時此地拋頭露面，闖入你的視野。我不隱瞞身分。我是本書的作者，一個長久地想念你，今日終於有機會與你相會的當代人。我喜歡你，冒昧而單相地喜歡你，有那麼一點出於基督教誨的鄰人之愛，有更濃重的部分被肉欲所籠括。倘若可以避免概念混淆，我願意把愛神和愛人的觀念濃縮在「愛」這個單詞中（它主要以靈魂為依據，並且改善靈魂），把對你的傾倒和欲念稱為「喜歡」（這個雙音節詞主要以遙遠或迫近的肉體生命為依據，並且損耗肉身過剩的機能，導向衰竭，教我們認識「末日」）。

毫無疑問，你像我一樣十分敏感於《寒冬夜行人》[10]中電氣火車站上蒸汽機車的氣味，粉塵的氣味，和隱祕罪行的氣味。你也敏感於同一部書頁上炒洋蔥的氣味，還有Schoeblintsjia一詞酸溜溜的味道。你的嗅覺比視覺更具洞察力。雄獅對雌獅的識別大抵依靠氣息。你在荒原上生活過，對此比我更有研究。於是，你嗅出我的多重性和多種可能性。

我突如其來，闖入你的書房／你的臥室／你正在觀摩戲劇演出的劇場，打斷你的閱讀，就像你經常闖入我的思緒或情感打斷我的寫作一樣。你憑我對切換鏡頭／性別剪輯的興趣，憑藉卜算子（就是花子虛所飾演的那個經歷過男性、中性、女性的性別歷程的人）的作為嗅到了我身上雞尾酒的味道。你想，我把性別作為一種歷程，不正類同於雞尾酒把自己作為一層又一層的層次嗎？

勾引你的好奇心只是技能低下的小說作者的絕技（有人已在我之先宣判它的死因：故事性而非文學性）。我喜歡你，將以身相許。在那個動作之前，我要做充分的準備。譬如一絲不苟地沐浴。譬如噴淋一些散霰為霧的香水。譬如坦白隱衷隱私和隱痛。這也是為你提供的準備。一旦你嗅到那些「譬如」，就會把我和我的小說，把花子虛／卜算子、類／如夢令、麻醉師甲／燕青／浪子燕青，把業已消亡的恐龍和我們身處的時代，把歌劇和歷史和絕對性，很線性很鏈性或者很環性地關聯

---

10 另譯《如果在冬夜，一個旅人》（*If on a Winter's Night a Traveller*，1979），義大利作家Italo Calvino（1923-1985）的主要作品之一。

起來。

我將不再孤立無援。記憶中那兩個活生生的人（陳偉和梅元華），一位站在左側，一位站在右側，向你暗示或者昭示著已不再存在的巨大友誼。我喜歡他，又喜歡他，也喜歡你。因為同樣被我所喜歡，你們之間還會陌生嗎？你們只須打破彼此之間空闊的空間，如同我用「喜歡」這個愉悅的詞把我和你們串在一起。現在你多少對我的隱衷和隱痛有所領會了罷。

為了得以喜歡你，我還為自己準備了「無性別」這種物質／概念／現象。的確，你選中一個作家，把他的一本小說請進家中，放到膝頭或床頭，讀上幾頁或全部讀完，從不考慮他的性別。男作家女作家同性戀作家跨性作家變性人作家等等稱謂，歸屬於社會學範疇，不具備絲毫文學性。作家的文學性體現為無性別／無限性別。你作為「有」性別的人被「無」所吸引。你深入到「無」中。於是我坦率地說，我喜歡你，對你以身相許，你被我吸引，進入我。

我們互為闖入者。我闖入你的觀看，為你的嗅覺增添了一種可疑的物質，如同飛碟在地球上印下的痕跡。我從此不再脫離你那一官能，隱形其間。只要它甦醒，就會感到我。我附著在一切氣味之上。譬如萊翁卡瓦洛的歌劇味道。譬如手術臺上卜算子昏迷的味道。譬如道具陽物的味道。你闖入我的創作，由最初的生硬形象融解為一些液體，滲透或凝結，成為文學性的一種動機。我們成了同謀者，守著共同的祕密。那個祕密由我、你、卜算子／花子虛、每個人物和每一行文字共同創造和保守。

05

不得不交待的事實：亶爰來自《山海經》，但他的大鼻子不是。

我把嚴肅的雙手從三%酚含量的水溶液中抽出，舉及肩，讓助手甲和助手乙為它戴上半透明的橡膠手套。二號臺，麻醉師乙：「副主任，病人如夢令已進入全麻。」副主任將女里女氣的手從三%酚含量的水溶液中抽出，舉及肩，任助手丙和助手丁為它們戴上半透明的橡膠手套。

主任的鼻子很突出，很有魅力，口罩掩飾不住這一特長。主任宏亮的嗓音穿破醫用口罩，正義凜然，一派主宰者的節奏和韻律。

我已說過不止千遍，不要稱呼他們作病人！造物主的手在繁忙之中，偶爾錯配了人生零部件。將一顆女人的心裝置到一具男性軀殼裡，或者將一顆男人的心誤植入一具優美的女性身體裡，這種高妙絕倫的錯誤，綿綿自古，至今不絕。多虧如此，我們置身其間的人類世界才多姿多采，氣象萬千。奇峰怪石般的人物突起於平凡的事物之上，為我們遮蔽暴風暴雨。上帝的筆誤，由他們替我們承擔。如今，我們在這裡為他們中的兩名申請者舉行小小的儀式，幫助他們完成互換性別器官的壯舉。

麻醉師甲慚愧地低下頭。麻醉師乙尷尬地側轉頭。已入麻醉第三期的卜算子沉醉於忘我時態。已入麻醉第三期的如夢令違犯醫學規律，在面罩下連連打著噴嚏。手術室裡彌漫著氯乙烷和苦辣酸鹹辛五味水的氣味。主任接過手術刀。副主任接過手術刀。兩鋒刀刃上閃過一痕一痕沒有芒刺的寒光。主任激情正酣，舉起了薄而又薄、絕不會引起細菌感染的刀。

這，這是美國式的自由尼采式的超人意志斯德哥爾摩式的人道主義刀片。我將用它來糾正造物主的草率，割掉一號手術臺上男申請者的睪丸和陰莖，為他植入二號臺上女申請者的卵巢，並同時再造大小陰唇、陰道和陰蒂，再造豐滿動人的乳房。

無影燈燈光排除了世上一切陰影。卜算子已安詳地閉攏假而捲曲的金色睫毛。如夢令噴噓連天。副主任的手術無法開展。他逼視著麻醉師乙。助手丙和助手丁眼神慌亂，手足無措。我行我素，將刀刃細緻地切入他舊性別的根基。血湧流而出。刀口在無聲地繞著陰根的圓周爬行。血管鉗子飛快地發出機械主義的喉音，紛紛匝匝，叼住刀口內壁的根根血管斷頭，死不鬆口。陰囊上的陰毛早已被助手甲剔得一乾二淨，連茬口都被未老先衰的皺皮掩藏了。血淋淋的道具睾丸連同副睾被我的手套從布單上直徑半米的洞中取出，一派悲劇模樣。助手乙立即伸過一片長方形搪瓷托盤。長寬比為一：二的淺度托盤托舉著被道具師誇大五倍的精子丸，脫離其原位成為孤獨的烈士。另一只同樣長寬比例的托盤已被助手甲托起。被道具師誇大五倍的陰莖以更孤獨的狀態平躺到它的長度上。對於卜算子，它們雖屬多餘，可畢竟每分每秒相伴二十載，不可能不日久生情。此時他昏睡在乙醚的氣息裡，來不及陳述依依惜別之情。依據紅色十字架的救世精神，主刀醫師理當越俎代庖。

06

卜算子獨白／
作者：燕青／
表演者：花子虛／
觀眾：你獨自一人嗎。

我身上過去時的朋友，人與時代與戲劇共謀，委屈你血肉糊塗地躺在冰冷徹骨的（請原諒我一時忘記了你沒有骨頭）消毒托盤裡。你與我的心靈和暫時沒有性別的軀體分離，使我很疼，很難過。為我們共同的刀口，共同的血痂，共同的訣別嗎？我們本該相戀，你明白，是你和我的心。靈與肉相戀，不移不易。可惜我們過於親近。從胸口到中體，不是靈與肉相戀的最佳距離。從中體到胸口，十分明確，是靈與肉相戀的最差距離（請原諒我在此耿耿於最佳最差一類世俗價值）。人類靈與肉，心與性具，精神和物質的鬥爭和衝突是以永無止境。心靈排斥肉具。肉具排斥心靈。二十年無聲而艱難卓絕的內外之戰，耗損著我們美麗的童真和美妙的青春。內訌。互不承認主權和領土完整。心靈性別（假如心靈有性別的話）的外向力量和器官性別的內向力量牴牾不懈。我們已經疲憊。顯微外科的新成果出於同情，為我們簽訂了休戰協定。你離開我，自願前往二號臺，去尋求二十年前就覬覦著你的男性之心。我躺在一號臺上，為躺在盤中的你送行。並且，我深深祝願你找到精神家園之後的日日夜夜，性活動適度，和諧，圓滿。且慢，且慢行走，本當與你吻別，讓心靈之唇撫平你的斑斑創傷。可我躺在慘白的床單上不能動，像一個被強行捆縛、慘遭大兵輪姦、下肢麻木的處女。我只能望著你孤寂的樣子，幾乎大放悲歌。永別了，我身上過去時的敵人。

07

花子虛是否有女性化傾向／燕青與他的微妙有多微妙／據說……／傳說是事實的根據

第一次戲劇革命時期，亶爰鼓動四卓為他加寫了兩大段陽關三疊式的告別辭。花從一號臺上再度坐起，破壞掉新寫實主義條約第一章第五款，指出：依目前器官移植水準，我的陰莖不能同睪丸一起植於類的中身。她／他必須在一個月後接受陰莖再造手術，那時所應用的將是人造器官，龜頭尚不美潔如真。倘若手術成功，勃起和性高潮的出現不成問題，但睪丸中產生的精子只能自生自滅，還不能通過射擊的方式達到體外。因為接通輸精管或輸卵管一類將導致生育的手術工程，涉及到更尖端的抗免疫排斥藥物的進步，所以在變性人的目前時態上，性活動與生育目的之間仍橫亙著一道無法逾越的鴻溝。

對整整第一幕中一句臺詞都沒有的角色的體驗和研究，花付出了驚人的興趣和心血。他曾自費前往宇宙最初三分鐘變性中心，扮作一名急於轉性的易性欲者，瞭解了國際變性手術的最新成果。還鄉之前，他險些被當成真正的易性愛好者抬入手術室。經過他的指正，四卓當場為主任一角改寫了臺詞。這一次，主任主要是向陰莖告別：木製品將像一具具有特殊隱喻意義的男性之屍被送進火化爐，先於男申請者殘缺的身體和完整的靈魂幾十年化灰化煙。

花重新躺倒。戲劇時間回到木頭陰莖剛剛被亶爰放入托盤的刻度。我給花滴幾滴葡萄糖水，在他的面罩上。從宇宙最初三分鐘歸來後，他常常低燒不退。只是，他沒有為此放棄任何一次躺在一號臺上的機會。我猜想，他在抓緊這些時機回味他從醫生和變性人那裡獲得的感受。聯排休息，他便躲到觀眾席的東北角落去看那本由男性轉為女性的大作家寫成的自傳。他還把其中的一個段落抄在硬紙片上送給我，催化我對戲劇革命的認識和抵禦舞臺平庸風氣的力量。我則寧願去讀他的《不列顛和平局面》三部曲。我對他的私人話語似乎感受遲鈍。——「我若分段回想我的經歷，有時自己也好似感到我是個神話或寓言中的人物……」某種抱殘守缺的自我優化，畸態和不幸的交叉感染所造成的妄自尊崇，在我眼前呈現成一副噬食黃連復大言其苦的自虐嘴臉。對那張卡片的態度，他熱我冷。不過，這不影響我一邊為他進行長時間麻醉，一邊用葡萄糖氯化鈉注射液來關懷他的病體。

在我的左側，六藝和類情正濃濃，意正綿綿。火爆的戀情虎躍獅騰一般奔向高峰。滑坡或跌落已初見端倪，他們卻仍舊沉湎於二號臺的白色中對此毫無覺察。亶爰割下永遠堅硬不拔的木質陰莖使之平躺於助手甲的手上。類則撲閃著明媚如春的大眼睛仰望英氣勃烈的六藝。她的口中嚼著他塞進去的 mimi 牌巧克力。他則恨不能在凝視的尾部撲上去將她的一切吞到舌與上顎的夾層裡。熊熊欲火，無聲且無形。燒灼的焦糊的愛情味道已直達扈三娘的坐姿上。她虎視眈眈。六藝和類在聯排之後將有十到一百遍的機會重排上述段落，作為獎勵，也作為懲罰。

四卓將主任代卜算子所致的告別辭製作成流行歌風格。我曾對你說，不要在夜晚分手：黃昏剛剛過去，正是寂寞時候。我曾對你說，不要在早晨分手：太陽剛剛升起，黑夜剛剛到盡頭。我曾對你說，不要在冬天分手：大地白雪皚皚，寒意籠罩心頭。我曾對你說，不要在夏天分手：大海一派蔚藍，我對你百般溫柔。如今歲月如梭年華流走，你偏偏躺在盤子裡對我說，永別了，朋友。主任板起冰霜面孔，對花子虛的體驗和心情一無所感。他的聲音空空蕩蕩，正義凜然。他的眼睛和方正的口罩距道具師的傑作只有三公分。我曾對你說，不要在夜晚分手。黃昏剛剛來臨，正是孤獨時候。四卓打斷他，指出新寫實主義注重的是無一字無出處和點鐵成金：來臨和孤獨四字並不出於劇作家的劇本。導演白了他一眼。比起類和六藝不顧一切的空氣傳導式愛情，亶爰的表演已算是十二萬分的投入了。

花躺著不動，時間便倒流，回到木頭陰莖從亶爰手上躺入托盤的時刻。我給他滴幾滴營養水，以防止他真的昏迷不醒。這一次，主任嚴格按照無一字無來處的原則道出他對陰莖擅自離他而去的責怪。四卓很滿意。扈三娘則盯死二號臺上的麻醉師和病人。女扮男裝飾演副主任醫師的金玉奴完全無視六藝和類的男歡女愛，正在指法靈活透剔地取出類的卵巢。它的入盤時刻恰恰遲於花的陰莖入盤時刻一個節拍，使第一幕第一場的高潮到來得節奏分明。

08

我對他說，就那麼似夢似真的罷。

聽不到槍聲，看不到刀光劍影，它已伴隨血管鉗子短促的輕呼離我而去。全場鴉雀無聲。每當人們在舞臺上或銀幕上看到人的裸體，或象徵做愛的接吻，或做愛本身的動律，都會目不轉睛，全神貫注。某種壓迫，某種血液的熱力，某種窒息般的觀看快感，直接導致雙胸和雙腿的海綿狀勃起組織的充血。人們被充血的器官控制著，遠離靈魂、精神和思想，鴉雀無聲。這是劇場中的死亡時刻。

我獻出我的陰莖，在聯排中，在彩排中，無數次地。首場演出之前，我以為它將作為醫療垃圾送去火化的命運，再不會影響我的情感生活。我閉上眼，輕輕地吸著燕青為我準備的清水。想像力的翅翼驀然擦過我的心肌，觸痛了一塊隱祕痛區。舞臺燈光，無影燈光，都驅不散眼簾投在思想上模糊無邊的陰影。陰影流淌、翻騰、分化之間，我比扮演我的演員更真實更生動起來。氯乙烷和乙醚只是暫時將我的痛感壓扁到臀背之下的床單上。一旦手術結束，它們就會全面恢復其體積，不曾損失一分一毫。即便它們被壓扁為膜，我也能保持我的觸覺和記憶。朦朧中，我感到那個生平不詳的五十五歲男人向我的下體割了第一刀。接下來他的猶豫完全消除，動作飛快地剔掉陰囊和隱藏其間的睪丸，再十指飛動地剔掉陰莖。我想，我第一次也是最後一次告別身上的男性，不過如此簡易。把睪丸當成特殊的貨幣，當場換來女性的內部器官。把陰莖廢黜，罷為福馬林溶液中的標本或焚化爐中的燃料。我剎時變成中性人。中性：既非男，亦非女，亦非男女同體之雙性，亦非心理與生理相異的跨性。這是我從跨性人走向女性的第一步。邁出這一步的代價，是我自戕式的身體殘害。

生平五十五歲事蹟不詳的男人割掉它之後，很快就進入了另一個角色，以我的名義開始向他依依昔別。我曾對你說，不要在夜晚分手。黃昏剛剛過去，正是寂寞時候。聽著他抒情的男中音因為嘆息效果的介入而顯出的矯揉造作，我禁不住想笑。不過，這只停留在意志朦朧層面，不會完整得足以達成笑容或笑聲。顯然，我的鄰臺抗麻藥能力比我健全，她還在接二連三地打噴嚏。這樣下去，她也許會疼也許會喊，像難產中的婦人。不，不對。簽訂互換性器條約時我們見過面。她爽朗而英俊，像頭小夥子。我秀麗靦腆，柔柔地握住她運動健將般的手：你好，我叫卜算子。很高興認識你。她的聲音像男高音，由於使用過半年的雄性激素而長出一小顆喉結和薄薄一層茸鬚：也很高興與你換性。你的鼻子生得筆而且挺，一定有一副好器官在下邊對稱。我叫如夢令，願意的話我們也可以換名字。見面禮之後，她提議當著醫生的面互相驗看將歸屬對方的正身。我十分害羞，建議由醫生分別驗收。她沒再堅持，落落大方地說：你很美，變性後說不定我會愛上你的。給我留下的印象，她不變性也已是個響噹噹的男人。此時躺在手術臺上，不進行麻醉她都不會喊疼。她只是用噴嚏給我暗示：你，並不是唯一的一個。對，我不是唯一的一個。半夢半醒中我仍能聽到你用口鼻為我的轉調擊出的定音鼓點。謝謝你。不過，我們只換性器，不要換姓名罷。卜算子更適合我過去的心理和明日的生理心理和諧。你的名字更貼切了你的舊性格和新的社會性別。我曾對你說，不要在夏天分手。大海一派蔚藍，我對你百般溫柔。如今歲月如梭，年華流走，你偏偏躺在盤子裡對我說，永別了，朋友……我再次想笑。想笑的意念更加迷濛。雨霧般的腦界中，我被那聲音牽制住，似乎它發自於我的胸腔與喉管，完全符合一個丑角的舞臺形態。

麻醉師甲為我噴淋清水，以減輕我的醉夢程度。他是個男人，身段纖瘦高大，有一雙文雅明澈的眼睛。他含笑望著我，似有千言萬語，只是無法在手術進行中向我傾述。他是誰？愛上了我嗎。一見如故式的。一見鍾情式的。一見傾心式的。它們之間的細微差異不在文字表面。在各人的文化結構中嗎。我反感自己老生常談的庸淺才能。他望著我，神情十分專注。我在處於中性之前，早已蠢蠢而動，在男人中間物色變性後的戀人。他的專注，使他成為我身處中性區域間的第一個戀愛候選人。不過，他為什麼不再施放乙醚？助手乙該按排演時的慣例正步向臺中走，與從另一個方向走來的助手丁互換手中的托盤。舞臺之上，卜算子的睪丸與如夢令的卵巢先在托盤語境中完成交換。植入卵巢，同樣需要乙醚的協助，他卻只給我清水。我打開口唇，想衝他要求那種揮發性液體。他劫匪一般將瓶子藏到我的視線之外，多情地給我遞秋波。我閉上眼，給他嘗嘗將成為女人的男人的貴族式閉門羹。

入院之前，我的魅力廣泛無涯。男人愛我，把我當女人。女人愛我，把我當小夥子。我有潘安之貌，飛燕之身材，王粲之才情，孟姜女之多情善哭。由於它的散視狀態，焦點虛而又虛。察覺男人女人都在同我逢場作戲的那個黃昏，我到劇團附近的小酒館裡喝了個爛醉。酒醒夢回，我決定改性，還我的魅力一個確定的性別焦點。其實，這也是我自幼開始的一個白日夢。此時我走在中性的橋面上，女性的彼岸已不遙遠。聚在四周的全部是男人，不像過去男女混雜。假如把手術臺作為國界線，陽性的卜算子國土上充斥著雞姦愛好者，熱愛白面小生的半老徐娘，尋求男性支撐的弱風少女。陰性的卜算子王國則將清一色只招男色。

一些口哨，一陣陣噓聲，穿越我厚沉沉的意識之膜，提醒我處於戲與演戲兩個時空的夾層中。助手丁沒能按時接到如夢令的性別。觀眾等得不耐煩，以口哨和噓聲催促副主任的刀刃麻利一些。麻醉師乙被主刀者有意識背斥在背後。他每一次努力，都只將乙醚灑到主刀者的背上。三下五除二，她的卵巢被割取下來放到盤中。驚恐合攏了我的眼。它塗著血漿般鮮紅的油漆，像一塊堅硬的爛肉。就是它將代表著一種極端溫柔美麗的性別植入我的體內嗎？我感到暈眩，一圈強於一圈。這是在手術間裡還是在舞臺上？我是姓卜還是姓花？是我在變性中還是那個丑角演員在演男變女的怪戲？暈眩。暈眩。逐漸地，實景與幻景都漸漸模糊，漸漸淡出。我，在漸漸死去。

09

關於靈感／一九九〇・西元前或後

既然喜歡你，對你以身相許，就得向你公布一些名稱、數據、事故和思路，像一個戀人向另一個戀人逐漸坦白他的戀愛前史一樣。

你進入的地帶，位於我文學草原的西部。仿照球體地理學模式，它位於北緯三七・八度，東經一一一度，四季分明，氣溫怡人。我給西部草場取了個宇宙學的名字：宇宙最後三分鐘。說一句夠朋友的話：我是牧人，我是牧人牧養的羊，我是羊吃的草，我是草賴以生長的土地。

你有時不那麼喜歡這種玄而又玄的交流方式。我不迎合你。可也不能無視你。

你在小報刊上讀到過一種論點，時下很流行：興趣即本性。如果你讀過傑恩．莫里斯（男性時期名為詹姆斯．莫里斯）[11]的那本《生平困惑》，一定會把這一段話與我的趣味和才能放在一起進行考察。莫里斯先生／女士說：「古代賢人總在跨性人身上看出某種神聖的東西。同情我的朋友察覺到，在我自己困惑狀態的核心有某種靈感。」你或許還專程去圖書館查閱他／她的巨作《不列顛和平局面》三部曲，以期發現與你所闖入的這片地域的相同相類處。你暫時還沒有把握說我有易性傾向或者讚賞易性行為。莫里斯女士／先生那句自賞的話給你留下印象太深。「我若分段回想我的經歷，有時自己也好似感到我是個神話或寓言中的人物……」你在品味它。在沒有嗅出我同它相投的氣息之前，你不想過於匆促地揭曉我的隱私。當然，我會回應你。我說過，我是無性別／無限性別，可以取人世間所有的任何一種性別模式，包括跨性。

你不必擔心我會反向地探究你：你擁有怎樣的性取向。也許，西元前一九九〇年那一年，你是個男同性愛者。到了西元後一九九〇年這一年，你又變卦成了異性戀者。或許你小時候穿過女裝（你母親或者姊姊的），在鏡子裡還顯得很漂亮。也可能你走在街上，不止一次被人誤讀過性別（把你當成你恰恰不是的那種性別），弄得你面紅耳赤甚至心潮澎湃。那時候你會不由自主地設想：假若自己是個男孩子

---

[11] Jan Morris（1926-2020），出身英國威爾士的歷史學家、旅行家、作家。出生時生理性別為男性，原名James Morris，後於1972年在卡薩布蘭卡接受跨性別手術，成為一名女性。作為歷史學家，代表作為《不列顛和平局面》三部曲（*Pax Britannica Trilogy*）。1974年出版自傳《生平困惑》（*Conundrum*）。

／假若自己是個女孩子，局面會多麼有趣，多麼不同。長大後你很慶幸，你沒有太長時期（從西元前一九九〇到西元後一九九〇那麼長）去設想那些富有喜劇味兒的場景和行為。否則你會成為三〇一八號罪犯路易斯．阿爾貝托．莫利納[12]。否則你會成為Suetonius[13]筆下的凱撒「皇后」。儘管你深受雅斯貝爾斯[14]哲學的影響，但也偶爾會受公眾的左右，尤其在性別是否純粹（換一種說法，就是單調）的問題上。

現在給你講一個我自己的小故事。現實主義的門徒會從中找到我寫《三維性別》（不是四卓的嗎？）的外來功力。我認為，現實主義對文學的最大威脅是將靈感庸俗化。

那是西元一九九〇年夏末秋初的某半個黃昏／尚未了結也不是剛剛開始的黃昏。我赤身裸體獨自一人端坐在宇宙最後三分鐘的某一個秒度上。天氣並不熱，我只是在恢復童年，以脫得一絲不掛的方式。我每天重複這項運動，已堅持近三十年（你會認為恢復童年的運動是一種怪癖嗎），從中獲益良多。我的朋友朱朱和翀翀常常在黃昏把我誤認作嬰兒。正是在那時，我同時接到他們二人打來的電話：朱朱在宇宙最初三分鐘，翀翀在宇宙最中三分鐘。前者對我熱情地說：等我有錢的時候給你做變性手術（他似乎肯定我會為這個許諾而高興）。後者半冷不熱地說：像你這種人要是不做變性手術就沒人要。我左耳傾聽朱朱，右耳傾聽翀翀，用五指按

---

12 阿根廷作家Manuel Puig（1932-1990）《蜘蛛女之吻》（*El beso de la mujer araña*，1976）主要人物之一。

13 蘇埃托尼烏斯（約69或75-130以後），羅馬帝國時期歷史學家，代表作為《羅馬十二帝王傳》（*De Vita Caesarum*）。

14 Karl Theodor Jaspers（1883-1969），德國哲學家和精神病學家，是漢娜．鄂蘭（Hannah Arendt）的老師。臺灣常見譯名為雅斯培。

紙，用另五根蔥狀的手指握筆，含嗔夾怒地寫下了本書的另一個書名：《以性別及性史之名》。

10

手機和看不見的耳機／
音樂也看不見／
如夢令仰望大型吊燈，躺在二號臺上。
臺詞起句迅猛令人猝不及防／
這個段落純屬類的生造

皋你仍是我強壯如牛的丈夫嗎？此時此地，我為向你和兒子的大男子主義施行報復，已獻出全家唯一的一份女性。在麻醉師乙、副主任醫師和助手丙丁的圈護下，另一個男人的男性即將栽植到我的體魄上。請為我祝福。祝福我借助他的塊根，日新月異地成長為與你和你的兒子同樣驕橫的男子漢大丈夫。皋，還請你代我吻吻我們的咬金，請求他原諒他的媽媽的膽量和勇氣。告訴他，不要為失去一個洗衣做飯的女性母親而暴跳如雷。親愛的孩子，他應該為他擁有一個男性的媽媽而驕傲不已！那麼多那麼多的女人實施了美容術，可是她們之中敢於變性的，能有幾人？我親愛的兒子，你出生之時我們的家平平常常，寡淡無奇。為此你常常抱怨。用不了多久，我就會給你一個全人類最最奇特的家庭：父母兒子全是男性。喂，喂，你不要那麼難聽地罵我。打電話這會兒我還在性別中轉站上。一個月以後，我在襠內裝上男性快槍，你可就再不敢這麼威風啦。到時候，皇帝輪流做。咬金的爹，我也能當！喂喂，現在我不想壞了優良的心情，怕影響睪丸移植。一本書上說，它像胎兒一樣宜靜不宜動，宜喜不宜憂，宜甜不宜苦。什麼？我在哪兒說電話？二號手術臺。二號，不是一號。電視要是正在進行現場直播，你不要搞錯喲。一號叫卜算子，原先是個男的。這會兒同我一樣，在坐輪渡航行於人生的苦海之上。再見，不要找外遇，無論男女！那個麻醉師又來糾纏我啦。他摸過我的大腿。等我變成男的，看他還摸我哪兒。多多保重，別忘記這月中旬去給咬金買生日蛋糕，外加十根蠟燭。

11

這段粗俗的臺白牽動全戲劇情／
當初六藝支持它，因為他正與類有染／
她的父親出面干涉／
一個老男人的一句蠢話就可以左右
一齣戲的總體局面嗎／
沒有戲劇本文的劇院

罷演一分鐘如何。楊青問我。
罷演一週怎麼樣。程咬金／兔子問我。
罷演一年，乾脆。月明和尚不問我，自作主張地說或想。
瞬間罷演。

短期罷演。

長期罷演。

長達一〇年的罷演。

長達一〇〇年的罷演。長達一〇〇〇年或一〇〇〇〇年也成。

演員的青春逝去、紅顏老化怎麼辦。四卓再胖下去怎麼辦。扈三娘的功名如何成就。花子虛對戲劇的熱愛怎麼發洩。六藝不能失去報復的機會。

戲劇是人們賴以生存的土壤。

12 燕青使敘事回到原位

四卓和花子虛都曾對這段臺詞痛感生硬。花提出反對。類怕自己的戲減少，堅持它。肥胖得失去第二性徵的四卓在類的背後反對花。類的父親是戲檢機構的當權要人，四卓一向對類殊禮有加。花自身沒任何背景，也從不看重背景。他從對變性者忐忑的內心世界出發，認為如夢令在手術臺上即開始調侃，有違人物真實。四卓則認為這種語調正在成為新時尚，同新寫實主義的嚴肅藝術主張只有俗雅之別，而不會壞掉嶄新的戲劇大旗。交鋒中，花成了犧牲品。四卓在劇本上為類保留了這段臺詞。扈三娘加上一段小注。首場公演，六藝用五味瓶控制著類的情緒。該給強壯如牛的丈夫皋通電話的時辰，她偏偏噴噓如潮。金玉奴一直覬覦著如夢令一角。爭戰失利後，她曾在一次分場排練中不慎用刀割破過類的裙子，露出她的絲質肉色內褲。此刻，她機智地抓住機會，用無實物表演的方式給如夢令的丈夫打通了電話。

電話一完，劇場歡聲雷動。簡直像皮蘭德婁[15]作品中的那隻蝙蝠，誰都沒有想到牠會出現，會在什麼時候出現，但牠出現了，在不該出現的地方。觀眾在第一場的幕布一拉開，便把目光集中在一號和二號臺上接受手術的一男一女身上。他們關心他們的命運、感受、前程。為此，他們期望一號的平生故事與二號截然不同。至少，其中之一應該結婚生子。那樣一來，後三幕戲才會高潮迭起。如夢令正是人們期待看到的那種人。不是徹頭徹尾的易性欲望者。失足般的嘗試快感加上一點點人人都有的易性傾向。易性後將不知如何面對丈夫和兒子。悔之晚矣，只好破罐子破著摔，索性去找卜算子，與她戀愛，甚至結婚，甚至生孩子。總而言之，金玉奴代致的電話獨白，將觀眾的想像力撩撥得如火如荼。她的口罩絲毫沒影響她與觀眾的息息相通。

滴幾滴清水給花。想提醒他從多餘的沉溺於角色的迷狂中出來，關心一下劇場中意想不到的局面。花的假睫毛遮在下眼瞼之下的半寸寬面部皮膚上。面色一半慘白一半五光十色。他一動不動，似乎連呼吸都停止了。扈三娘果真坐在觀眾席首排正中位子上，以更年期特有的咄咄逼人的坐姿鎮守著劇院：向前以目光守住舞臺，

[15] Luigi Pirandello（1867-1936），義大利劇作家、小說家，1934年諾貝爾文學獎得主。

向後以背影鎮壓著觀眾。從我的位置看不清她的面部表情。憑第六感官，我斷定她既沒笑也沒哭。她身左的胖編劇興奮得頭上流汗兼流油。他顫抖著手用髒兮兮的手帕揩著臉上的濁流，不住地回頭想看清是不是每一個樓上包廂每一張樓下散席都蕩放著掌聲采聲。他望向我們時，幾乎懷著感激。如此驚心動魄的劇場效果，一定將他宣導的新寫實主義正劇理論沖到了九霄雲外。除去導演，大概不會有任何人責怪我們把正劇演成了喜劇。我們都生存在一個充滿愛錢如命、見色忘義的喜劇時代。演喜劇和看喜劇，就像重溫我們的生活。

掌聲雷動。掌聲雷動過後，觀眾們死死地望定舞臺，期待著新的變故，新的刺激。無論我們在臺上笑還是哭，打還是鬧，被閹割還是被裝上性具，無論我們生還是死，他們都只是看著，絕不會上前勸慰解救。我們生來的義務就是給別人看我們內在外在的一切。給別人看，至多是令別人感嘆感動。花與角色融為一物，對此根本不關心。類在如夢令的外殼下打著類式的噴嚏。我一邊漫不經心地想到世界上連綿不絕的種族歧視、戰爭、災民和顛三倒四的歷史變遷，一邊從舞臺的視角旁觀觀眾的芸芸人生。

巨大的陰暗很快便壓制了他們嘻笑無度的空間。從座席到棚頂的燈飾與浮雕之間，一對對因年輕而情欲旺盛的臨時情侶，一組組將未成年兒女裁減掉的樸素家族，單身的處子和鰥夫，戲劇學校的男生和女生，酷似被時光之海淹沒並沉積時光的水底的故事組合。他們依據頭上的黑暗壓力和舞臺上的燈光得以固定浮躁紛亂的情緒。自願購票擔當水底之魚又不得隨意浮游到時間的空中或臺上，似乎使他們多少有些沮喪。不可動搖的是，他們因此獲得了銳利的權柄：演員們必須呈現出他們聞所未聞的苦難或歡樂。

花在潔白的床單上流眼淚。不知他是在經歷卜算子的男性死亡，還是在為患難與共的如夢令而哀傷。金色的睫毛在無影燈下微微抖動著，大股大股的淚水湧出睫毛下潛藏的兩道弧線。五花八門的粉彩與油彩受到淚流的衝擊，呈河床狀相互勾連，一派粉黛綿延的含混景象，恰如他此時的胯間性別。他無藥可救。永遠懷著太深的心思和太多的憂傷去體會丑角的遭遇，去完成喜劇人物的塑造。沒有一句臺詞，觀眾看不到他的表情，他仍不合時宜地激情澎湃，笑或流淚。在劇情需要他展示淚水或笑臉時，他的眼睛就會像乾涸的枯井，臉龐像木偶一般僵硬。我瞭解他的人生際遇和性情天賦。作為舞臺上的搭檔、生活中的朋友、少年時代的同窗，我常常被他打動，也常常受到他的折磨。作為他忠實的觀眾，我無數次地看到他以反戲劇的內心節奏去處理人生事物和舞臺形象。掌聲雷動之後，觀眾們期待著新的戲劇奇蹟出現的當口，他用淚水壞掉了臉上的戲妝。我不知道扈三娘看到他臉上縱橫交錯的河汊河灣，會對他無聲無息的麻醉期表演下何種惡語。一種汙濁。用一種汙濁的目光去看待他純真的心靈，是類在一次聚會上不經意地點出的「三娘現象」。此時，那位伶牙俐齒的大美女早忘掉了她的經典評議，受著五味水的五味折磨，噴嚏連天。

劇場內起了一小片噓聲。觀眾們不耐煩像看電影一樣看我們在臺上一言不發地為花和類縫合新的性徵。顯然，其中有一大部分人懷疑類的噴嚏出處。只不過戲劇開場不算太久，他們還不甚明瞭戲的風格，不敢貿然大肆喧嘩，怕過早的指責有損上帝般的觀眾權勢。但是，助手甲舉托著卜算子的男性與助手丁手上的女性交叉換位之後，主刀的兩位醫生開始了冗長且乏味的手部動作。一小片噓聲逗引了他們嶄新的熱情。一派刀叉鉗剪的金屬聲響中，觀眾們終於被四卓的新寫實主義所激怒。幾分鐘後，他們尚未降溫的血液已沖流向幾分鐘前他們還在熱血沛然地鼓掌喝彩。幾分鐘後，他們尚未降溫的血液已沖流向相反的心境。吸引他們前來的劇情和演員，此時成了他們翻江倒海的哄罵力量之上隨時可能傾覆的浮舟。終於，舞臺監督在左側臺衝亶爰作了一個暗號。亶爰迅速地用剪刀剪斷了根本不存在的縫合線，衝著臺上的人們大聲宣布：一號臺手術圓滿成功！一見此景，金玉奴也扔掉手中的器具，跨前一步宣稱：二號臺手術大功告成，如夢令已進入三分之二男性狀態，一個月後他還將在這裡接受我的陽具再造手術。

謝謝，謝謝諸位合作！

臺下響起稀稀落落的口哨和掌聲。它們產生於不耐煩和慶幸的雙重情緒。我們只能硬撐著面子，權作真的處於劇情中，對劇場的反應一無所知。亶爰與眾不同。他得意洋洋，為自己那句宏亮的臺詞與漂亮的定格動作。我則在幕布半遮住身軀之際，悄悄將一號臺向側拖去。我得提醒花，第二場是他的獨角戲，這種淚流滿面的樣子與卜算子換性之後的欣喜心情絕不相符。

13

重新引用／
《生平困惑》的作者原先是男人／
他是男人嗎／
另一個博爾赫斯[16]不在布宜諾斯艾利斯／
我是誰

我若分段回想我的經歷，有時自己也好似感到我是個神話或寓言中的人物……

16 Jorge Luis Borges（1899-1986），阿根廷作家、翻譯家、詩人。臺灣常見的譯名為波赫士。

14

我的劇場是個寓言

花子虛在一號臺上對卜算子說：再睡一會兒，別過早從神話經驗中醒來。現實沒有意義。

15 類和六藝用對話把劇場物質化

親愛的，請到我的化妝間來一下，我真喜歡你作為麻醉師的樣子和你的管子中噴出的液體。當時，我多麼興奮，幾乎想起了與你的一切舊情。可是，你，只顧著清點數字。

我是在為如夢令小姐記錄噴嚏的次數。一二三四五六七八，十七分鐘內共打噴嚏九十七個，跟某一場愛情中她發出的呻吟次數一模一樣。不多一個，也不少一個。只要在床上，她總能以驚人的本領發出聲響，無論是愛床還是手術用床。只不過，方才是在戲臺上表演給大眾看，原先是私房裡表演給某個男人聽。

請你講話青春一些好不好？我們還很年輕，二十歲剛出頭兒，不該過早地被成人社會所汙染，開口閉口的是呻吟，耿耿於懷的是上床。年輕時光，是人生唯一可以忘記原生恐懼和死亡壓迫的階段。我要咯咯咯笑著，連蹦帶跳地跑著舞蹈著慶幸我身在此岸，而不是在彼岸。我寧願作為覬覦幼女的老頭兒所覬覦的對象，也不願拖著老婦人的腔調，對英俊少年發出可望而不可即的長嘆。

所以，你便水性楊花，你便在力所能及的人生階段像洗牌一樣一張張洗過我們男人。所以，你就背棄我們的山盟海誓，把我的忠誠和專一不二視為尿溼後的手紙。你可以根據你的能量去花樣翻新。我、也可以因為我的某種信念或理想受到打擊遭到破壞而永不停息地追蹤報復，無論她到天涯還是躲到地角。你用你的行動告訴我愛可以轉化為欺騙。我將用一系列的、具有戲劇性的動作告訴你，愛不僅可以轉化為背叛，而且可以轉化得更澈底，成為恨，終生不會了結的恨。

親愛的，你看看我的化妝間，到處是一些又柔又軟的東西和一些又香又甜的玩意兒。你可以換一種表情，不那麼劍拔弩張，不那麼深仇大恨，坐下來，坐到那張堆滿我的絲綢戲裝的沙發上，然後我們慢慢討論愛與恨、忠誠與背棄的問題。甚至，也可以更為哲學地去討論生與死，人與上帝。不必我說，我們也都清楚，任何至高無上的神學概念和哲學命題，任何微不足道的沒有任何涵義的物質，都可以成為我們口中的家常便飯。我們是演員，同劇作家一樣有本領和特權，能夠隨心所欲地支配一切詞語，使之從日常或書本中分析脫離出來，搖身一變變為我們唇齒間的藝術，變為舞臺上的精靈。現在你坐下，我們來對一對關於男歡女愛、男仇女怨的臺詞。也許，化妝間裡的戲劇活動可以原樣兒照搬到前臺去，作為一種可供演出可供觀賞的專題戲劇。至於演員，無論你還是我，卻只能在這裡了結個人的真情實感。

不愧是類，不愧白狐狸的美綽，聰明和美麗永遠是你的兩大法寶。一般的女人，美則蠢，靈則醜。你占據了尖端，又漂亮又聰慧。作為代價，另一個尖端上出現了又蠢又醜的女人。你一向擅長在危機關頭將現實轉化為戲劇，讓你的對手不知身處虛幻還是身處實物之間。你以此自得，自娛，自賞不疲。也有人願意與你同沉同浮，樂於仿效你的榜樣，在虛中設實，在實中藏虛。譬如方才，譬如我的麻醉裝置，那裡邊的液體就是虛虛實實莫測、舞臺與現實難解難分的象徵。當然，倘若比起你，顯然來得過於小家子氣，不過是些雕蟲小技。

技藝一類的事情最好不談。也不必暗示你的舉動師出於我而必勝於我。此時我至為關心的有兩點。一是倘若我的噴嚏真的喚醒了我的舊情，你會不會回應。二是倘若我像如夢令那樣換了性別，由女性而為中性再為男性，你是否會追隨我直到永遠，恨我或是愛我。

16
崔子如是說

無論你是男是女是善是惡是美是醜，我都喜歡你。注意，是喜歡，情欲的，不是愛。

17 編劇的國土既遼闊又狹窄

無實物的走廊對演員的技巧和觀眾的方位意識是一種考驗。花子虛和類躺在一號和二號上昏迷不醒。燕青和六藝摘掉我心愛的口罩和帽子扮成雜役，主推著兩輛移動床。在我博大精深的思念中，它們曾運載過七位老嫗、十個男嬰、上百個壯漢的屍體。他們平躺在它們的平面上，浪漫而憂傷地平移出病室，平移過走廊，平移到太平間，像一組又一組優美的移動攝影鏡頭。在我的劇作中，它們不能故態重演。依據被演員們革命之後的新寫實主義戲劇原理，它們要在舞臺上彎來繞去，時而急轉彎，直角九十度，時而蜿蜒拐繞等距障礙物，同障礙滑雪。偌大的舞臺要被它們的輪跡描繪成一座迷宮。我筆下的性別轉換專科醫院的內部建築全靠這個小小的插曲來完成。

燕青將花子虛移動得快而且穩。他們劃過圓形的遊廊，進入了七扭八歪的兒童蠟筆畫。這些毫無真理可言的蠟筆畫成的人生路段，隱喻著卜算子和如夢令兩位戲劇主人公心理根據地上的錯亂和不幸。六藝緊隨燕青之後倒退而行，面前拖著類。他手腳麻利，動作靈活，時時將類顛來倒去，顛起簸落，全然不把她當成一位處於中性階段、剛剛施行完手術的病人。我很憤怒，他在有意搗亂。怒而不發的原因，在於他總在千鈞一髮之際保持住車的平衡，不致使類跌落下來。人與車進入荊棘谷的時候，六藝調轉移動車頭，一馬當先，用車和類的身體作開路先鋒，披荊斬棘，率領雜役一號度過了男女主人公內心鬥爭萬分激烈、矛盾重重的心理階段，踏上了相對平靜舒緩的進一步變性階段。

花子虛一定是閉著眼，下部隱隱作痛而又神志不清。儘管這一切都是假定性的，但是他天生屬於那種偏執狂：演什麼角色便以為自己就真是那個角色。排練中，他的想像力幾乎嚇壞了我們。每次從手術臺上下來，他都認定自己受到閹割，下部血肉模糊，又辣又痛。甚至常常出現內褲鮮血盡染的奇怪現象。燕青比我們沉著，說這是心理機制的生理體現。每一次流血，都由他來處置。至於他用什麼方式，迄今無人知曉。扈三娘曾懷疑，他們之間的友誼也許有些過於溫暖。他們都是難得的敬業人物，多一點或少一點癖好都有助於角色的開掘。何況誰都沒目睹過他們有色有香的舉止。劇院時下流行的新寫實主義風氣是不許捕風捉影的習俗大肆氾濫的。劇院之外，民風不古則是事實。男人們動輒得咎。冷著臉孔作工，人們說我們對社會不滿。能歌善舞、對人生取積極向上的樂觀主義，就會有人說那是在強權的背後隱藏著女裝癖或雙性軀體不可告人的隱衷。男人與男人視為路人不好。男人與男人相交篤厚，便得了龍陽之嫌。我倒算多少羨慕一點我筆下的卜算子。他換了性。免去了性解放浪潮中被女人當成任意更換的男伴侶，也免於被控為性騷擾或性侵犯，在她們玩膩了解放的遊戲之後。動一次手術，一了百了。甚至，他的痛苦還可以很快質變為一種自由：更換男伴兒，或者在街心大叫員警，控告任何一個性感男人對她進行性挑逗。至於燕青，大可不必將滿腔的悲天憫人俯送給那個易性狂。

嚴格地按照劇本，這段插曲只當如此：雜役一號和二號心靈空白，只須像機器人那樣靈活運用肢體，給觀眾一個建築內空間，給戲一種連貫的節奏感。可是，他們無視劇本要求，一號雜役顯得過於心事重重，二號雜役過於誇大道路的坎坷艱險。六藝像在展開一種玄學，讓他所移動床榻的路線在醫院的內部閃爍不定，變幻莫測，像某種永遠捕捉不到的本質。隨著速度動律角度的更改，他與燕青分處兩個距離很大的時空。燕青沉穩地駛行於原始的遠古，而他則置身於骨節錯亂的現代舞的漩渦中。類發出尖叫。幸虧，與此同時觀眾席上爆發了炸雷般的響聲。

二號床如過隙白駒，消隱到幕帷中去了。我和我身後的看客懷著同樣惋惜的心情盯著那片光影的尾蹤。舞臺上只剩下一號床和一號病人在正中央原地打著旋轉，似一只陀螺，愈轉愈慢，愈轉愈無力。當它緩緩止息的時候，燈光漸漸隱退，並在悄無聲息中改換了顏色和角度。在劇本上，我借用電影的手法標上淡出爾後淡入為局部夢幻光。藍色的夢幻一旦淡入，花子虛就得從床上緩緩地爬起，緩緩地下床，緩緩地對自己的新性別進行獨白式的驗收和歌頌。我深信，這場獨角戲是我傑作中的傑作。

18

在一些失落真誠的國家裡
人們把愛作了日常用語／
它應該回到靈魂中／
愛被社會化以後……

《偉大的哲學家》[17]中有兩段話，電傳給你。讀後請打電話到劇場來，談談你的見解。

「如何征服痛苦和死亡這一問題，就是我們與世界的關係問題。」／「借助信仰的人才會變得真正自由。」

我的電話號碼是九九九七七三三轉一一二二二一一再轉五五五四四五五五。

這裡是十臺話機同用一個機號。你撥通後會有十個男女同時（或先後）摘下麥克風

17　一譯《大哲學家》（*Die großen Philosophen*，1957），德國哲學家Karl Theodor Jaspers（1883-1969）之作。該書是作者晚期所構想的三卷本中僅完成的一卷。

問你找誰。你得一一向他們說出一個名詞（同一個名詞，重複十次），我便會露出頭角，聽你的哲學意見。假如有人把你錯當成我，你千萬不要急躁。後工業時代人與人愈來愈雷同。何況我還向他們開過一個玩笑。我從劇場外向內部打電話。他們一一問我找誰。我說：我找梅元華。他們都認識我的聲音，又一一問我：你不就是梅元華嗎？我說：對呀，那我也找梅元華，我想知道我不在寓言中的時候，他是否存在。你們紛紛把話機放下，他就會來接的。他們紛紛驚異地說：真荒誕，梅元華找梅元華。我聽得出來，咪咪的聲音最為不滿。第五十一次開同樣的玩笑時，梅元華果真來接了電話（他恰巧從宇宙最初三分鐘來看望我，帶了一大堆罐頭食品）。我被驚呆了。電話機受地磁影響滑落到地上，反彈回來，遊扭著連接線，擊打在劇場外電話亭的玻璃牆上。

你來電話時最好別先說「我愛你」（如果永遠不說我更會感激你），令人頭皮麻酥酥的，像受電刑。你可以談靈魂之愛：對上帝也對人類。針對具體的個人或者群體（譬如你的異性群），你最好像我一樣只用「喜歡」。因為我們都不可避免情欲。你對我有好感／好印象，就意味著對我的身體有親近的願望。相互沒有身體接觸欲望的人，肯定把對方等同於虛無。

為了電話談話具有深刻性和永久性，你必須先讀《新約書》，然後讀已入教會的Karl Rahner[18]的《聖言的傾聽者》和沒有入教會的信徒Simone Weil[19]的《在期待之中》。不然，免談信仰二字。

[18] 卡爾・拉納（1904-1984），德國耶穌會會士及神學家，被認為是二十世紀最有影響力的天主教神學家之一。後面提到《聖言的傾聽者》（*Hearers of the Word*）為其代表作之一。

[19] 西蒙・韋伊（1909-1943），法國猶太人、宗教思想家與社會運動家。後面提到《在期待之中》（*Attente de Dieu*）為其代表作之一。

19

畫押是債證或罪證的認證／簽花名兒是電影時代的浪漫主義／扈三娘悲喜劇無處塗鴉／戲劇哀痛史實

坐在得意洋洋的劇作家身邊，任何戲劇導演都會喘不過氣來。戲劇是劇作家和演員的藝術，電影才由導演一手遮天。真愛戲劇的是那肥胖的搞文字工作的人和那些會七十二變的漂亮演員。我端坐在劇場中央，被滾滾向東的劇情和簇簇綻響的臺詞所淹沒。演員進入角色後全然不把導演當人看。觀眾入戲不入戲，都不去關心導演的死與活。他們看到的是演員、燈光和角色，聽到的是劇作家的思想，感受到的是劇場和舞臺的蒼涼氣氛。我是誰？我是導演，觀眾在看我導演的戲，還是我是觀眾，在觀看別人演的戲？無怪乎那些聰明的電影導演在後期製作的最後一分鐘，精心地將自己的花名畫押一般簽署在膠片的皇位上，就像王麻子在剪刀內刃鐫上「王麻子」三字，以示天下獨此正宗一家別無分號之意。可是，我把我的花名兒簽署到劇院的哪兒呢？也許可以掛出一道橫幅，像什麼「遊戲主義戲劇節開幕典禮」一類，大書特書出「扈三娘悲喜劇《三維性別》」。或者，把「禁止吸煙」、「洗手間」、「安全通道」的燈箱招牌換掉，換成「扈三娘悲喜劇」，讓人們在尿急或劇場失火的十萬火急中，牢牢地記住我的戲劇功德。

有些人為藝術而從事戲劇，譬如花子虛。有些人除去寫戲或演戲之外別無一技之長，只好賴在戲劇隊伍裡，譬如四卓。有些人在尋求功名利祿，恰巧撞進了藝術行當，譬如我。二十年前我最恨的是我的同行。現今我最妒嫉那群不學無術的電影導演。後殖民主義時代裡，社會上一齣又一齣鬧劇或喜歌劇往往比劇作家寫出來的戲還精彩。「蘇格拉底所經常談論和思考的是無限。其他人則以玄而又玄的口氣喋喋不休地奢談什麼無限；實際上他們不斷談論的只是飲食、金錢和利潤。」大師克爾凱戈爾[20]的這番話指刺的就是那些電影導演。人們有興趣可以去他們的書房看看，地地道道的文化沙漠。然而，你也以看看他們在餐桌上的樣子，看看他們多麼會理財，多麼會把電影搞成妖怪似的商品。他們在作講演時總是先咳嗽，然後談藝

[20] Søren Aabye Kierkegaard（1813-1855），丹麥神學家、哲學家、作家，存在主義的創立者。臺灣常見的譯名為齊克果。

術、人生或者人性。其實他們談這些僅僅是裝點門面。在靈魂裡，他們只懂飲食和利益。

生活在扭曲我。我要吶喊。我在扭曲生活，可是顯得勢孤力單。原本我不是一個思想平庸而又出語惡毒的女人。對西班牙的維迦[21]和義大利的皮蘭德婁曾深有研究。我一度選擇過質樸無華、默默無聞的戲劇學者的道路。但是，我的女同學、女同事、女鄰居紛紛成了女強人。她們對男人吆三喝四好不威風。我扈三娘不用舞槍弄棍，就得有人服從我。事實是，我服從了強大的權力欲，而戲劇、編劇和演員並不服從我。這就是人的存在命題：扭曲與反扭曲。

上帝有沒有看到我內在的掙扎呢？一方面要把握現實，一方面卻被現實拖延著，制約著。愈是充當別人的導演，愈是缺少自由。如果可能，像卜算子和如夢令那樣切換性別，我會把自己切換成一個超人。不受任何侷限，無論來自舞臺、個人還是社會。商家們打出的旗幟是顧客即上帝／觀眾即上帝。這是徹頭徹尾的恭維。但凡恭維，背後都隱藏著欺騙。宣布上帝已死的哲人是自欺欺人。重新濫用上帝的名義捧出無數種偶像的生意人，為的是把偶像身上的財富掏空。

在我的眼裡，臺上是一群被戲劇剝奪了本相的小丑。他們彩衣繽紛、步伐玲瓏、身段窈窕、面龐閃爍如星月，表演著既不屬於他們自己又不屬於四卓的事業。

[21] Félix Lope de Vega y Carpio（1562-1635），西班牙劇作家、詩人，是西班牙黃金時代的重要代表作家之一。另譯維加。

他們與戲劇，與人類的多維性別相隔絕。他的寫作和他們的表演無非是把那堵高度無限高厚度無限厚的牆描畫出來。人們對著牆來思想和行動，把牆當成鏡子，還自以為在仿效著鏡子背面的「絕對真實」。

他們都不歡迎我。我硬邦邦男性化的態度令他們生厭。更重要的是，我和他們所看到的「戲」不同。他們以為舞臺上演的或者日常生活裡人物出出入入的行為是「戲」。我則把人類對著上帝之牆所竭盡全力作的文本模仿以及永遠背離文本的存在方式看作真正的「戲」。人類在看不見的、由上帝構架的戲劇衝突中生存。藝術職業人從遠古開始就想竊取上帝那個祕密。包括埃斯庫羅斯[22]，包括莎士比亞，包括斯特林堡[23]和梅特林克[24]，包括薩特和加繆[25]，都只竊取到一小片，就把它當成了聖餐。可惜，上帝只把自己的體血賜給了我們，從來沒有宣布他的戲劇祕密可以由世人分享。有人說，基督的活力恰恰在於其充沛的矛盾性。我把它當成上帝為自身設置的戲劇衝突。如果有一天你在一本名叫《以性別及性史之名》的小說中讀到我，請相信，我會故意把自己塑造成一個既貪圖功名又富於思想、既冷酷無情又對上帝充滿虔誠的人。我知道，這也是一種低級模仿：人們永遠讀不懂上帝，也便永遠讀不懂我的戲劇人格。我充滿矛盾。於是我充滿活力。

---

22 Aeschylus（c. 525- c. 456 BCE），被譽為希臘悲劇之父、西洋戲劇之父，代表作包括《阿伽門農》（*Agamemnon*）、《復仇女神》（*Eumenides*）等。臺灣常見譯名為艾斯奇勒斯。

23 August Strindberg（1849-1912），瑞典作家、劇作家及畫家，代表作為《夢幻劇》（*Ett drömspel*）。

24 Maurice Maeterlinck（1862-1949），比利時詩人、劇作家，1911年諾貝爾文學獎得主。代表作為《青鳥》（*L'Oiseau Bleu*）。

20

獨白／
一種文體抑或一種面向世界的姿勢／
我想起司馬遷時代的腐刑／
器官移植暨再造術足以挽救宮裡宦官。
只是不知他們是否早已習慣那種性別位置，
不肯放棄對閹割恐懼的挑戰／
紀德[26]：此時最好。

請仰抬起你們天文學的眼光，看太陽、月亮和地球。你們知道，太陽屬陽月亮屬陰，一司晝一司夜。地球呢，什麼性別？不陰不陽，半陰半陽，還是忽陰忽陽？我是地球，朝陽為日，朝陰為夜。我是小丑，看到創傷就笑，看到慶筵就哭，看到

---

25 Albert Camus（1913-1960），法國小說家、哲學家、評論家。代表作有《異鄉人》（*L'Étranger*）及《鼠疫》（*La Peste*）等。臺灣常見的譯名為卡繆。

26 André Paul Guillaume Gide（1869-1951），法國作家，1947年諾貝爾文學獎得主。著作體裁多元，包含小說、劇本、論文、散文、書信等。

殘缺我感到滿足，看到豐盈我就感到無聊。

請將你們眼睛的物理學光線磨出鋒芒。你們將會對人類的精神家園有全新的觀念。穿透我的傷口，穿透血管壁和骨體，你們會發現，性別是一種隱藏在骨髓和血液中的物質。它不是什麼心理機制。別相信那些心理學家的話。他們僅僅出於擴張學術領域的良好願望和對人心的一無所知才去鼓吹心理主義。但凡找不到依據的人生現象，就被他們劃歸心理轄區。他們對人類精神最大的妨礙在於：否認你們體液中包含的精神因素。從何時起，我們把腦漿、血漿、骨髓、精液、尿液、唾液和眼淚排除到「心靈」之外，我們的生命就從何時起受到肢解。體與魄，心與靈，血與肉被完整地裝置於我們的生命中，可是有些人試圖將它分塊零售。討日耳曼人歡欣的尼采含著狂熱的野笑企圖把我們從上帝之國中逐出，他用的手段是宣布上帝已死。他掌心上的「超人」同心理學家們手中的心理類同。

我向你們建議，我如花似玉的觀眾，應該立即行動起來，重建性別檢查機構，而且是化驗骨髓和眼淚，或者化驗皮下脂肪中的油脂，或者化驗精液汗液，重新認識人類豐富多采的性別含量。不要被假象所迷惑。只注意表象害死過古往今來多少豪傑。經過分類詳盡的體液化驗，你們難道還不認為你們同我一樣，都是小丑嗎？

21

如夢令不喜歡自己的乳房／她知道主任醫師正進行切除／卜算子不打算接受那個雙項器官／卜算子決意靠自己的才能生長一對適於自己細長身材的哺乳器／演員的難度：細節、情緒和節奏／亶爰在家裡練習左側單乳房切除術被嬌妻當場抓獲，橡膠模型慘遭焚毀。

術前準備。A.適當糾正貧血，補充營養。B.除準備胸部皮膚外，同時準備一側大腿或腹部皮膚（不用碘酒消毒），作為植皮供皮區。

麻醉方法。針刺麻醉、持續性硬膜外麻醉或全身麻醉。

手術方法和步驟（見《手術圖解》頁七二—七六，圖略）。A.仰臥位。左側上肢外展與軀幹成九〇度角。消毒。鋪巾。作縱行梭形切口：上端起自胸大肌邊緣與鎖骨間（不應自腋窩開始），下端至肋緣下二～三橫指。B.切開皮膚和皮下組織後，作切口兩側皮下潛行分離：外上方至胸大肌肱骨止點及腋上，內上方至鎖骨緣，內側到胸骨中線，下方至腹直肌前鞘，外側至背闊肌。分離時儘量使皮膚不帶脂肪組織。C.左手食指由胸大肌腱部外後方向上方穿過，儘量靠近胸大肌肱骨止點並避開靜脈（位於胸大肌與三角肌之間）。切斷胸大肌腱部。同時切斷胸大肌鎖骨部。D.將胸大肌翻向內下方，顯露胸小肌。用食指在其深面穿過，在靠近喙突處切斷。E.把胸大肌、胸小肌牽開，顯露腋窩。用組織剪小心剪開覆蓋動、靜脈的薄筋膜，並將腋靜脈各分支緊靠腋靜脈結紮、切斷。F.顯露腋靜脈上方的臂叢及腋動脈。細心清除其周圍的脂肪和淋巴組織。顯露胸長神經及胸背神經，並妥加保護。G.清除腋窩脂肪及淋巴組織後，用溫熱鹽水紗布填塞腋窩。然後，將胸大肌、胸小肌往下外方牽引，切斷胸骨緣及肋骨上面胸大肌、胸小肌纖維，使乳房連同胸大肌胸小肌（包括左側腹直肌前鞘上端一部分）整塊切除。胸廓內動脈穿支作貫穿結紮。其餘出血點一一結紮。創面用溫鹽水沖洗。H.乳房切除後，胸壁創面、腋窩脂肪及淋巴組織全部清除。前鋸肌纖維保持完整。胸長神經和胸背神經妥善保護（如受損傷會導致術後上臂高舉及旋後運動障礙）。腹直肌前鞘上端切除五～六公分長。I.用溫鹽水沖洗創面。檢查無出血後，將切口兩側皮緣拉攏，腋窩放置橡皮引流管，自外側皮瓣離腋窩六～七公分處戳口引出。皮膚間斷縫合並加減張縫線。加壓包紮。

植皮。A.如切口張力較大或組織缺損較多，作游離皮片移植術。B.自大腿或腹部取中厚皮片，間斷縫合、固定於皮膚缺損部。縫合線分作數束，取紗布作成團塊狀放到皮片上。結紮固定。消滅死腔。

手術畢。

22

類心驚肉跳／
他強行將她按倒／
四卓想：劇情不能進展太快。

這裡有哪一點是自傳體的？法斯賓德[27]對西德意志電臺的劇作家和製片商作反質詢。他想法設法給男演員維圖特．策普里夏爾[28]說戲，使他的表演合乎他的構想。他說，「因為這樣一來，戲就成了我的現實。這自然是虛構出來的現實，但是它比模仿照搬出來的更真實，因為照搬現實便閹割了想像。」排練時，我儘量給每一個演員說戲，使他們深入城市現實，深入戲劇現實。無論他們的表演訓練屬於體系派還是即興派，體驗派還是表現派，我只要求他們注重科學性。四卓的劇本中唯

[27] Rainer Werner Fassbinder（1945-1982），德國導演、演員、話劇作者，新德國電影重要代表人物之一，活躍在兩德分裂期間的西德。臺灣常見的譯名為法斯賓達。

[28] Vitus Zeplichal（1947-），奧地利男演員，有多部與法斯賓達合作的作品，如*Die dritte Generation*、*Satansbraten*、*Querelle*等。

一點可取之處，在於將非戲劇的技術手段（諸如三次手術場面）平板樸直地展現在舞臺上，意外地喚起人們的想像，並進一步挑動情感，甚至觸痛神經系統以及心靈。

人類對文學和戲劇患上了隱私癖，動輒在「自傳性」和非自傳性的問題上繞圈子。花心機在博爾赫斯小說對性祕密的閃爍其辭、言不盡意（如《迷宮》[29]）同他個人的自我壓抑的關聯上，直至探討他年近七十才結婚、婚後三年即行離異（據說是因為他無法忍受一個從不作夢的女人）同他作品的關係，實在有點兒街井氣。我既不相信酷好罩類道具的四卓擁有兩維以上的性別經驗或體驗，也不相信他深入過變性人的日常經驗或內心體驗，更不相信他有想像力的才華。他所擁有的，僅僅是一點獵奇的聰明和記者式的敏感。他是個搞新聞和製造哄吵的好材料。所謂的新寫實主義戲劇，就是與報刊炒賣、電視肥皂劇、三級電影、流行音樂電臺相互竄種，把舞臺搞得不古不今不深不淺不倫不類，喪失了空間本義（它是虛構精神的土壤）。觀眾也就此將劇名和我個人的名譽相串聯，認定我以前削瘦甚至乾瘦的方式與四卓一同從副性徵的消失開始失去了物理性別的維度。有個自以為是的劇評人乾脆說，戲是胖編劇和瘦導演的共同自傳。對此我哭笑不得。靠我一人的澄清怎能改變公眾的成見呢？一旦編劇與導演之間深不可逾的矛盾爆發，他們就說：活該，誰

[29] 西班牙原文名*El laberinto*。

叫你們生成就是連體嬰兒吶。

有些時候，強硬的外表也掩蓋不住我的自嘲。無疑，我和四卓互不喜歡，甚至互相厭惡。但是生計所限，我們已連續合作四部大戲。只要我們往一起一站或一坐，保準出灰色喜劇效果。我們是臺前幕後的一對丑角：拆不散砸不扁煮不爛，共同構成同一個丑角的兩側（像卡爾維諾祖先中「分成兩半的子爵」[30]）。我們不似花子盧，也不似類，他們各自獨立成章。即便一個由男丑向女丑過渡，另一個由女丑經過三次大型手術變成男丑，依舊自成一體。戲一演完，他們可以馬上洗盡鉛華恢復本相。人們給他們以掌聲和注目。假如有人在街上遇到花子盧而且認出他在臺上是卜算子，就會畢恭畢敬地請他簽名留念。在他簽名的時候，那個觀眾會對他的演技讚不絕口：「真的，你演得真像，演啥像啥，演人妖像人妖，演女人像女人，絕了技了！」（他把中性人一概稱為人妖）如果有人對這齣戲的題材反感，就會痛罵編劇和導演。倘若碰見我且被人指認出來，就會揪住我的脖頸處遮羞的圍巾（我像凱瑟琳．赫本[31]一樣脖子細長而難看），質問我為什麼一貫與那個「胖子」狼狽為奸不排好戲，專揀髒戲向觀眾頭上倒。當然，他一定會警告我：以後少把你們（指我和四卓）自己的骯髒事抖落到臺上來。每當我面對那種場面，都會束手無策。我很少作夢。一旦作夢就夢見那種場面。為此，我十分羨慕博爾赫斯夫人。

---

[30] 指Italo Calvino的「Our Ancestors」三部曲第一部《分成兩半的子爵》（*Il visconte dimezzato*，1952）。

[31] Katharine Houghton Hepburn（1907-2003），好萊塢女演員，先後四次獲奧斯卡最佳女主角獎。

23

黑夜，他在宇宙最初三分鐘開往
宇宙最後三分鐘的夜行列車上
聽到一個慘烈的故事，就此產生戲劇靈感。

啥?你也花高價買了一張假票，又花高價買了一張真票才上車?太好啦!我也是，這下才不覺得太冤，有個墊背的。喲，對不住，原諒我是個老太婆。你看看你看看，這可真叫世紀末臨近，大包小包的，像星球大戰。我兒子說，從一個星星往另一個星星上搬家也不會帶這麼多東西。別笑話我，這是十個人的東西，其餘九個人全買的假票，沒上來車，委託我帶走全部行李。我兒子?他們九個有男有女正去追蹤票販子。他們發誓，不捉住販賣假票的人，絕不回家。分手時我一再叮囑我老兒子，告誡他抓住人家千萬別下死手往死裡打。我心腸軟，刀子嘴。剛才，我把月臺服務員、列車乘務員、列車長和乘警，都挨個兒叮了一頓。我問他們，我花大價錢買了一張假票再花大價錢買一張真假不明的票才搭上車，搞昏了頭怎麼辦。我老眼昏花，看著他們個個像假臉子的假人兒，看這車也像紙殼的。我就這麼對他們說的。他們誰也沒敢惹我。我兒子還在車站上九死一生追捕壞蛋，他們敢對我說半個不字，我就同他們動真的。

謝謝謝謝，謝謝你這麼胖還幫我安置行李。嘿，你絕對行，絕對像個魔術師，火車沒開你就把我們十個人的家當都變沒了。不過，你可得幫我記好它們的位置，還得監管它們，下車時一件不許少，一件也不許多。誰叫你像個基督徒吶，幫人就得幫到底，救人就得救到活，休想半途而廢。

車開啦。請給我蓋上毛毯。謝謝！這種夜裡，最容易傷風。嗨，老骨頭都鬆了，還得扛這麼多的累贅東跑西顛。喂，太太你是幹啥的？啥，你不是太太，是先生！真對不起，人老了，連人家是男是女都看不清，也怪這燈，半亮不亮的。對對對，老人和孩子無論啥光線下都難辨男女，主要是聲音。不過，在我們公司有個小夥子，樣子很帥，也不女氣，偏偏要拿刀剁掉男人那傢伙，剁了三五回還沒去根兒，血嘍呼啦的，怪嚇個人。

詳細點兒講？你對這類事兒也好奇？我還當是只有我們這種半文不白的行政人員對這感興趣吶。你是幹啥的？嗚，編劇，那你準保比小市民更關心逸聞野史、小道兒消息。說給你聽，值。不然這些事兒白白發生，沒人寫，你們也閒著編不出新名堂。大夥說，你們是抄我們、抄大夥的血淚史，自己個兒出名又營利。你們反咬一口，說啥人生如戲，意思是說我們照著你們編的破戲在過日子。

算了算了，不管怎樣，我們都被人蒙被人騙了，甭管寫戲的還是演戲的還是看戲的。還是給你講我們公司那個六藝。你知道，我們的公司可是國家級的，財大氣粗，像大款找情人一樣招聘雇員。同六藝一夥兒進公司的人，不是靚男就是靚女。我主管人事，六藝是我一手招上來並安插在祕書位置上的。因為他生得一表人材，智商又高，有人戲稱他是老總的「貼身男蜜」。可是，上班第三天他就被送進了醫院。據說，是辦公桌上的玻璃碎裂劃破了他的下腹。我去看他時，碎玻璃已取出。但我看到包紮的傷口比下腹更靠下。論年紀我能當他的媽，就問他到底傷了哪兒。他躺在病床上，由於失血過多而面色慘白。我一問，他就哭了。我沒再問下去，猜想他一定有難言之隱。過了兩、三年，他同公司的金玉奴舉行了婚禮。金玉奴是公司出了名的美女，而且人很賢慧，老總一再勾引她想把她包了作小情人兒，她始終不肯。她一心一意愛上了六藝。可怕的事情就在洞房花燭夜發生了：六藝手持一把鋒利的尖刀，精赤條條，當著金玉奴的面自己閹割自己。他疼得直嚎直叫，並且說他原本同他的老婆一樣，是個女的。金玉奴急得大哭，拼死命奪下刀子時他那玩藝已被齊根割了一個大口子。多虧他當場暈倒，金玉奴才叫了急救車把他送進了醫院。六藝第三次割自己的雞子就在前不久，估計他這會兒還住在醫院裡，老婆孩子守著他。對啦，他同金玉奴生了一個胖小子，長得可水靈了。今年快八歲了。他爹割自己把他嚇壞了。你說說，乾脆讓他作手術變成女的算了，免得折磨自己又折磨大夥兒。

你問金玉奴咋看這事兒？她能咋看，哭唄。她可憐他。他說他毀了她，要同她離婚，她就是不同意。她可是個好閨女，嫁雞隨雞嫁狗兒隨狗兒。還說，就是六藝這一次沒法兒復原，她也守著他。對了，忘了告訴你，這一回六藝可是下了大決心，先喝了麻藥，後割的，全割斷了，經脈，筋肉，還有啥細胞之類的東西統統割了。聽說，成了個中性人兒，再當不了男人啦。這回回去，我得看看他去。不瞞你說，我一直挺喜歡這孩子。命真苦哇。我要是有這麼個兒子就慘啦。多虧我老兒子長得大塊頭，雖說脾氣暴得很。脾氣暴有脾氣暴的好處，不然沒人去抓賣假票的小販子。你也得給我老兒子暗中加加油兒，讓他追捕成功，也替你出出受騙上當這口惡氣。喂，你咋不說話，想啥呢，還是睡著了？

24 劇本摘抄Ⅰ／海盜版／第二幕第一場

△有陽光的病房一角，布滿花束花籃。

△卜算子濃妝豔抹地躺在唯一一張大床上，翻看著一本大型女子時裝雜誌。她穿著肥大的條紋病服，短短的頭髮梳成七、八個朝天的小刷子，像是剛剛種好的草坪。

△麻醉師甲將一束鮮花掩在白大衣之內，左顧右盼地上場，輕輕敲了敲病室的門。無疑，他仍戴著消過毒的口罩。

△卜算子連忙爬起來，照照鏡子，整理整理頭髮，燦爛而嫵媚地練習一下笑的方

式，然後躺在床上，故作嬌弱無力地道：「誰呀，請進來唄。」

△麻醉師甲掩入門內，把鮮花從懷中小心地掏出，獻到卜算子床頭。

卜　算　子：（嬌滴滴地抬起上半身）是誰呀，天剛亮就來給我獻花兒！（接過花，擁在懷裡嗅聞著）嗚，好香，真香呀，有一股巴黎香水味兒。謝謝您！

麻醉師甲：（多情地）請稱呼「你」。不然我會傷心的。

卜　算　子：（把腿從床上放下）這個時代可真是變了，黑白顛倒，陰錯陽差，男人變成了多愁善感的瓷人兒，女人變得鐵石心腸。（抽取一枝花聞一聞，然後將花朵揪下，揉搓碎，將花瓣兜頭拋向對方）看到沒有，花朵兒一到我們女人手裡，就是這個下場。

麻醉師甲：可是頑石一到我們手裡就會成為花朵。

卜　算　子：你是指我嗎？我本來就是一朵花，一朵大麗花，只不過蓓蕾的包皮過於緊湊。有人在夜半用指尖兒的技巧一瓣一瓣將我剝開，促使我開放。這種事業不止是主任醫師會做，副主任醫師也會。

麻醉師甲：可是，小姐不要忘記，花苞剝開後，便盡人皆知你沒有花蕊。一瓣一瓣剝開的只是苞衣，不是花瓣。你不得不由主任醫師主持由我輔助再造出一個由大小花唇和花蒂等物質構成的洞穴。

卜　算　子：你認為，光有那個花洞就可以容納女性的文本嗎？

麻醉師甲：不不，別誤會。我知道，女性文本早已倒裝在你的每一個遺傳基因中，手術和藥物既不能加強，也不能削弱。你的本性是絕對的。易性只是對表象改換的興趣，使人表裡如一。科學和技術僅僅是手段。

卜　算　子：你又何必強調那手段是由你們男人來操縱吶。

麻醉師甲：是，是因為我們親歷花朵開放的過程比女人親臨現場更有意義。

卜　算　子：有意義？

麻醉師甲：你再稍稍把思路向過去時上引一引，對，我是指這花束，你就不該追問下去了。

卜　算　子：（指指身前身後開敗和盛開的花束花籃）我明白了，你們製造我，然後加以應用。

麻醉師甲：不不，喜歡和應用完全是兩碼事。

卜　算　子：（一笑）你喜歡我嗎？

麻醉師甲：不好意思直言不諱。（指指花）它能代表我的心。

卜　算　子：主任醫師先生、麻醉師乙先生也這麼說，你們商量好戲弄我的嗎？（哭起來，哭得愈來愈傷心）還有、還有六病室那三個剛剛變成男人的人也這麼說……

麻醉師甲：（慌亂地摘下口罩為卜算子揩淚）別、別信他們的，只我一人是真心愛你。他們，他們一定是出於好奇心，想，想嘗一嘗新型處女的滋味。其實，從你一進手術室那個瞬間起我就愛上你了。那時候，你還是個男的呀。我認為，世上真正的愛情是不能用性別來隔離的。我可以對天起誓，無論你是男是女，我都愛你！

卜算子：（止住抽泣）那麼，你是想娶我為妻？（她站起身，滿懷期望）

麻醉師甲：不不，只是相愛，作戀人，不關婚嫁。

卜算子：（頹然坐下，再次哭泣）我明白了，你是嫌棄我，嫌我在內心和陰道之間還缺少一道最女性的工程。

麻醉師甲：不不，不是子宮的問題，不是生兒育女。想要後代，我不一定和你有，完全可以找個女人結婚，而我們，永遠作情人（禁不住上前擁抱對方）。

卜算子：（掙脫擁抱，給他一個耳光）滾，給我滾，色情狂！別忘了，我還是個處女吶！滾！

△麻醉師甲快速退場，險些與男裝的如夢令撞個滿懷。如夢令目送他退場，故作英豪地轉身，破門而入。

如夢令：嘿，哥們兒！

卜算子：（受驚地站起，忘了擦眼淚）你，你是……

如夢令：你不認識我啦？我是你小哥呀！

卜算子：我小哥？

如夢令：對呀，我是你小哥如夢令呵。

卜算子：（仔細打量對方）你？這麼帥嗎？

如夢令：帥嗎？你說我帥，我多了點自信。喂，哥們兒，教我幾招好不好？

卜算子：什麼招數？

如夢令：作男人的絕招哇。

卜算子：柔情似水。

如夢令：不對，那是女人的特色。

卜算子：現在時代不同了。男人柔情似水，楊花水性，女人心如磐石，情烈似火。

如夢令：主要是外部動作。你明白嗎，我本不是出於本意變性為男人的。我從小既穿紅又著綠，也玩女孩兒的遊戲，也不把自己當男孩子看。歐尼格所概括的易性者經典四特徵，我一條也不沾。首先，我不僅不「深信自己內在是真正的異性」，而且從未懷疑過自己不是女性。第二，我從未「聲稱自己是異性」，軀體發育也十分女性，更非「兩性畸形」，不男不女。第三，我「要求醫學手段改變軀體」並不是要「成為自己所體會的性別」。我體會到的性別就是你現在的性別。我不像你……

卜算子：那你為什麼同我換性？

如夢令：因為？因為受不了我丈夫和我兒子的大男人主義，受不了繁瑣的家務事，受不了老男人的挑逗和小男人的拒絕。尤其是那些冷峻氣質的小夥子，他們根本不把我這種上了三十歲的女人當女人。我告誡你，你年紀還小，等上了點年紀，一定要有錢，要把天下每一個小夥子都買到手，然後扔掉，替我出出這口氣！你答應嗎？

卜算子：（很自信也很溫柔地）我答應你。

如夢令：（一拍對方的肩頭）好哥們兒，有種！再來談那個歐尼格定律。第四是「要求周圍人按其體驗到的性別接受自己」。除去女性，我什麼都沒體驗過，現在變成了男人，還得現炒現賣。

卜算子：我覺得，性別大師經典定律的末尾一條得做些修正。我從來都沒有要求周圍的親朋好友或過往行人一定把我看成女人，可是他們總出錯兒，連我爸爸都有一回都錯把我當成了我姊姊。更可怕的是，我遇上過好幾次險情，差點兒被人強姦。最危險的一次是碰上一個身強力壯的壯漢，名叫牛皋，是東城一帶出名的壯漢，名叫牛皋……

如夢令：什麼，叫牛皋，我丈夫也叫牛皋，是他嗎？

卜算子：你丈夫就是牛皋？太可怕了，難怪你不堪忍受，變成男的。

如夢令：他、他怎麼樣你啦？你說出來，別害羞，我回家去替你報仇！

卜算子：（很羞澀地）也沒。沒太怎麼樣。你結過婚，還生過孩子，無非就是那一類預備性動作，只不過他比別人更強悍粗野而已。好在千鈞一髮之際我用上了我當時的性別作武器……

如夢令：你怎麼樣，掏出傢伙同他拼了？

卜算子：（羞答答一笑）瞧你，不是的。我只是對他說，他找錯了人，我是個男的。你知道，我是多麼不願意用它亮相，若不是危難當頭……

如夢令：他呢，牛皋怎麼反應？

卜算子：不告訴你。

如夢令：不告訴我？真的嗎？再不告訴我，你把我的陰道還給我！

卜算子：好，我說。他、他說「男的也行」。

如夢令：……

卜算子：你別發呆，他的確說的是「男的也行」。

如夢令：（氣得直跺腳）好、好個牛皋，無所不為呀！他等著，等著我怎麼跟他算總帳！

卜算子：（慢吞吞地）你得先練上一身腱子肉。還得打雄性激素，長滿臉大鬍子，最好胸上也長滿了毛兒。還得……

如夢令：還得讓龜頭形態完全逼真，到宇宙最初三分鐘去，對不對？

卜算子：算是對吧。（摘下首飾）作為患難與共的朋友，請你收下它，變賣可以作路費，最好買頭等艙。金錢有時也可以培養氣派。

如夢令：好，我收下。謝謝你！等我回來，我會找牛皋替你報仇。

卜算子：那倒不是最重要的。我真心地希望你從宇宙最初三分鐘回來，已成為一個真正的男人，像宇宙最初三分鐘男人那樣。

如夢令：我會努力。不過，我不那麼有信心。

卜算子：只要努力就行，鐵杵磨成針嘛。

如夢令：謝謝你！我一定早去早回！（退場）

卜算子：（依依不捨地送到門口）一路平安，一路平安！

△後臺響起悠遠的舞曲。

△卜算子徐緩地跳起寂寥的華爾滋舞步，一一拾起地板上的花束，懷抱著旋轉到一面無實物的鏡子前左照右照，煞是自我欣賞。突然，她把頭埋進花朵中慟哭起來。

△燈漸暗。

25

〈在你的劃痕上〉／一封有標題情書／讀者致作者亦即你致崔子

流矢般流螢般流風般射入你心間的，是我的視力我的視點我的視線。一旦觸碰到透明的血色，視線的末梢和心靈的末梢就同時發生震動震顫震盪。一環一環漣漪狀的抖動襲擊著襲擊著你的心扉我的光陰我的思念和想望。一環環感染一段段狂念，還有索求和空泛，擊打著你的大智若愚我的才華如月你的雄風大節我的潤筆萬言。雪泥鴻爪四季風轉。漫過你側影的，是時光的波濤時光的大水。

立著佇立著屹立著，我在大水的崖畔堅守著我的視角我的視野。你在大水間與百舸爭流與千帆競發與萬艦齊飛。你以你的弱小你以你的潔白你以你的少年美顏，與白鷗齊飛與白濤競發與白鯨爭游。在那個陽光瑰麗陽光燦爛陽光明妍陽光輝煌的早晨，一片人影貼在瞬息化為烏有的水面上。那是我的思戀我思戀的立場。太陽芒刺以七種以上的色彩刺擊著我的思念我的心胸我的軀體，從立場的背後。心房有重重高牆，重重高牆內磚一樣書一樣排列著堆砌著無數往日無限往事。你濾淨我，濾淨我濾淨射入我心間的光陰。我將一片沒有事故沒有光陰的立場投放，投放到奔湧萬象險峻橫生的物質大水上。

我看到你的足步，你的足步尖細而淒楚美麗。它在瞬間舉邁，邁進瞬間邁進瞬間萬化瞬間化為烏有的時光大水之中。你於波濤於洪流於白水間顛沛，顛沛流離卻萬劫不衰顛沛流離卻萬劫不滅。你說過嘛，那是他的立場，他的立場於洪波白水巨浪之間漂浮漂移漂遊漂流漂泊。我對他寂然一笑：你為何不沉淪呢？

流水般流雲般流風般鋪展在隱隱約約、隱隱約約影影綽綽的歷史間的，是我的憂鬱我的眷慕我的期盼，我的冥懷和你的姿勢你的姿態你的立場。萬箭穿心百舸競發的早晨，他踏著踩著攜帶著黑色人生的段落踱到我的身邊你的心邊。他美妙美麗美好地對我一笑：你怎麼長得如此寂滅？

你生來如此，生來如此寂滅嗎。寂滅是一種兩種三種以上的遺傳嗎。你把你把你的觀念佇立著矗立著屹立著投射到時光大水的表面，只是表面只是表皮只是十分十分淺表。飄浮著虛懸著，我的表情他的玄機不會墮落不會喪生水底。表情的周邊玄機的周邊波光粼粼水光循循。你說我不過是波光粼粼水光循循間抖顫著的一抹陰影。我因我的表情你的玄機在歷史大水中獲得一片陰影一個陰影般的位置。是的，我怎麼長得如此寂滅呢？他說我的長相我的表情像我的心情我的立場我的奧妙一模一樣。你說用一抹陰影來描繪某一種存在某一種性別某一種目光某一種傳統，更加恰當更加恰切更加恰如其分。

就在昨天就在昨天早晨就在昨天的昨天早晨，他踱步到星球的邊緣，俯窗遠眺寰宇的滔滔光陰。你說他除去自己的陰影一無所見一無所感。我說除去他的陰影他的立場，宇宙一無所納，一無所現。我踱步，總是在他的星球邊緣慢慢騰騰地踱著方步。他的星球邊緣不是邊，僅僅是一道劃痕一道輕描淡寫毫無傷痛的劃痕。當你的目光閃過一個念頭一種預感，那道劃痕上已摞不住他的影子。它不堪影子的質感影子的重量。影子呼喊著無聲地呼喊著墜向滔滔寰宇的黑白季節。他以影子的形式影子的形象對我猙獰一笑。你對我的陰影我的飄零我墮落中的立場猙猙獰獰淫淫蕩蕩地一笑：你到底從劃痕上向下向下再向下地隕落，向下再向下地沉淪了。你在我的側方我夢的背面我思想的後方，粗野狂放虛實不明地笑而又笑。你向我的胸襟我的面影我的側影我的背影，揣了個纖巧婀娜旖旎萬方的蓮花腳。你呼叫著呼喊著，他歌吟著歌唱著，無望無助且興致勃勃地向著粼粼波光悠悠恆河飄搖而落。

你在你的劃痕上伸出你旖旎萬方纖巧婀娜的光陰之手，向著我的末梢我的長相我的立場發出波粒雙態的追憶。我禁不住中止墮落，攀援在攀附在你的追憶上。我急迫地迫不及待地問：你為何不沉淪呢？

26

六藝用標題情書重獲她的芳心／
電影館最後一排／
小動作太多使他們只看到電影圈
大肆風行的新文體：故事大綱／
片中的花子盧和燕青就是我們
劇院的花子盧和燕青嗎／
他們比他們年輕得多也時髦得多／
小十年就小了一代人／
我認為那是他們主演的影片：
十年前或十年後都一樣。

片頭。

花子虛和燕青、金玉奴和柳翠相繼來到宇宙最後三分鐘影院門前。夜晚的燈火和三三兩兩的觀眾時時將這兩對友人的身影遮斷。

一堵大型燈箱海報上拼貼著十餘幅彩色劇照。劇照中，花子虛和燕青只有十八、九歲的樣子，與前來觀影的二人相比，年齡、身分、衣著風範、氣度均有所不同。劇照上方是醒目的片名《愛情三部曲》。

入口處，本片策劃人王衛、編劇梅元華、導演陳偉、攝影張錫貴、美工師田濛濛、錄音師林海等人隨同觀眾持票進入影院。

設施精良的影院內，觀眾們紛紛落座。燈漸暗。第一部曲啟鏡。

字幕：風裡花。

花子虛家。夏日清晨。戀友燕青擁抱著花子虛雙雙裸眠。花母猛然闖入，將二人「捉姦」。燕青被驅逐。花子虛從此遭軟禁。

花父居官。他派祕書趙匡挾持花子虛去性學中心進行醫檢。生理檢查時，花子虛聲稱自己是雙性人，但醫生否定了他的自供。心理測驗時，他自作聰明，故作異性戀者的心態。結果，他被確診為從先天，遺傳基因，身體形態到心理機制完全健康的男性暨異性戀者。這樣一來，花父花母把一切罪責都歸於燕青，並向燕青所在的宇宙最初三分鐘大學提出訴狀，告他「引誘良家少年」。燕青被開除學籍，終日流浪街頭。

花子虛知道自己弄巧成拙，萬分愧疚。加之軟禁日久，格外思念燕青。他設計騙過花母雇傭的監察鄧加，夜與燕青幽會。

燕青變賣集聚多年的郵票、書和心愛的錄音裝置，與花子虛雙雙私奔。在火車上，趙匡率領幾條壯漢將二人抓獲。對花子虛，他們殊禮有加。對燕青，則拳打腳踢，花子虛出面干預並不生效。途中停車，趙匡抓著燕青的性具將他拋到深夜裡一個無名小站上。

花子虛被劫回家中一病不起。病情稍有轉機，花母便物色了少女柳翠，半引誘半逼迫地讓兒子與她成親。心身憔悴的花子虛幾乎連拒絕的力氣都沒有。婚事迫在眉睫。

燕青聞知花子虛將要娶妻，十分生氣，風塵僕僕來鬧花家。他不僅指責花子虛軟弱薄情，而且揚言要去花父任要職的機構宣布他與花子虛的戀人關係。花子虛苦勸他，認為不能因自己的「病態」而毀掉自己的家人。燕青質問他：你真的認為我們相戀是病嗎？花子虛回答他：別人都把這看成病，我能有什麼特別的看法．燕青一氣之下宣布絕交，然後破門而出。

花子虛痛苦至極，再染重屙。婚期只好拖延。住院期間，他一再請求母親找尋燕青，都遭到嚴厲拒絕。柳翠則盡著少女的全部溫情護理著自己的未婚夫。

一年之後，花子虛病逝。燕青已考取駕駛執照準備出國定居。聞知花子虛死訊，他到花家請求分得舊友的一份骨灰。花母再次將他趕走。回到住處，他悲痛地撕毀了自己的護照。正在這時，趙匡來找他，將竊得的一份骨灰交給他。燕青收下骨灰，問對方何以回報。趙匡提出，要吻他一次。

燈漸明。影院內有觀眾起身外出。花子虛揉揉眼睛，聽著身旁的燕青高談闊論。在他們身後不遠處，金玉奴買回兩支霜淇淋坐到柳翠身旁，將其中的一支遞給她。二人剝開包裝，開始吸吮霜淇淋。燈漸暗。第二部曲啟鏡。

字幕：雲間雨。

某一年夏天，雨的季節，燕雁開始戀慕弟弟燕青的女友柳翠。在姊弟合租的公寓裡，柳翠處境十分微妙：一方面燕青對她日益厭倦，另一方面燕雁對她日益殷勤。燕青藉口宇宙最中三分鐘歌劇院連演夜場，連續十餘天沒有回家與柳翠同居。

柳翠很痛苦。她仍摯戀著燕青。燕雁乘機提議與柳翠去宇宙最初三分鐘旅行，費用由她一人擔負。心灰急冷中，柳翠打電話徵求燕青的意見。燕青欣然同意。

燕青獨自在家，為自己製作豐盛的晚筵。他自酌自飲，還為自己坐過的空椅子演唱歌劇《Pagliacci》中卡尼奧之妻內達的女高音唱段〈鳥之歌〉。他的演唱中時時露出男高音的馬腳，但他的表情至為真切。「美麗的小鳥在高空箭一般地飛翔，不怕狂風暴雨，張開翅膀飛越海洋，嚮往那夢中所到的陌生地方。儘管旅途艱辛，前程渺茫，只要翅膀還有力量，它總是不停地飛，飛呀飛呀，飛向那遙遠遙遠的遠方。」

金玉奴來敲燕青的門。她是燕雁的老友，情誼已經寡淡，此夜突發懷舊之情找上門來。燕青剛剛出浴，一派容光煥發。他照亮了金玉奴的眼光。金玉奴稱自己無家可歸，要求留在燕雁的房間裡過夜。

燕雁和柳翠從宇宙最初三分鐘回來，發現燕青已與金玉奴同榻共枕。柳翠備受打擊，發生暈眩。燕雁將她扶入自己的臥室。從此，四人在同一所房子裡開始了關係錯綜而微妙的生活。

有一天，金玉奴將燕雁和柳翠在宇宙最初三分鐘的吻照拿給燕青看。房裡只剩姊弟二人時，弟弟問姊姊：你喜歡女孩子多久了。姊姊回答：從懂得喜歡那天起。

柳翠趁金玉奴不在，找燕青問他為何拋棄她。燕青很隨便地說：因為燕雁比我更喜歡你。柳翠哭了。她說：可是我愛你甚於愛她。燕青直言道：可是我喜歡金玉奴甚於喜歡你。

燕青隨劇團去宇宙最後三分鐘演出《沙皇與木匠》[32]。金玉奴難耐孤寂，睡到燕雁和柳翠之間。柳翠趁機報復，與她大打出手。燕雁勸阻二人。她睡在二人之間，三人就此相安無事。

燕青回來後，金玉奴仍不時跑到另一房間與燕雁廝混。對此，燕青抱無所謂的默許姿態。柳翠大惑不解。她問燕青為何如此。燕青說：她離不開我，也離不開你們，而我其實一個人也行。

燕青生日這天，四人一間到海灘上玩。燕雁給三人拍照片：燕青居中，金玉奴在左柳翠在右，三人相互勾肩搭背，笑得挺舒暢。燕青接過相機給三位女性拍照。這一次，是柳翠吻著燕雁的左臉金玉奴吻著燕雁右臉的鏡頭，三人顯得很甜蜜很溫暖。

場燈漸明。有人站起衝銀幕嗚響一記悠長而嘹亮的唿哨。燕青掏出香煙銜出一支叼在嘴上。花子虛伸了伸疲乏的雙臂。燕青起身外出，手中很帥地玩著打火機。

[32] Gustav Albert Lortzing（1801-1851）的三幕喜歌劇（1837）。

走到金玉奴和柳翠身邊，他的手技出現失誤，打火機失控向金玉奴砸去。柳翠眼疾手快接住它，還給燕青。燕青連連道謝著退行，金玉奴不滿地瞪著他，柳翠則衝他友好而傲慢地一笑。顯然，他們素不相識。場燈漸暗時，燕青方急匆匆地回到場內。他尚未落座，第三部曲已啟鏡。

字幕：雪中月。

宇宙最後三分鐘表演學院招生期間，年輕教師鄧加接待外省考生花子虛的來訪。應其請求，鄧加輔導他表演《哈姆萊特》[33]的「生存還是死亡」一段。輔導結束，鄧加邀請花子虛到自己的單身宿舍吃他拿手的菜肴。花子虛吃得很香，並把那道獨創的菜命名為「雪中月」。

夜深人靜，鄧加邀請花子虛在自己的宿舍留宿。花子虛欣然同意。上床前他把自己脫得一絲不掛，然後獨享單人床。鄧加打地鋪。熄燈不久，花子虛從床上滾落下來，砸在鄧加身上。

錄取季節到來，花子虛統考成績沒達標，來找鄧加幫忙。鄧加答應盡力為他爭取機會。花子虛獎勵他一個很長的吻。

新生報到時，花子虛一身騎士裝束來簽到。簽到後，他去看望鄧加。二年級生燕

[33] 即莎士比亞名劇《哈姆雷特》（*Hamlet*）。

青正在鄧加宿舍閒聊，他對花子虛一見傾心。離開時，花子虛向鄧加借了兩千元錢。

為了排演獨幕戲《街頭愛情》，花子虛結識了百萬富翁的女兒柳翠。柳翠生就熱情如火的性情，很快把花子虛作了摯戀的對象。花子虛用她的錢包了一套豪華客房，還把她帶去見鄧加。鄧加對柳翠冷也不是熱也不是。柳翠對他的尷尬和無奈渾然不覺。

柳翠陪父親外出做生意時，花子虛將燕青請到下榻的酒店大肆揮霍一番。燕青想向他傾吐衷情，被他阻止了。他說：我知道我這人招女人喜歡也討男人喜歡。燕青問他的性偏好。他說自己是橫看成嶺側對成峰。

花子虛收到老家來電，他父親被人敲詐兩百萬元，拿不出就得以命相抵。他到柳翠家很順利地竊得這個數額的錢，乘飛機回故鄉解救父親。

柳父發現現金失竊，馬上懷疑到花子虛。柳翠從排練場叫出花子虛，問他是否拿了那錢。花子虛立即供認不諱，他認為拿她家的錢理所當然。柳翠依照他的話回覆父親，也認為他的錢她和男友可以隨便花。柳父則很生氣，打電話向表演學院控告花子虛。

學院審查花子虛，以開除相威脅。壓力之下，花子虛不得不承認錢為自己所竊，但是主犯是鄧加：他長期吸毒欠下毒販子鉅款。校方一向反感鄧加先鋒藝術家的思想、言論和狀態，對花子虛的供狀信之不疑。應校方要求，花子虛寫好供狀，找到燕青，要他作為證人和受害人簽名。供狀中寫有鄧加利用教師職務之便猥褻同性學生的情節和細節。燕青拒絕簽名。花子虛要他權衡得與失：出賣一個不愛的人而獲得所愛人的愛。

鄧加被隔離調查。他不知所以然。校方出具一張狀紙，上面赫然簽著花子虛和燕青的名字。他強忍住滿眼淚水，默認全部「罪行」。

花子虛請燕青去迪廳大跳迪斯可。然後，二人來到花子虛包租的客房中一起洗淋浴。

校方宣布開除鄧加公職。鄧加一時無力退還「贓款」，主動選擇去拘留所。離校前夕，花子虛來為鄧加送別。他說他很欽佩鄧加，並想以身體行為來酬謝對方。鄧加苦笑著迴避了擁抱，只是說：無論如何我是愛你的。

燕青在夜色中等候花子虛。花子虛一出門就一改在鄧加處的心有戚戚狀，無憂無慮、隨隨便便地對並行的燕青說：你們都一樣，只懂得愛，不論是非不論善惡。他們走遠後，夜色遮蓋了一切。

片尾。

從影院觀眾席視角所看到的銀幕和銀幕上依次升現的演職人員字幕。音樂聲中，場燈漸明。字幕終止，觀眾紛紛離席。花子虛等人混雜在觀眾中面鏡入鏡復出鏡。影院空空蕩蕩。

字幕：劇終。

27

知識就是力量／
我在街上跟蹤錄音：
一對少年戀人的對話頗具前衛性／
宮廷與民間共俱的古老主題在新時代
煥發出嶄新的先鋒色彩／
對話的前提：一致反對人獸戀。

喂，騎快一點兒，去遲了只能在幕間才能入座。那些領位員個個都跟偶人兒似的，根本別想獲得通融。

你就說，你是個變性人兒，剛剛變成個男的，這齣戲的素材還是你提供的。看他們放不放你進。

你怎麼辦？

我，我就說我正緊鑼密鼓策劃換性別。

可你根本不像個假小子。喂，把手給我，我帶帶你。

我不用勁兒乾待著也成嗎？

扶正了車把就成。

扶正了你就能這麼扯著我暢通無阻地騎入劇院大廳再進劇場通道，直抵舞臺前沿嗎？

在想像中肯定能。在夢裡和電影裡也能。對了，我問你，假如我真的是一個變性人，像如夢令那樣，你會這麼喜歡我嗎？

會。

假如我是一個同性戀者，像昨天電影裡的那些人那樣，你也會嗎？

你是說像《愛在三部曲》[34]裡的男孩子那樣？這我得想想。或許，得像以往那樣，咱倆討論，討論出個頭緒再決定態度。

僅憑直覺不經過討論。

多少有點複雜。看外表，你同那個花子虛，對，是兩個花子虛，還有那三個燕青，也差不離兒。都是些帥哥，挺潮兒的。講道德性嘛，我不喜歡騙子，又覺得第

[34] 指美國導演Richard Linklater（1960-）編導的三部對話體獨立電影：《愛在黎明破曉時》（*Before Sunrise*，1995）、《愛在日落巴黎時》（*Before Sunset*，2004）和《愛在午夜希臘時》（*Before Midnight*，2013）。

二個花子虛活得挺真實，有他的合理性。存在即合理嘛。

先別扯上薩特。我只喜歡他的《牆》。再說，他老人家也過時了。他妻子挺棒的，經常騷擾她的女學生。你要是她的學生，也得接受它。

你願意我那樣？

當然。一個人經歷不尋常的事情越多就越豐富，也就越單純。許許多多，大的火，才能煉出一點點金。

那我明天去找波伏娃[35]。

我明天就去找燕青或者花子虛。然後，我們重新走到一起，保準會更加相愛。

現在愛得還不夠深嗎？

你不是說過，愛有無盡的深度嗎？

我們得老這麼往更深處沉嗎？我感到，一旦認識到終極是無極，心就老了，可是身體還是個孩子。

我會儘快把你變成個成人。用這種方式。

那是你唯一的方式。

不，還有繪畫。我可以畫一些春宮畫給你看，促發你的成熟。你見過鯉魚在用陽光孵化自己的卵嗎？有的時候，一句汙言穢語，一段廁所文字，一張色情畫或者

---

[35] Simone de Beauvoir（1908-1986），法國女性哲學家、作家、女性主義者，以著作《第二性》（*Le Deuxième Sexe*）聞名於世。終身與沙特維持開放性關係。臺灣常見的譯名為西蒙．波娃。

誘姦強姦一類的罪行，都可能使人從此對成人生活想入非非，並進而成為成人。

你是成人嗎？

是。

同誰？

不，你問得缺少方位感。如果是我同誰，只會問你。目前你拒絕那個方式。但這樣不等於我不是成人。假如我們是通過手淫而催化了自己呢？咱們的同學，男同學，大多數都是用自己的手測量自己成熟的硬度和長度的。

你也是嗎？

不止是。

還有什麼？

也許是綜合的方式，多重的刺激激發了我成為男人。譬如一本很具體很具體的古代小說。一直是禁書，你絕對不能看，寫了許多器具還有器官改造……

我知道，是狗鞭移植到人的身上。

你又讓我吃一驚。不過，原理你就不懂了。

有的人更關心細部問題，有的人更關心行為，我是後者。你還沒講完，你的綜合方式和多重刺激。

其實也不複雜。嚴格地講，我不屬於通過自慰而完成男性的那類人。我身上擁有另一種普遍性：大男人或者大女人助長小一些的異性或同性。

我懂了。不是你同誰的方位，而是一個大齡女子同你的方位。你在那個方位上從男孩子過渡為男人。你別用力抓我，以示不滿。我知道，孩子與成人之間的界限遠不像語言所界定的這麼清楚。有時，語言是一個陷阱。能從它的偽裝上跨過去的人不多。好吧，現在得閉緊我的嘴。聽你講她同你的方位……

不是女性的她而是男性的他。你介意嗎？是他用男人的體力和精神點撥了我。

對不起，還是得打斷你。你沒有變成陽痿嗎？

沒有。絕對沒有。

也沒成為同性戀者？

也沒有。若有，就不會這麼愛重你了。

也有雙性戀者。

我想是，可惜我天生沒那麼全面。

那麼你是被他強姦？

是他們輪姦。

活該，誰讓你長得太帥，打扮得又像隻兔子。我一點兒都不覺得奇怪。

不奇怪就對了。其實是我開的頭兒。我如此這般討女孩子歡喜，一度不甘心。咱班上的陳偉就比我更討男老師喜歡。於是，我想作一次魅力試驗。當試驗成功，證明我對男人也有非凡魅力的時候，我想退已經來不及。也好也好，年紀輕的時光什麼都經歷一些對人生的終結有好處。

多虧你沒有因噎廢食。我看過一篇小說，講的是主人公為了大學畢業分配出賣肉體的故事。他不僅為他自己，也為他所愛慕的女友和女友的男友的白金前程。從那以後，他一蹶不振。

不用說，那篇小說的作者保準是我們的父輩。被人雞姦，爾後就再也做不了男人的人，對我來講是一種社會現象。那種人保準太把自己的屁股當回事。你聽說過一個偽先鋒作家把一本厚厚的書貼上一個很誘惑的商標嗎？

當然，聽說過。柳翠買了一本，看完後氣得直哭，連說：「文壇墮落了」。你知道嗎，她一直把自己看成一個未來的作家。她哭得熱烈起來，說：「完了完了。」我鼓勵她不要把眼界侷限在時代文壇。她收住眼淚說：「只有他們是我要用筆尖兒一一戳死的敵人，不看他們的書怎麼刺中呀。」

沒勁沒勁，柳翠太古典。這種人當不成作家的。橫著比縱著比，都成了競爭對手。人人說這是一個自由競爭的時代，我看不出來。誰同誰競爭呢？無非是同自己的鄰人。上帝說要愛我們的鄰人像愛自己一樣。愛鄰人才能把心胸和眼光放到開闊地帶去。同鄰人競爭什麼呢？房產，地產，名譽，地位。光榮屬於上帝。人和人相互爭奪的是永遠不屬於自己的東西。

沒想到，你看上去那麼邊緣，骨子裡信的卻是最古老的基督。其實，相對於時代或者社會來講，信仰永遠處於最邊緣也最前衛的位置。

我不那麼懂你的意思。

等你有了信仰就懂了。

不，現在我就想更懂一些。像你那種對自己的身體經歷毫無所謂的態度也算信仰表現嗎？

凡是行為都是藝術。凡是藝術都是創作。人的行為和思想，就是上帝創作的藝術品。括弧。我對行為的態度表現我的思想。括弧完。

男人輪姦男人也是嗎？

好，你真厲害！同你在一起真過癮。

別那麼痞，回答我，要快！你看，劇院就要到了。

好，我招認，也是。

為什麼？

那也是人性的一道景觀嘛。

28 演出現場

我握著一管金筆，在稿紙的空格和字格間看到劇院現場的景象，並如我所見記錄下來，供你考察人類戲院歷史之用。我的金筆名曰英雄一〇〇，得自友人趙寧之贈。趙寧目前與陳偉同在一個國度。不過，他們都不知我內心如此歡悅又如此憂傷。

你是我的讀者，也是劇院文本的見證人。你此時正在通過我的眼光看到一對美好而裝束前衛的少年戀人（一個十八歲一個十七歲）切斷五花八門的燈輝出現在巨型拱門的下方。他們手拉著手，像這個時代中異性戀愛的任何典範作品一樣。只是，他們的步履和面光有些超前的意味：不是那麼絕對地純潔無邪。走入巨大的燈柱光區，張貼著劇照的大型牆壁幾乎沒引起他們的注意。比起建築的花紋和空間，比起雜沓的人群和出賣節目單的老人，他們的身影顯得既單薄又豐富。我總覺得他們與眾不同。你可能已經猜出，我一直在街上跟蹤他們，並竊錄了他們的對白。那是一種純粹的同期聲：與觀念和精神同期的同期聲，沒有影像的分兒。

當然，聽過一隻鳥的鳴啼，我們就會認識牠的靈魂。那些沒衝著我的話筒談知心話的人，如同沒有啼鳴的鳥，如同沒有靈魂。所以，當兩個美麗少年手拉著手被一個高大偶人領導著進入觀眾席位時，他們感到十分孤單（因為他們有點發抖，四周的目光似乎都如狼似虎地盯著他們）。他們把手拉得更緊。愈是這樣，愈是如芒在背。

他們的鄰居，無論左右前後，恰巧是一群來自宇宙最初三分鐘的觀摩團成員。這個觀摩團共有七百七十名成員。他們共同的志趣是以實際行為來進行時裝革命。他們認為，人類的傳統服飾文化拘泥於狹隘的性別劃分，存在著過於異性戀取向所造成的呆板和死寂。時裝革命的一期目標是擾亂公眾視聽，男裝女性化，女裝男性化，或者乾脆就是女扮男裝，男扮女裝。有哀鴻癖和有輕微哀鴻癖的人集結成團夥，從我的朋友朱朱定居的地方啟程，一路上花枝招展，招搖過市，果真將公眾的視線攪擾得一天比一天撩亂。他們從身體的外部開始反對性別霸權／男性霸權／女性霸權，而且收效匪淺。人類一家不分東西南北男女老少黑白紅黃的同化（或曰大同）理想，至為具象至為物化至為多姿多采地體現在他們從頭到腳每一分每一寸之上。

那一對男女分明的少年戀人意味著傳統。什麼是反傳統呢？你到我的字格間看看那七百七十位革命者就會一目了然。在大戰尚未開幕之前，戲劇現場已在演出另一種戲劇：傳統與反傳統是一種永恆的戲劇衝突。男性和女性一度構成一種激烈的，無法消弭的戲劇衝突。世界大同主義者們試圖消滅它，用服裝和化妝的方式。於是，堅持男女戲劇衝突的人成為傳統，成為反傳統派別的前提。難怪那一對少年戀人一落入劇場，立即就從大街上的前衛派變成了戲劇成分。原本他們是人，現場內他們被廢置掉生命一類的物性內容，成為男女分明的腐朽傳統的化身。革命者們從四面八方射來目光的箭矢，幾乎枝枝命中他們的末梢神經。

他們向頭排望去，一方面為了逃避那七百七十張花花綠綠的勁弩（不斷地發射著永無窮盡的利箭），一方面為了引誘：劇場頭排往往正襟危坐著比傳統更傳統的正統局面。在這裡，我不得不打斷你對他們朝前觀看姿態的觀看，讓你更注意字格裡的字：正統是對傳統糾偏後保留下來的精華部分，它在任何時代都居於主流體位，而未經糾偏的傳統（譬如物戀、影戀、同性戀）常常被它排擠在邊緣或縫隙裡。

現在，他們站起來朝前看（你也在看）：在一齣非正統的舞臺劇上演期間，正統的位置被空白保全著形象。重要的是，缺席比入席更顯赫（誰也不願或不敢擅入正統之禁區）。

少年戀人只好把目光向斜上方牽引，引導你去看樓上包廂裡的富人。你會看到，富人們看戲一般都帶著寵物、夫人／丈夫／情人／保鏢。富人和富人因為富有而彼此隔絕，互相輕蔑。總有一些富人更富一些，不似窮人都同樣的窮。他們來劇院，多半是為了有一個公共場所可以擺闊。每一場演出之後，都是暴發戶擺出的譜兒更大，而偽貴族（我們身處一個貴族全部陣亡於工業主義場所的惡劣時代）們往往顯得更高貴（也許是氣質）。這一次少年戀人的視角變化取得了成就：七百七十位革命者一哄而上，渙散到樓上的各個包廂中，迅速將富人淹沒（活該他們永遠是少數）。

寫到這裡，我從筆下的革命者身上發現我們人類缺少的一種素質：以多勝少。自古以來，強盜一直少於良民，美人一直少於醜人或平庸長相的人，英雄一直少於無名之輩，而且是大大地少。可是，人們始終圍著少數人轉，聽任他們揮霍歷史，決策農業時代的結束或者後工業時代的啟始。某一個單個的皇帝／總統、單一的少數現象／同性戀／思想家／衝鋒在前的戰士發起毀滅或半毀滅性攻擊。既得利益者是少數人。名垂青史者是少數人。人類何曾出現過以多勝少的壯舉?像時裝革命觀摩團淹沒劇院中的富人和寵物的場面，不過是曇花一現。

事實上，帷幕一拉開，樓上包廂中的局勢立即發生了變化。寵物犬們一看到臺上的戲劇場面有違牠們司空見慣的程式，便比其主人更加憤怒。牠們同時露出主人花鉅資在口腔醫院為其裝植的金牙或銀牙鑽石牙或毒蛇牙，朝著革命者便咬。牠們的絕對優勢體現為迅捷而兇猛地向每一個時裝模特的下體痛咬一口。

「主任，卜算子已昏迷不醒。」全劇的第一句臺詞剛剛從麻醉師甲的口罩下發出來，包廂裡就犬吠人嚎地亂成一團。臺上的手術有條不紊、一絲不苟地在進行。它的無聲正好將空間留給臺下的鬧劇。那一時少年戀人同時可以看兩臺戲。他們意外地獲得了直接參照戲劇看世俗和直接參照世俗看舞臺的機會。臺上和樓上，樓上和臺上，他們完完全全作為觀眾進入了劇情和劇場。他們澈底忘記了自己一度也是參與演出的重要角色。

29

寵物咬傷主人或者主人咬傷寵物的事件時有發生。我們演我們的戲。現場只是一種布景。觀眾是有預謀的群眾演員。我們演我們的好戲。

喂，燕青，昨晚我作了一個夢。場景就是小酒館那一場的樣子，燈光稀奇古怪。開始時，我夢見自己被一群暴徒堵在最不見燈光的那個角落裡，不可退也不可進。同樣，他們威逼著我，個個兇神惡煞。我感到自己的心和骨髓都在一陣陣類似於電流又比電流更具體的放射態力量沖刷下迅速走向瘦軟。同時，我又感到每一根神經都像繃得太緊的弦，隨時都可能因為壓力的加大而斷裂。我們僵持著，直到我忍無可忍從你的手中接過手槍（其實你最初根本沒來酒館，那場戲裡沒有你演的角色，我一直以為你待在地下室的化妝間裡），朝他們很準確地射擊。應該說，我彈無虛發。但是既沒有槍聲，槍口也不見火光，中彈的每一個暴徒都咧開黑黃色的大板牙衝我獰笑，並且將隨手掠住的橡皮子彈展示給我看。我嚇壞了，連忙衝你喊：

「燕青，快跑！」

酒館的布景突然開始緊縮。扮演牛皋的亶爰正在佯裝醉酒，用比小人物的聲腔開闊得多的聲音念著道白，根本無視我們的險境。他的兒子牛咬金眼巴巴地、多愁善感地偎在他懷裡，散漫地望著臺下，彷彿我們的生死跟他們的表演全然不相干。你也令我焦急：你接過我的手槍，左看右看，甚至拆開來檢查，想弄清楚它為什麼無端不射炸子，只射橡皮彈。我只好抓緊你的左手，用力地掐，盡力使你領悟我的意圖。你多多少少意識到暴徒們正在增進的殺氣，悄悄對我說：「別急，等牛這段臺詞一念完，我們就沖過去。注意從牛和牛咬金之間衝過去，利用他們作擋箭牌，死的會是他們而不是我倆。」我和你爭論：「那不行，不能損人又利己。如夢令死了老公和兒子，該怎麼活下去！」你說：「嗐，她都已經變性，只剩裝一根你的陽具了，還在乎老公兒子嗎？母性一消失，愛也消失，痛苦也就消失了。聽我的，不然只有死。」

這時候，牛皋正悲從中來。他與在場的每一個酒徒碰杯，然後一飲而盡：與每一個酒徒，只是排除了我和你還有那一群迫害我們的歹徒。豪飲之後，他愈發涕淚滂沱。他衝觀眾席間半隱著的一對少年戀人慷慨陳辭。「孩子，我親愛的孩子，你要記住你的媽媽背叛了我們，在光天化日之下公然地變成一個男的，讓我沒了老婆，你沒了親娘。你聽聽，她在手術臺上還用大哥大打電話來，故意氣我，說什麼我和你的男權主義在無影燈下已經瓦解。男的誰當不了，只要換一個開關就成。你聽聽，多麼惡毒。倒楣的時代，倒楣的科學，助長女子霸權主義到何種地步！等你長大，一定要拿著爸爸那把騸驢的刀找你媽，把她那玩藝騙下來，奪回這個惡時代從你手中奪走的媽媽。你，膽小如鼠、哭哭啼啼的孩子，你得向我發誓！」

你向我使了個眼色。在牛皎金怯懦地舉起小拳頭的一剎那，我們猛然朝他們衝去。沒費什麼氣力，他們就被我們分開，化成兩根類似廊柱的東西，並且為我們展開一道曲折迂迴的長廊。我們風一樣颺進去。暴徒們也風一樣地撲過來。在小酒館那場戲中飾演酒徒的演員也都變了裝束和表相，成了暴力集團的成員。我和你時而肩並肩，時而手挽著手，時而一前一後相互掩護。可是，在長廊的盡頭是絕崖峭壁，崖下是墨一樣的滔滔黑水。危急關頭，我和你背水一戰：我們每人手中都握著一柄派克式左輪手槍，雙手緊握著，雙膝微屈，全身微微下蹲，作出一副可以後空翻向崖下跳水的樣子。我們互相一使眼色，同時開了槍。這一次，子彈一一射入暴徒的胸膛。依舊聽不見槍聲，只見他們一個個俯首盯著胸上圓圓的彈洞相繼仰倒。我們沒有勝利者的喜悅。殺人的罪惡感馬上控制了我們的每一根神經。我們越過重重屍體順原路逃跑。那些屍體在我們剛剛踏過之後立即跳起，脫去黑牛皮衣褲，露出國際員警的徽章和制服。

逃來逃去，我和你已相互失散。我乘地鐵電梯迅速進入月臺。一輛又一輛列車從兩側的軌道上飛馳而過。另一入口湧下大批消防隊員。他們清一色穿著防火的鼠色連帽連衣連鞋褲，洪水般漫向我。我只好返身踏上下行的電梯，逆著它的行向向上跳。在電梯的上端方廳中，空無一人。恍惚間，我感到危險已經過去。我把你以及與你一起並肩戰鬥患難與共的實況立即拋到九霄雲外。我信步在臺上走動（當然方廳已化為舞臺），思索著明天彩排時的走位。一些置景工正在將一些鐵欄柵向臺上擺放。我問他們那是為什麼，他們平靜地回答我：為了關押你、燕青、胡坤和王維明。我申辯道：我們既沒犯罪，戲裡又沒有這樣的情節，為何設置監牢？私設牢獄要被收監的。他們毫無懼色，有條不紊地將整個舞臺焊接成一只巨大的囚籠。

我正在囚籠中散步放風，你和王維明手抓著欄杆呼喚我去解救你們。你們被囚禁在牢籠外嗎？我一時想不清楚：這個時代這個國家用什麼手段在監牢內外都能對我們實行監禁。我糊里糊塗地對你說：「砸斷鎖鏈跳進來。」你卻對我說：「你砸斷鋼筋跳出來救我們呀。」我正想搞明白誰是救星誰是被救贖的人，或者誰可能救誰、誰的處境更安全，亶爰帶著他的獨生子曹植（正是他飾演牛咬金）來排練小酒館一場戲。一見舞臺上的樣子，他頓時怒不可遏。他用洪亮的聲音斥責空蕩蕩的觀眾席：這就是你們的秩序嗎？用鎖鏈鎖住書帙，鎖住銀幕，也要鎖住舞臺嗎，我以英雄和頭牌演員的雙重身分警告你們，再不撤銷鐵柵欄就別想再看到任何為你們歌功頌德或者為時代隔靴搔癢的好戲！這時，一束探照燈打到我身上，死死地逼住我。鐵柵欄和你們都不知去向。我獨自一人左衝右突，總是逃不脫那束強光的圍困。我聽到你在側臺急切地壓低聲音提醒我：快下場，不然他們會開槍打死你！

30 時代的叫聲

為了我們可憐的戲劇事業，請掏出你的錢包買一份、買一份吧！有學術價值和收藏價值！

救救孩子！救救溺水兒童吧！

救救生命垂危的傷患！救救犯罪的少年！

救救年邁體衰無家可歸的老人！

救救瀕危的物種吧，諸如新鮮空氣和陸地。海洋正在上漲，第二次洪水紀就要到來了！

買一份吧，一塊錢一份，說明書的背後附有關於ＨＩＶ的預防知識，主要是保險套的隨身攜帶隨時使用……

可憐可憐孩子吧！不上學的孩子沒前途！

賣報賣報，《商海晨報》！全民皆商，國富民強！賣報賣報，《全民皆商報》！

買一送一，買一送一嘍！買一份劇情說明書送一張亶爰先生的寫真嘍！買一送一買一送一，不願意要亶爰的可以送一張類給你。還有還有，還有花子虛的女妝玉照。應有盡有，性別齊全嘍。買一送一買一送一嘍！

有同情心的人可以試一試，一擦就靈，只要一滴就能消滅記憶的全部汙點！買一瓶回去吧，為了你的同情心買一瓶去汙靈吧！

消字靈消字靈嘍！無論公文、合同、稅票還是證書、手稿、典籍，保準你水到字除，任你心意。五塊五塊，五塊一瓶！

為了我們的民族電影工業，請莫看洋片，莫看西片！國產影片沒有任何暴露鏡頭嘍！

買一份說明吧，你可以一舉多得，既可以瞭解劇情和演職人員，又可以在幕間休息時讀讀那些格言警句。相信對你的人生會有大裨益。花一塊錢可以換回無價的精神食糧嘍！

大甩賣！大甩賣。清倉大甩賣了嘿！

31 印在說明書後的一些美麗概念

愛　情：無條件的性許諾。（咪咪）

美和善：天賦中註定受損傷受迫害的成分。永遠遭受傷殘，卻從未絕滅。它從不出擊，只守在自己的立場上，有時是自己的血泊上。（花子虛）

才　華：酷似海洛因的一種物質。貴重，從價值主義上講。充滿誘惑，從人性軟弱上講。更主要的是令不擁有它的人產生圍剿的欲望。禁毒運動是它引起的社會現象。（扈三娘）

神　話：關於神的一系列原始符號，抑或人處於不同世代不同地域不同語境中對上帝形象大同小異的描摹。它產生自人，而不是神。只有淳樸的生命才

能孕育它。（鄧加）

潔與穢：生命從潔淨中來。父精母血，至潔至淨。但是，單一的精液一旦無關乎生殖而單行釋放，則被視為穢物。潔與穢是過程的兩端。始於潔而終於穢，世物大抵如此。（類）

苦難和惡：激發人類尋求天國的一種神力。倘或缺乏它們，人們會對世俗和肉欲愈發泥足深陷。（燕青）

思念：死亡同出生一起構成同一性的龐大事實。生命一旦啟始，對死亡的朝思暮想便同時開啟。貪生和向死是同一種鄉戀。（六藝）

失戀：由占有欲衍生的一種失落感。它同丟失錢財的感覺和情緒類同。同時，它引發自卑意識。無能力獲得＝無能保全＝性無能＝魅力匱乏。（四卓）

刀：又冷又硬的「在」。它以刃的方式切入固體。血管，肌膚，組織，無論人物動物植物，都可成為它的犧牲。儘管它也有侷限，無法切割阻力大於它的固體（譬如鑽石），但依舊永恆地象徵著暴力和流血衝突。然而，面對靈魂，它的鋒與刃只能恢復固有的礦石狀態。失去鋒與刃的本義，刀只是一件擺設。（亶爰）

修　辭：魔鬼、肉身、世俗，是上帝的反對修辭。愛情、快樂、歡娛、幸福，是肉身和世俗的正面修辭。修辭是一種表情，可以不斷改換。人類是上帝的一種表情，無論它怎樣變化全套善惡美醜的修辭格式。（金玉奴）

靈與肉：肉體借助生命的形式捉獲靈魂。靈魂竭盡全力在肉身中衝突、掙扎，猶如籠中困獸。人用一生時光來維持護理肉體。靈魂用人的一生來擺脫它。人介乎於靈魂與肉體之間，為靈與肉的結合與分離提供載體。（柳翠）

母　親：一種職業，一種關於人類原始修養的職業。她給予孩子什麼，孩子就擁有什麼。或者相反，她給予什麼，孩子就揮霍什麼。（月明和尚）

神　：耶穌基利斯督的同義詞。人之上的一種「在」。救世者和至尊者。他司創造又司拯救。撒旦司毀滅。人被創造，被神。人亦被引誘和毀滅，被蛇。受誘引的人做出超出神旨意的事。上主成肉身擔負救贖。人自以為可以創造。於是製造了偶像。神為永恆之「在」。偶像則必被打碎。人摹仿神去拯救其作品，把破碎的再造為新偶像。譬如從領袖到領袖。譬如從英雄到英雄。譬如從錢到錢。但人從未得到過偶像的救贖。神把光明給人。人看不見，以為偶像即光明。他處於黑暗中，因為對神閉上雙眼或熟視無睹。（院長趙匡胤）

32

如夢令之子自製兒歌／月亮跟著我……／牛皋搧他一耳光：你媽變男的啦。

姥姥住在很遠很遠的地方。我問爸爸，那兒有沒有月亮。爸爸說月亮跟著人走，隨便你到哪兒，它都掛在你的睫毛上。我跑到白光光白光光的雪地上，看月亮是不是踩著我的腳印，一行又一行。後來我同媽媽去看姥姥，月亮跟著我，還戴在我的頭頂上。我問媽媽：月亮被我帶來了，爸爸一個人在家，傷心不傷？

33

致朱晏／將地獄鎖入玩具城堡／關於《間隔》

今天是週日。雪後的冬天陽光真好。坐在書桌前給你寫回信，有一種寧寂的愜意。《紅桃A吹響號角》[36]寫完了四萬字，彷彿剛剛拉開幕布。像兒時數數一樣，一二三四五六七八九地寫下去，直到一〇〇，然後再從一開始。這就是我現在的小說秩序。我在隨著文字的隊伍行進。隊伍愈來愈長大，我也愈來愈孔武有力。現在嘛，我走到第十五段路程。我在十五這個數字上遇到一個在追尋自己想像物的人，也許操著滿口火星口音。他剛剛走進第三十三號性別科學迷宮，看到遍地酣睡的功

---

[36] 崔子恩另外一部長篇小說（2003年由珠海出版社出版）。

利主義風箏，聽著行囊中一對國王（一肥一瘦）有些像朱朱和翀翀的爭吵，尚不知作何感想。——說真的，我很為自己的這一類文學遭逢而得意忘形。

寫作和孤身獨處，已形成一種無可改易的歷史習性。它如同一個表情豐富脾氣變幻多端的遊戲夥伴。對它的憐憫或歎賞在幾年前便已消隱到路邊的草地中了。這是某類人生的存在方式。無論靜止還是打破靜態，方式已不再重構。況且，被上帝擺成這個姿勢又是一種多麼高潔芬芳的幸運。

薩特為我所熱愛。他代替我走過我思想行程最初的一大段路途。對於我，薩特已不是一個人，只是一種物，一種文字的物。因而，他不是我的地獄，甚至有可能是天堂（一個借喻修辭）。友情說到底也是一種物，不是一個或幾個具體的人。它保護我們的方式是與一塊蛋糕一個蘋果或一件T恤一樣的。它需要我們，是需要作為一種食品或衣裝與我們處於對等的位置。而人與人，能對等嗎？這樣說來，我比《間隔》多了一點樂觀。我已由它教會，把人看成物。人可以毀滅人。卻不能毀滅石頭。《間隔》也教會我逃脫地獄（他人即地獄的命題）的第二種方法：把自己也看作一種物。他人無法傷害作為物的我，我也無法任意毀壞作為物的我。生命在物中持續著，直到死亡將它變成另一類型的物。

地獄的恆態被薩特放進《間隔》裡。他自己逃了出來。他的智謀十分像結構主義者推崇的「詩性的智慧」。如同一個聰明伶俐的男孩子（或者其他性別）帶領著生前死後的全部知音夥伴，搭建了一座玩具城堡，用戲劇材料，然後將地獄鎖在裡邊，然後一哄而散。

如今，我走在他的身前或身後，用十分嚴肅的遊戲主義哲學和文學為我和我生前死後的夥伴搭建玩具城堡。此後吶，我們一起喊：一二三四五六七，我們都是木頭人。於是，我們在失去距離的空間中化為木頭人一般的物。

34

卜算子何以會成為卜算子／演戲不在戲功夫在戲外／花子虛摹仿電影手法從鏡子中喚出一個小卜算子／質詢和謀殺失敗

時　　間：西元某年某月某日，上午或正午

地　　點：宇宙最後三分鐘劇院獨身宿舍五一六室

出場人物：花子虛（花子虛飾）、小卜算子（曹植飾）

編　　劇：花子虛

觀　　眾：陳偉、梅元華、你和我

花　子　虛：咚咚咚，咚咚咚，芝麻開門嘍！

小卜算子：是誰呀，大西瓜嗎？

花　子　虛：不，不是。只要你看看我正在敲的這面鏡子，你就能認出我。

小卜算子：請等一等，我得戴上眼鏡。

花　子　虛：是近視鏡，還是老花鏡？

小卜算子：都不是。是散光鏡。不戴眼鏡，我看一切東西都是重疊的，兩個以上同樣東西的重疊。

花　子　虛：就像我是你的重疊一樣。

小卜算子：從現在起你該明白，凡是我聽不懂的話或者不愛理睬的話，一概不作聲。現在，我對你剛才那句話的反應是：默不作聲。

花　子　虛：我懂了，你是個有條理的孩子，十分重視遊戲規則。

小卜算子：……

花　子　虛：我判斷，這次沉默是不想理睬，原因是天性高傲，不屑於被鏡子另一面的陌生人誇獎。好，不再煩你，你現在戴好散光鏡嗎？

小卜算子：戴好了。

花　子　虛：你認識他嗎？

小卜算子：認識，天下的鏡子都是鏡子。
花子虛：不，我用的是人稱代詞，第三人稱代詞，不是事物代詞。
小卜算子：鏡子裡沒有第三人稱代詞呀。鏡子裡只有我，我的一對滑雪板，從沒用過的，它本來掛在牆上的，現在跑到鏡子裡來了。還有，就是我手上的這本《義大利童話》[37]。它太厚，把我的雙手都壓瘦啦。
花子虛：你看到你自己，就等於看到了我。我小的時候，也戴一副小眼鏡，散光鏡，不是總戴著，遇到有人敲鏡子的時候才戴，為了防止把鏡中人看成無數個自己。我也有一對滑雪板，過去從沒用過，掛在牆上，等待長大以後用它去長山滑雪。後來它也挪到對面的鏡子裡來了。還有，我也有一本《義大利童話》，是卡爾維諾先生親手送給我的，上面還有我的名字和他的簽名兒……
小卜算子：你的名字……
花子虛：我叫卜算子，人稱我為大卜算子。因為後來我去了長山，在那裡用那對滑雪板滑了雪。我長大了。可是我老記得小時候我不是一個男孩子。長大以後別人要我去幹男人幹的事……
小卜算子：幹什麼呢，時裝模特嗎？

[37] *Fiabe Italiane*（1956），Italo Calvino編。

花　子　虛：讓我去扛槍打仗。讓我去當扛麻袋的裝卸工。讓我當男人們的領袖。讓
　　我當嚴厲的男科學家或者男教師。總之，讓我幹的，我都不願意。

小卜算子：你真可憐。

花　子　虛：咚咚咚，咚咚咚，那麼，你給我開門罷！

小卜算子：你不是已經看到過我、鏡子、滑雪板、《義大利童話》和鏡中的一切
　　嗎，開不開門有什麼關係？

花　子　虛：甚至，我曾經就是你。但是，現在我與你有了距離，而且是不短的距
　　離，你有許多藏在頭腦裡的祕密已經被我忘記了。你一打開門，它們立
　　即就會重現在我面前。

小卜算子：你想讓我的祕密一下子消失嗎？

花　子　虛：不，不是消失，僅僅是向我公開，它們本來是屬於同一個人的。

小卜算子：……

花　子　虛：你不相信，對嗎？真的，我有很多證據證明它。

小卜算子：……

花　子　虛：你離開鏡子就看不到鏡中的你自己了嗎？你爬上小床，床上有一隻樣子
　　很喜劇的蛙，對嗎？那是一個白鬍子老頭送你的。後來他上吊死了，幫

助他離開你和這個世界的是一棵老榆樹和一根布腰帶。

小卜算子：那不是什麼祕密，好多人都看見我在老榆樹下哭。

花　子　盧：你的祕密恰恰隱藏在樹冠上的那只鵲巢中，不是嗎？那一天，你看到了上吊的王爺爺，同時也看到了那只鵲巢。陽光很耀眼，很白。你幾乎忘記了死神正停留在王爺爺的身上……

小卜算子：不對，不是忘記，是我自己太害怕它，有意去猜測那只鵲巢中有沒有喜鵲，大喜鵲還是小喜鵲。猜著猜著，我就不再害怕了。後來我就慢慢地往家走，認定那是一個空巢。

花　子　盧：長大後，我也無數次地想，那是一個空巢，喜鵲不在家。如同王爺爺的屍體是一個空巢，王爺爺飛走了，一直都沒再回來。他在另一棵樹上造了一個新巢。咚咚咚，咚咚咚，你還不給我開門嗎，我就是你的未來呀！

小卜算子：我對你有點好奇啦。

花　子　盧：那你就打開門，否則我只能照見我的現在，你只能照見你的現在。門一旦打開，我就可以回到過去。你就可以面對你活生生的未來。

小卜算子：真對不起，我都把手放在關鍵上了，可是又縮了回來。我的老師說，時間是無數點構成的波流。你卻撒謊說，門一旦打開我就可以面對我的未來。你只是一個點，是無窮無盡的波流嗎？

花子虛：……

小卜算子：假如我果真打開門，未來又只是一個你，不是無數個你組成的河流，我該對未來多麼失望呀。

花子虛：我明白了，你是對的。「孩子是長者之父」。你是我的源頭。即使你不開門，我也能在鏡子的這一面多多少少看到一些你的影子了。

小卜算子：你說錯啦。長者是孩子的長者，是孩子的上游。我不打開門，是在接受一種來自於神的默示。我是下游的水永遠不會流經上游：我永遠也不可能與你面對面。

花子虛：像電影那樣也不行嗎？

小卜算子：你是說，像那部《歲月》一樣，讓扮演小王爭的演員和扮演大王爭的演員對坐在同一節車廂的同一組座席上，由小王爭往窗上一遍又一遍地寫「這」字，直至寫遍窗子的每一個角落……

花子虛：我向你吹一下口哨，聲音不太響，你望著我。我問你：認識我嗎？

小卜算子：我點點頭，又搖搖頭。

花子虛：我認識王爺爺，他吊在老榆樹上，像打秋千。其實，他死了。

小卜算子：我認真地點點頭。

花　子　盧：我還一直愛著一個人，她叫史希珍。我再也找不見她。我總是在幻想，某一天在某一個地方遇到她，她抱著一個孩子，生活很艱苦。她的丈夫天天打她……

小卜算子：瞎說，史希珍是個小女孩兒，坐我後排，與我同班。她不會生小孩兒，也不會嫁人的。

花　子　盧：可是，媽媽是會老的，她已滿頭銀髮。

小卜算子：媽媽根本沒老，媽媽太年輕，才不許我出門遠行。

花　子　盧：你怎麼獨自在火車上？

小卜算子：不告訴你。

花　子　盧：請吃一個蘋果！

小卜算子：不，我不吃大人的東西。大人都不可靠。

花　子　盧：媽媽不是大人嗎？

小卜算子：媽媽是媽媽，不是大人。

花　子　盧：你又重新開始在窗上畫字，從右下角一直往上寫，直至寫滿到左上角。我問你：為什麼寫這麼多的「這」字呢？

小卜算子：為了不忘記。
花　子　虛：記住的，輕易忘不了。
小卜算子：我同你不一樣。我得很留心才能不忘記。
花　子　虛：只想記住「這」字嗎？
小卜算子：不，但最怕忘記它。它是我學習的第一個字，會寫的第一個字。要是把它給忘掉，就會什麼都記不住了。
花　子　虛：這。文走，走文？[38]意味著什麼？也許意味著你終生從文，當作家。如果是繁體字，就是言走，走言，那就是當教師，演說者兼作家。對，你將來準是作家。
小卜算子：不，我是王爭，你的過去、童年，你的記憶和你的未來。定格。劇終。
花　子　虛：咚咚咚，咚咚咚，芝麻開門嘍，芝麻芝麻開門啦！
小卜算子：你是大王爭嗎？
花　子　虛：對呀，咱倆曾在同一部電影裡飾演過同一個角色。
小卜算子：對不起，弄錯了。我是卜算子。你要找的小王爭被膠片留在電影館裡了。
花　子　虛：你還不願見我嗎，以電影的方式也不願意嗎？
小卜算子：以戲劇的方式也不願意。

38　「這」的簡體中文字形為「这」。

花子虛：你是一個固執的孩子。

小卜算子：……

花子虛：你以沉默來抗拒我嗎？我是一個演員，可以隨時變換身分。難道你不怕我怒從心頭起惡向膽邊生，扮成一個暴徒砸碎你這扇門嗎？

小卜算子：那麼說來，誰又不是演員呢？兩百八十八種至善起作用時就扮演大好人，好到一個人足以扮作兩百八十八個好人……

花子虛：你的說法來自蒙田[39]和帕斯卡爾[40]。帕斯卡爾還說壞的交談製造壞的典型……

小卜算子：不對，他從未那樣說。

花子虛：這無關緊要。有沒有藉口，暴力都同樣要施行，也同樣具有強力。一旦我被人拒絕得太久，一旦我的尊嚴喪失掉全部的耐性，什麼哲學的沉靜和藝術的從容就都阻止不了我的衝動。我要殺死你。你不怕嗎？

小卜算子：一點兒都不害怕，絲毫都不害怕。只要你願意，儘管用力用拳頭或者用膝頭用腳頭打砸這鏡子，直到粉碎。那時候，不但我從鏡中消失，你也會同樣。無論如何，你還是無法與我面對面。

花子虛：可是，對你來說那意味著死亡。

---

[39] Michel de Montaigne（153-1592），法國哲學家、法國文藝復興時代最重要的人文主義作家之一。著有《蒙田隨筆》（*Essais*）。

[40] Blaise Pascal（1623-1662），法國數學家、物理學家和哲學家。

小卜算子：我不依賴鏡子而存在。
花　子　虛：依賴什麼？
小卜算子：上帝。
花　子　虛：在你見上帝之前，能告訴我你的一個祕密嗎？
小卜算子：要看你想知道的是不是祕密。
花　子　虛：你是男孩子還是女孩子？
小卜算子：……
花　子　虛：可是，我記得我有一隻鳥……
小卜算子：你相信我的話還是小鳥呢？
花　子　虛：都相信。
小卜算子：那麼，請積聚怒氣和力量砸碎這門吧，我連隔著鏡子與你相對的興趣都沒有了。我相信鏡子正面的我。你則連鏡子背後的事實都不相信。你不是我，這就是證明。我為自己慶幸：沒有受騙上當，沒有放你進來，也沒有試圖經過我不該流經的上游流段。
花　子　虛：那麼，我要動拳頭了！
小卜算子：砸吧，我已經躲開了。

花　子　虛：躲進櫃子裡還是衣櫥裡？

小卜算子：不，躲進上帝之懷中了。

花　子　虛：咚咚咚，嗵嗵嗵，嘩啦啦，鏡子破碎了。你不見了嗎，果真不見了嗎？我看不見鏡子，也看不見我自己。我猜想。這是由於你的緣故：由於你戴走了我的散光眼鏡，由於你以消失的方式逃避我的質詢和謀殺，由於你對鏡像理論的厭倦，由於你對性別革命的絕望。你平靜地等待什麼呢，顛覆你自己嗎？你躲起來等待顛覆你自己的性別嗎？

35

高談闊論和吃喝嫖賭中蓄藏著後現代哲學的反本質主義傾向／人類的風氣／高蛋白和高脂肪都會影響劇情

親受的觀眾朋友們，委屈你們啦！我是舞臺監督，人稱月明和尚。請不要笑！笑我這一毛不拔的禿頭或者笑我這酒囊飯袋般的腰身。都有損你們牙齒和唇膜的健康。

請原諒我，我只是一個舞臺監督，除去你們風流雲散或作鳥獸散之後，我從不上前臺來。今晚特殊：劇院派出深造的演員鄧加突然歸來，惹得演員們紛紛同他擁抱和親吻。他們分別日久，得反反覆覆地擁抱和接吻。因此他們決定罷演五分鐘，無論我和你們是否同意。我請你們不要怪罪他們，更不要憤而出走逃離戲劇現場。人人都有七情六欲朋友戀人，演員愈發如此。我們不能要求他們獻身藝術獻身得那麼澈底。在他們化妝或更換服裝以象徵時光大量流逝的空檔，調調情或吃點巧克力之類的高熱卡食品是無傷大雅的。甚而至於在幕景間不失時機地偷吻或者交媾，無論排練還是演出還是既不排練也不演出的時候，也都無可非議。空間是一種自由嘛，我們應以寬容的態度對待擅於利用一切空間來尋歡作樂的人。真的，你難道不覺得那很後現代嗎。

誰也不敢擔保，你坐的座椅上沒留下過手淫者的精漬。聽說，有一些人酷愛亶爰先生的大鼻子，一看到他在臺上走來走去就想入非非情不自禁。有些是女的。也有些是男的。總而言之。邊看戲邊自慰或者邊看自己偏愛的人物——無論虛像還是實相邊自慰早已成了當代人類的一種風氣。我曾試圖研究這種風氣的由來和由誰開風氣之先。最初，我認定是電影和電影之前的照相術。深入研究人類歷史之後，我認為是皇宮中的糜爛生活。之後，我又認為是民間桑間濮上任意妄為的純樸生活。最後，我的結論很荒唐。你們是不是想知道它呢，想還是不想？嗚，是想。那麼我告訴你們：是由於遺傳。

遺傳學是一件簡單而萬能的武器。比任何哲學思想更易於操作的是科學思想。

實用主義者和我都擁護它。根本不存在肉體之外的所謂絕對本質或絕對精神。淫蕩是人類的一大天性。誰能擔保自己從未想在劇院裡同某個人或某一群人做愛，而且是當著舞臺的面，當著眾多戲劇人物和觀眾的面？淫蕩的念頭和淫蕩的行為起源於我們自己嗎？不，起源於我們祖傳的細胞、組織、血和尿、皮膚和毛髮。

遺傳既不是現象也不是本質，它存在於另一種語境中，就像劇院的演員們此時正沉溺於罷演的語境中。全球的演員都曾醞釀過罷演，出於五花八門的動機。一般來講，罷工都是有預謀有組織的，而且有明確的綱領、目標和對抗的對象。這裡不同。他們僅僅出於愛，出於愛久別的同仁甚於愛觀眾的愛。你們說，這不是十分正當甚至應當予以獎賞的嗎！

我聽到了，那位女士說這是瀆職。其實，我也認為他們有瀆職之嫌。不過，我的情人咪也是個演員，她曾就此發表過超凡脫俗的見解。你不妨先聽一聽。她說，在全世界內，瀆職的觀眾或讀者比比皆是，瀆職的藝術家卻少得可憐。她的依據是：九〇%左右的觀眾從未為觀賞像《三維性別》這樣博大精深的戲劇做過任何一點文化準備，他們的文化成分與構造形態呈任意狀，遠非戲劇狀。娛情遣興，茶餘飯後的日常動機催動他們走進劇場。對演員的性感部分和撩撥情欲的情節或細節，他們備加愛戴，或許還可以加上一些血腥和低俗喜劇低俗悲劇的因素。當然，從咪的話中有人會聽出，她是一個反解構主義者。她不像德．曼或米勒那麼認為「不能閱讀的情況不可避免地要發生於文本本身中。讀者必然要在他或他自己的閱讀中重新體現這種不可能性」。

好好好，既然你們依舊坐在這裡，不計較演員的瀆職，也不計較自身對觀眾稱謂的褻瀆，我的插曲就可以繼續下去。繼續到何時？當然是他們和鄧加過足了重逢和身體接觸的癮。那位先生在說什麼？我可是千里眼順風耳，不然怎麼會當上舞臺監督一類的人物。眼明手快心狠是幹任何一行成功的祕訣。那個先生說：演藝界的人沉溺於聲色之中成不了甘地。大家聽好，我得為此作些辯白。你們也許不知，甘地對他妻子之外的女人動過四次情欲，雖然最終沒有在行為上實施它們。他十三歲就因童婚制而娶了妻子，十六歲就生了一個孩子。而且，在他父親臨終的時刻，他正在同妻子一晌貪歡。假如《局外人》[41]中的默爾索在服孝期間同瑪麗上床是道德上一大汙點，甘地在自傳中承認的「羞恥」便如他所說「終生不能洗刷」。既然是終生不能洗刷，有些人所說的甘地在道德上的造詣之高很少有人可與倫比的話，就頗為令人生疑。的確，甘地盡一生的努力在克制俗欲而有些人並不知如此去做。但是我認為這同人們的人生理想有關。甘地克制自己的目的是為了實現個人對個人、個人對社會的政治幻想。另外一些人，譬如作家和演員，克制或放蕩如同一道波濤

[41] 即卡繆的《異鄉人》。

的起與伏，同屬自然，他們不違抗這種自然，並因而保持個人對個人以至對人類的藝術幻想的活力。人們的德性各不相同，往往與個人的體質、體能階段和社會職業有關。世上不存在甘地式的嫖妓和洛克式的同性愛之間本質上的區別。一切道德評判其實都依職業而製造標準：政治人物不太放縱或終能有所自制就被目為典範，藝術家不太放縱則會乾乾巴巴不會顯得太有才氣，日常民間的雞鳴狗盜之事從不會惹起什麼大風大波，科學家的七情六欲似乎已全被科學化，很少有人顧及。我要告訴你們，道德主義是一種至為典範的機會主義，只有機會主義分子才會相信它的立場和評判。

謝謝，謝謝給我以掌聲的人！一聽到你們的掌聲，我就飄飄然自以為終於突破了童年的夢魘。你們對我的隱私有所不知。我告訴你們，我一生最大的願望就是作一名出色的演員，每天晚上大幕降下的瞬間聽到一陣陣掌聲：它們彷彿從天外傳來，撥動著生命的弦索，奏響出無與倫比的歌謠。我只能扮演我自己。你們看得出來，我不是一個精彩的人。因此，從未有人為我對我自己的扮演鼓過掌。平庸侷限著我，從出生直到方才。

被逼無奈，我代替花子虛扮演一個穿梭往來於幕間的丑角，為我贏得了平生第一片掌聲。這令我欣喜若狂。我再也忍耐不住，要給你們跳一段現代舞，一種與性動作關係密切的舞蹈，像早期芭蕾一樣，作為歌劇幕間的插曲。假如我的粗壯腰肢不影響你們的觀賞胃口，就給我加點油兒。我要跳了。在起步之前，我要奉勸你們多吃一點高蛋白的食品。它們的熱量積聚過多就會使人類成為高脂肪的人類。據說，高脂肪的人類可以在世界末日降臨的時刻更具有耐久性。謝謝謝謝，你們衝我唿哨，這也是我平生第一次。你們知道，但凡處子經驗無論是喜是悲，都彌足珍貴……什麼？演員們過足了重逢癮已登場表演了嗎？你們是在趕我下臺？多麼無情的觀眾，多麼反解構主義的觀眾呀！

36

排練場上，導演從臺下升級到臺上／場外指導是不是該永遠待在場外／真正的戲劇革命家是誰

夢中之夢這場戲是大家對四卓的劇本進行最為澈底革命的革命成果，希望大家好好珍惜。它既可以出現於序幕，放在那段照抄《丑角》的開場白之前，從此隨時出現，在插曲部分，在情節進展中，在高潮之前和高潮之後。像四卓偏愛罩類道具一樣，我偏愛這夢中之夢：沒有一句臺詞，只有形體，只有身體，只有一個軀體與另一具軀體的重疊和分離，只有一個人成為另一個人的化身或夢遊者。我可以毫不誇張地說，因為這一場戲的介入，新寫實主義戲劇已達到一個全新的階段。如果

進一步應用，就可以為這齣戲濾出一種全新的新空氣：夢中之夢無處不在，科學和身體的科學性改變會在這種空氣中顯得更加客觀和冷靜。常識告訴我們，空氣越是清新純淨，固態或液態的物質就越顯得真實可信。否則，大霧漫天或者風沙蔽日，實物與虛物的界限就受到了模糊。在這裡，編導人員無論情願還是不情願，都必須感謝諸位演員。沒有這場夢中之夢，新寫實主義戲劇的旗幟就只是虛晃出的一槍而已。夢使寫實更寫實，而不是寫實使寫實更寫實。

我的意思是，今天我們把這場戲排練好，到首場演出的時候，不論四卓是否到場觀看，都把它無限止地擴散。時而完整，時而片段，時而前景時而側景時而後景時而全景地讓它出現在劇情中，完全而澈底地改變本戲的地質地貌，讓科學、變性、人與人的糾葛，讓一切傳統的戲劇主義因素都僅僅作為這一場戲的出產。傳統戲劇只突出人物。而我們所進行的革命則依賴德．耶爾的地表地理學：把當前地球表面現象分布作為研究的對象，把地表看作是岩石圈、水圈、氣圈、生物圈和人類圈的交互重疊地帶，這樣一來，我們這齣戲的寫實概念就擴展為對岩石圈、水圈、氣圈、生物圈和人類圈交互重疊的寫實，而不是對人類圈的小圈子的寫實。還須明確的是，倘若我們這一革命成功，馬克．吐溫對密西西比河的態度和安德里奇[42]對於德里納河大橋的看重，也多少為我們的革命靈感作了文學上的鋪墊。

[42] Ivo Andrić（1892-1975），南斯拉夫作家、外交官，1961年諾貝爾文學獎得主。《德里納河上的橋》（*The Bridge on the Drina*）為其重要作品。

引伸一下後殖民主義的理論，我們可以說，在新寫實主義戲劇中，夢與現實，人物與劇情，科學機制與道德評判，場景和虛構的舞臺真實，互為殖民統治者和殖民地。相互奴役，同時又相互被奴役，如同施虐／受虐的疊化關係一樣。這是當今世界也是當今藝術最潛在的戲劇衝突。作家和觀眾，演員和批評家，都在同一種衝突的巔峰獲得快感巔峰和快感解除。藝術家們正被擱置在一個自我奴化和反自我奴化的雙層烤爐中，逃不出第一層的就會在第一層中被烤焦，逃得出的則成大器。對於我們這齣戲而言，寫實現實是奴化自我和奴化戲劇，寫實夢中之夢則是反對殖民化。我宣導，大力宣導夢中之夢的瀰漫效力的目的，就在於將我們的戲劇從流行政治、公眾文化和後工業文明的殖民統治中解救出來。

以上討論算是我對《三維性別》導演闡述的理論補充。最近一個時期，在與我們相鄰的電影圈十分盛行誇誇其談的導演闡述。它甚至幾乎要成為一種文體，主要由根本不會寫作的導演們操縱，因此它有希望成為人類有史以來最糟糠的文體。希望你們不要將我的導演闡釋看作那一類文字。

現在我們正式開始排練。假設，不，假想我們和我們的舞臺籠罩於宇宙大爆炸前的黑暗之中，世界上沒有星球，沒有礦物質和人，沒有光明也沒有仇恨。對，也沒有世界。在沒有世界的舞臺上，你們一個擠壓著另一個，儘量形成一個扇形。

追光的光束猛然打下之前，你們要一動不動地擠壓在一起，對，就是這個樣子。你們此時一定不要顧慮什麼男性女性的性別問題，也不必在意身體接觸造成的磁場：連世界都不存在，性和性別，欲念和身體還會存在嗎？好，就這麼一動不動，彷彿一百五十億年前，宇宙將爆炸未爆炸。突然，一束熾烈的燈光從太空射下。這，意味著大爆炸的第一束光線，或者意味著上帝創世的第一道工序：造光明。你，排在排頭的燕青，要瞪大雙眼，呆若木雞。人與光明同時誕生，但並不認識它。他把它當成了夢的背景。因為他像羅蘭．巴特所說的那樣，認為「這種夢先於黑暗」。

人看見光，以為看見的是夢。人在光中看見自己和自己的同類，以為夢見自己在夢中。這就是我們這齣夢中之夢的生存原理。戲劇法則明確之後，燕青就得漸漸從亶爰的懷中蛻化出來，如同被無聲的震波所催動，擺動著把身體的背面脫離亶爰身體的正面。背面脫離正面，背面脫離正面，依此類推，其他所有的演員都這樣互相脫離。一旦人像黏貼在一起的膠片一張張揭開之後，馬上變成了光明中的遊魂。依照某種後結構主義的觀點，沒有黑暗就沒有電影的誘惑力。我要說的是，沒有夢一樣的光明就沒有戲劇的誘惑力。請注意我所說的夢一樣的光明，它同後結構主義者所說的黑暗有情感上的關聯。

好，你們現在開始各自扭曲原本筆直的身體，扭曲成各種各樣的人性曲線人生曲折，越扭曲越具文學的原旨。還有，像亹爰這樣枯硬地擺，搖擺，也是人性最富象徵性的動作。扭曲而搖擺，搖擺而扭曲，如狂熱的舞蹈，如風中的葦草，如洪水中的樹枝樹梢。好，加劇地扭曲加劇地擺動！加劇的扭曲和擺動正是夢的張力聚集處。夢猶如一個彈性極佳的氣泡，扭曲的搖擺的幅度只會證明它顛撲不破的彈性。在夢的氣泡裡，就像人類在宇宙的子宮裡一樣，掙扎而又被包裹，企欲突圍企欲出生而又因宇宙自身的嬰兒屬性永遠脫離不了母腹。宇宙是一個嬰兒（且不去追問它的產生）。夢是一個嬰兒。舊根結蒂，戲中之戲夢中之夢，是嬰兒腹中的嬰兒。在這種時刻，舞臺意味著什麼，而你們和你們的動靜又意味著什麼呢？有頭腦的人自會相信Hofmannsthal[43]的話：「深層是隱藏著的。在哪裡呢？就在表層上。」舞臺和你們，就是隱藏著深層的表層。我們正在做的能夠做的，正是營造戲劇場面的同時把人類的深層夢幻和夢想深入淺出地埋藏在舞臺上。這就是Saint-Exupéry[44]所說的沙漠裡隱藏的「有著生鏽轆轆的水井」。請記住，你們的每一個動作，每一次凝聚和分離，每一個眼神兒，每一種永不相認相識的冷漠表情，都意味著轆轆生了鏽但井水清澈甘甜的水井存在於舞臺的某一個神祕地方。

[43] Hugo Laurenz August Hofmann von Hofmannsthal（1874-1929），奧地利小說家、劇作家、詩人。

[44] Antoine de Saint-Exupéry（1900-1944），法國作家、飛行員。代表作有《小王子》（*Le Petit Prince*）、《夜間飛行》（*Vol de nuit*）等。

37 劇本摘抄II／暢銷版／場次不明

△舞臺正中擺放著一只巨大的陶製火盆，火盆中火焰熊熊。

△牛皋指使牛咬金翻天覆地翻箱倒櫃，將如夢令用過的每一件女性物品都清理出來。

△牛皋將一件女式內衣和一雙長筒絲襪投進火中。牛咬金投進一塊絲巾。

牛咬金：爸爸，我媽媽回來，我該叫她什麼呢？叫爸爸還是叫媽媽？

牛　皋：你自己看著辦。把那些口紅拿來！

牛咬金：那我就還叫媽媽。（取來口紅）

牛　皋：有管男人叫媽的嗎？我看你也有病。（接過口紅，拋進火中）

牛咬金：我媽可沒告訴我她是男的。

牛　皋：（氣得直跺腳）你這個呆子，還用他告訴你！得得得，等會兒你見了他就明白了。說過多少遍啦，他也裝了一個同咱倆一樣的玩藝兒。

牛咬金：也許只是個玩具。

牛　皋：是個半真不假的傢伙，造價還挺昂貴吶。你知道嗎，你媽花那麼多錢就是為了讓咱們這個家變成單性家庭。他認為，這很後現代。

牛咬金：我聽說過單親家庭，沒聽說過單性家庭。

牛　皋：單性家庭就是同性戀者組成的家庭。他們不能生育，就領養一個孩子，一般來講，男的領養男孩兒，女的領養女孩兒。等到孩子長到足以亂倫的年齡，他們就亂倫。

牛咬金：瞎說，你這是性別歧視，我聽人權委員會的人說過的。我們學校請了一個老師，從那個委員會。他教導我們，不要歧視自己的異性，也不要歧視那些喜歡同性的同性。像我，就不歧視你。

牛　皋：歧視我？

牛咬金：是呀，有時候，你對我進行性騷擾，我都忍了，沒報警也沒歧視你。

牛　皋：（上前拎住牛咬金的衣領）我，騷擾你？

牛咬金：沒錯兒。一喝醉酒你就哭，哭了就抱我，吻我，舔我，沒有不舔的地兒。有一回，被我的同學撞見了。他讓我去告訴你，說長此以往對我的心理衛生有害。

牛　皋：真的？

牛咬金：真的，我從不說謊的。

牛　皋：（鬆開衣領）那你為什麼不提醒我？

牛咬金：提醒？我們老師說，人的本性難移。在我這個年齡唯一能做到的是潔身自好。

牛　皋：你做到了嗎？

牛咬金：做到了，我有祕方。

牛　皋：什麼祕方？

牛咬金：每當我渾身上下沾滿了你的唾沫和酒氣，我就寫詩。詩一寫完，我的身體就變得一乾二淨沒有任何穢氣了。

牛　皋：昨晚我喝酒了嗎？

牛咬金：喝了很多。

牛　皋：你寫什麼詩來對付我？

牛咬金：〈冬天冬天〉。

牛　皋：讀給我聽聽。我不信，詩會那麼靈。我一向以為，只有不男不女的人才喜歡讀詩和寫詩。我擔心，你將來會成為那種人。

牛咬金：我是為不被你舔成那麼一種人才寫詩的。（從衣袋裡掏出一團紙，展開）你聽還是不聽？

牛　皋：聽，聽。

牛咬金：寒冷把雪鵝的大羽毛從灰濛濛灰濛濛的雲空發現／枯黃和落葉為紀念永久永久的死亡／夾在白雪和黑土的頁碼之間／小娃娃趿著碩大碩大的皮鞋推開門／沉寂中爆出我一陣陣歡呼一聲聲歡呼／冬天冬天／冬天冬天／冬天真正冷／真冷真冷／真冷真冷／胖墩墩肥篤篤的雪人凍紅了臉／他的手中提著一塊半冰半雪的動物餅乾／兩隻不方不圓的煤眼睛烏溜溜地望向我的小房子／我真想告訴他／火爐裡笑著紅紅的煤／火盆中端坐著赤熱的木炭／哈哈哈哈哈哈／冬天冬天／冬天冬天……

牛　皋：（模仿牛咬金口吻）哦，冬天冬天，冬天冬天，哈哈哈哈哈哈，冬天冬天

冬天冬天，冬天……這就是詩呀，我也會作，你給我歇了吧，還當什麼不男不女的詩人吶！就這詩，也能驅鬼似地抵銷我的酒氣？

△如夢令男裝上場。他站在門外，故作粗豪地叉開腿擺了一個威武的姿勢，然後拉門，沒拉開，開始大力擂門。

△牛皋聽見擂門聲，連忙從雜物中翻出兩面小旗子，交給牛咬金一面，自己持一面。他把牛咬金安排在門左，自己在門右打開了暗鎖。

△門一開，如夢令闖入。父子二人開始揮動小旗子，眼睛審視著如夢令，臉孔卻一派冷漠。

如夢令：（用力拍一下牛咬金的肩頭）喂，哥們兒，歡迎我歸來，氣氛也不弄得熱烈點兒。這麼死氣沉沉的，還揮小旗子幹嘛！（一把奪過他手中的小旗子拋到地上）好寶貝，讓我好好看看你！瞧你瘦成這個樣子，準是你那個酒鬼爸爸整天泡酒館，帶你也去對不對？說話呀，你這孩子，不認識我了嗎？說話呀！（搖擺他的身體，使之如篩糠）

牛咬金：（顫微微的聲音）認識你，可是不知道……

如夢令：稱呼，對不對？這你不必為難，我在手術臺上就替咱三個人想好了。依年齡大小，（指指牛皋）他是大哥，我是二哥，你最小，是小哥。

牛　皋：（按捺不住）怎麼，鬧成平輩啦？

如夢令：既然男女平等平權，男人與男人之間索性平了輩分，澈底地平等平權，免了日後有什麼家長之爭，有什麼家長奴役非家長的準奴隸制。

牛咬金：（興奮地）一律是哥們兒？太棒了！我能與你們——大哥和二哥平起平坐，連作夢我都沒想過。（撲上去抱住如夢令）二哥，你真的變成男的啦？

如夢令：（抱起牛咬金掄了一圈）當然是真的。

牛咬金：變男的感覺良好嗎？

如夢令：迄今為止，只有疼痛，還沒嘗到任何甜頭。

牛　皋：活該，自作自受！（躺倒在床上）

如夢令：（吻吻牛咬金，不理睬牛皋）我的小寶貝，想我了嗎？

牛咬金：沒有想，大哥不讓我想你。再說我對變性這種事一無所知，老師從來沒有教過我們。開始的時候我認為，你去變性就是去參加某種地下祕密組織，每個加入的人都必須紋身或者穿上清一色的黑色牛犢皮。變性到底是怎麼一回事呢，媽媽？

如夢令：叫我二哥！

牛咬金：對不起，二哥哥！

如夢令：（再吻他）好乖乖，好弟弟，你真聰明。我告訴你，你猜得很對，我是為了取得一個祕密組織的入場劵才去換性別的。

牛咬金：三K黨，納粹，還是阿拉伯聖戰組織？

如夢令：類似於它們，只是比它們更具囊括性。也許，用政治術語中的「陣營」一詞更能準確地表述它。只不過，相對於另一個陣營，它肯定有其祕密之處。（抱他繞到火盆另一側）

牛咬金：那就叫祕密陣營。

如夢令：（狂吻他）我的乖乖！所有的陣營都有其口號式的宣言，也有不可告人的動機。譬如，我剛剛加入的男性陣營，就有自己獨立的廁所，獨立的浴室，獨立的社團，獨立的文學，獨立的身體和心靈。哪怕嫖妓，也有一整套祕訣。那套祕訣根本不同妓女去交流。

牛咬金：可以同我交流嗎？我是陣營內的人呀。

如夢令：你還太小，一條腿跨進來，還有另一條腿在外邊。

牛咬金：外邊是哪一邊呢？
如夢令：是童年那一邊，類同於我變性期間的中性階段，就是不男不女的階段。
牛咬金：（掙扎著欲脫離對方）你的理論同爸爸的理論有一點點接近。
如夢令：（不放開他，把他抱得更緊，吻他的頸部）又說錯了吧？他是誰？
牛咬金：（因頸部癢癢而笑和掙扎）是我大……
牛　皋：（一躍從床上跳起）放下，你放下我兒子！不然我可打電話報警了！
如夢令：（下意識鬆開牛咬金使之落地）報警？為什麼？
牛　皋：你對我兒子進行性騷擾。（狡黠地一笑）別忘了，你現在是個男人，對我的兒子那麼狎昵，對你的名聲會有損害。而且，從他的身心衛生來講，過於親熱的同性接觸，會造成不良後果。
如夢令：我是他的親生母親。
牛　皋：現在不是了。請問，普天之下，有過男性的「親生母親」嗎？
如夢令：（一抱雙臂）普天之下，從前沒有過的現在有了，這就是我的貢獻，我們時代的貢獻。
牛　皋：你還挺得意！
如夢令：當然。（摟住牛咬金的肩）

牛　皋：可惜為時代為歷史作了貢獻之後，你自己喪失了生存的絕大部分資格。

如夢令：我不那麼看。

牛　皋：可是那是事實。譬如，你不再為人母，不再為人妻。其實，也永遠不能在嚴格的意義上為人父為人夫。你是一個廢人你應當清楚。

如夢令：謝謝，謝謝你煞費苦心地為我的悲劇性著想。其實，我根本沒想過什麼為人夫為人父一類的瑣事。我所做的身體努力，不過是天下大同的政治思想所鼓舞的結果。我不會去找新的家。這裡（指指舞臺上的空間），過去是現在是將來也永遠是我的家。只不過，我們家庭組閤的方式變了，因為我們的成員成分變了。我們同是男人，儘管年齡有長幼、身材有高矮、力氣有大小、壽數有短長。一個單性家庭所具有的象徵意義，足以瓦解一個物種所擁有的全部歷史。

牛咬金：我爸，不，我大哥說，單性家庭是同性戀者組成的家庭，孩子是領養的。而且等我長大以後，還要同你們亂倫。

如夢令：（很耐心地）好弟弟，我說的單性家庭與他說的不同，儘管這種家庭產生於異性戀家庭的顛覆。你看我，像個同性戀者嗎？

牛　皋：我看像。

如夢令：我像？還不如說你是。你不說，我還忘了找你算帳。你說，你認識卜算子嗎？

牛　皋：卜算子是誰？

如夢令：你忘了，假裝忘了他，對嗎？好，我告訴你，就是你強行抱他的那個小夥子。（模仿一下卜算子嬌柔的樣子）

牛咬金：他也強行抱我。

如夢令：他以為，你搞混了他的性別，告訴你他是男的，你說過什麼，還記得嗎？

牛　皋：既是你的創作，就由你一直創作完成吧。我只當是聽一個託我之名的故事。說吧，我說過什麼？

如夢令：我說還是你自己說呢？

牛　皋：男的也行。

如夢令：對，「男的也行」，十分經典的雙性戀文本。

牛　皋：這也正是你變性之後我們依然能夠同室而居的基礎。如果我不是一個取向十分寬容的人，能這樣歡迎你嗎？（揮揮小旗）

如夢令：哦，你認為我們還能同床共枕？

牛　皋：在任何一個健康的家庭裡，總會有兩個以上人過著夫妻般的床上生活。這是最一般的常識。

牛咬金：也總會有一個孩子或一位老人獨守空床。

如夢令：從今天開始，我們三個人各自獨守空床。每個人是完整的個體，每個人都孤獨，這是新型結構主義家庭的典範。

牛　皋：（故意色迷迷地）假如我想上你的床呢？

如夢令：那你可得小心點你自己了。老話說，賠了夫人又折兵。我想你不會不懂這話的意思。

牛　皋：管它什麼懂不懂。反正我的老婆早就無緣無故地折了……

如夢令：無緣無故嗎？

牛　皋：無非是你說的男權主義。男權，皇權，政權，不是自古以來就是同一回事嗎？你想搞女權，我從未反對過呀。可惜，你偏偏生下一個牛咬金，而不是生下一個牛千金，怪得著我嗎。或者，你宣導女權，也不至於你自己變成男人呀。明明是你自己搞男性生殖器崇拜，到了極點，才給自己也裝上一個。明明是傾斜於男權意志，還要什麼反男權嗎？反男權反成了一個男人，看你還拿什麼反？除非是男同性戀……

如夢令：你以為，所有的性別立場都是政治立場嗎？

牛　皋：最低也是政治立場的物理基礎。

如夢令：那麼我問你，像你這種「男人也行」的人，物理基礎是不牢靠的，你們有牢靠的政治立場嗎？

牛　皋：當然沒有。

如夢令：不是沒有而是有，但飄忽不定。

牛　皋：也許是那種飛的立場吧。

如夢令：像鳥那樣？

牛　皋：沒錯兒，比喻得恰到好處。我認為，用不了多久，既反男權也反女權的時代就會來到。到那個時代，雙性戀者將成為人類生活的絕對核心絕對主角。

如夢令：那個時代早已到來了。

牛　皋：什麼時候？

如夢令：羅馬，凱撒的時代。

牛　皋：哦，那只是個案。我說的是普遍到來，是一種全方位大面積多維度高層次的推廣和普及。

牛咬金：那麼，我也要當雙性戀者！

牛　皋：就看你這無病呻吟的樣子，不合格！就你，不是單一的異性戀，就是單一的同性戀，十分單調的命運，早就注定了。

如夢令：牛皋先生請你不要搞性別歧視！

牛　皋：這怪不得我。未來的時代，不，正在到來的時代，崇尚繁複和多樣，崇尚百科全書式或博物館式的文化，包括性別和性取向文化。多重性戀必然優秀於單一性戀。這從我們這個小家已能初見端倪。倘若我牛皋不是宜女也宜男，能容納變過性的你嗎？雙性戀的包容量和寬容度在人類生活中是無與倫比的。依我看，人類若想走出絕境，走出世紀末恐慌，必須依賴我們的力量。（上前抱住如夢令的腰，擺成雙人舞的起步姿勢）來吧寶貝兒，讓我們跳一曲探戈，慶祝你從一個單性跳躍為另一種單性，也慶祝我將從同一個人身上獲得兩種單性經驗。咬金，放那張唱片！

牛咬金：《巴黎最後的探戈》[45]嗎？

牛　皋：沒錯兒。

△牛咬金在唱機上放上一張CD唱片。《巴黎最後的探戈》樂起。牛皋緊緊摟住如夢令開始跳舞。如夢令既不反抗也不配合，盲從著。他們沿著臺口舞蹈。

[45] 義大利導演Bernardo Bertolucci（1941-2018）最具爭議性電影作品之一。義大利語名*Ultimo tango a Parigi*，法語名*Le Dernier Tango à Paris*。1972年上映。

△牛咬金時而模仿摟抱者，時而模仿被摟抱者。他繞著火盆旋舞。突然，他停下來，急不可耐地解開腰帶，正對觀眾開始往火盆中撒尿。火焰漸漸黯淡，直至全部被澆滅。

△全場一片黑暗，只有音樂和牛皋與如夢令跳舞的動效仍在持續。

△幕落。

38

解構性別的依據是一幅畫和一些人／
二〇八×一四二公分《變之範例》／
亞麻布上顏料．西元一九八八／
畫家：弗蘭切斯科．克萊門特／
崔子畫論兼崔子劇評刊載於
《宇宙最後三分鐘社會科學院學報》總33

他／她在畫的中軸線上轉動：線左為男，線右為女，循環往復，以致無窮。

他／她說：「我是全世界唯一看不見變的地方。」有時他／她也說：「變性人是全宇宙唯一不認識性別的人。」在風和日麗的上午，他／她呆在一塊二〇八×一四二公分寬窄的亞麻布上，望著宇宙最中三分鐘的男女老少，從每一個人的標誌上都看到自己的圖像：頭，臉，眼，鼻，耳，胸大肌／乳房，手臂，腰，陽具／陰阜，大腿，小腿，赤腳，半脆的姿勢／弓膝的姿勢。同時，也從每一個人像上看到自己的標誌。用變之範例的目光看，每一個都在變：豈止性別。他們是他所看到的景致。他／她所看到的景致是對他／她目光的模仿和象徵。正如他／她是弗蘭切斯科．克萊門特[46]目光中的景致，是對他目光的模仿和象徵。

哲學家皮爾士[47]認為，僅就象徵而言，能指和所指的關係是武斷任意的。它需要解釋者的創造指示關係這種積極配合。有這一符號學理論作基礎，我可以更大膽地發揮我的理論特長。

作為弗蘭切斯科．克萊門特眼中景致，《變之範例》畫框中的畫框呈壇形，可以旋轉：景觀是旋轉的，被景觀所模仿的主體／目光也具有旋轉性。這是變的某種隱喻。然而，方形畫框中的壇子還框架著另一個框架：人體。我們可以看到，人體半跪半蹬著壇的內壁，與壇共同袒露出一種旋轉性。因此，我把他／她看成畫框中的第三重畫框。光影對壇與人的框架再進行一次統一分割：右半明亮左半陰暗。左右兩個半區的劃分使變的資訊被分送為變的法則。因此，左半區的男性人體只是「男性」的符號，而且僅僅是一半男性的符號，右半區的女性人體只是「女性」的符號，同樣僅僅是半個女性的符號。將它們分割又同一起來的本文是變：並非男人

46 Francesco Clemente（1952-），義大利畫家，作品中同時存在超現實主義和表現主義。

47 Charles Sanders Peirce（1839-1914），美國哲學家。

是女人的一半或者女人是男人的另一半，而僅僅是男女互變，方向僅僅有兩個——向右向女向明亮的周而復始的旋轉和向左向男向陰影的周而復始的旋轉。在這時，軸心的確定性派出生一種新功能；畫框的功能。它恰巧（只是似乎恰巧）與人體的中線相重疊，使旋轉中的人體（向左或向右）像滾式印刷術所印出的印刷物一樣，一旦出離中線就改換了形態。軸心畫框使左右兩畫「拼貼」為同一圖像，並就此毀滅了它們各自獨立存在的可能性。它使一方向另一方漸變。而在畫家的目光中，一切漸變都體現為突變：一旦越過中線，一種性別就突變為另一種性別。對於弗蘭切斯科．克萊門特來說，中性是不存在的，即便女性和男性也不獨立存在：它們只能在突變中暫時擁有片面的象徵屬性。在他眼裡，性別是變的能指，不是區別的能指。

亞里士多德在《物理學》第八章第八節中說，「除了圓周旋轉而外沒有任何別的變化是無限的或連續的」。在同書同章第九節中他又說：「位移運動中圓周旋轉第一」；「圓周運動是唯一的一種自然地線上路本身內沒有起點和終點的運動，在這種運動裡起點和終點線上路以外的某處。」《變之範例》用圓周迴圈屬性，將精子和卵子的結合人像化：向左方迴圈化為男體，向右方迴圈化為女性。方向是任意的。迴圈旋轉是恆定的、唯一的和第一的。精子和卵子（男人和女人）互相容納，互相消解，互相控制，但任何一方都不獨立構成起點和終點。以男生男（父生子）、男生女（父生女）、女生女（母生女）、女生男（母生子）為象徵手法，人種在作圓周式位移。變是唯一的題材，「唯一的一種自然地線上路本身內沒有起點和終點的運動」。

他／她並不是一個整體，僅僅構成一種語境。在他／她的語境中，生育和繁衍的過程或形象不過是變的能指而已。它否認本質否認目的。德里達[48]在《關於語法學》一書的序言中說：「文本不再作為一個蔭蔽的結構，而是在揭示其自我超越性、其不可決定性。」在克萊門特的目光／我的目光中，中軸線以左和以右的人體各自作為變的不同代碼否定了自身的實存性。用比喻的說法，它們僅僅是畫框中的畫框。現在我要逃出克萊門特的目光（以前是透過他的目光），在《變之範例》中只看到畫框：方的、壇狀的、不規則人體狀的畫框。畫面即是畫框，畫框即是畫面：它們相互背叛，相互顛倒，而不是相輔相成。從此延伸到人類繁衍的命題上，我會說，前輩是後輩的畫框，後輩也是前輩的畫框，但是後輩不是前輩的畫面，前輩也不是後輩的畫面。人僅僅是變的能指。性別也僅僅是變的另一個能指。

假如目光可以暫借，我願暫借《西方八十年代藝術》[49]作者的目光：「克萊門特不懈地實驗著任何他所處之地的技法：在日本刻木刻，在義大利試圖復活現在幾

---

[48] Jacques Derrida（1930-2004），當代法國解構主義大師，在多種人文、社會科學的學門都有極為重要的影響。後面提到的《關於語法學》（*De la grammatologie*）又譯為《論文字學》，是他的成名作之一。臺灣常見的譯名為德希達。

[49] *Art in the Eighties*，作者是後面提到的藝術史學者愛德華・盧西—史密斯（*Edward Lucie-Smith*，1933-）。

乎滅絕的真正的壁畫技法。然而他的意象卻非常具有現代感——隨心所欲地混合各種文化與宗教信念，就好像一本世界神話大辭典的內容傾注到一口鍋裡，然後進行強有力的攪拌。」

現在，我把借得的盧西—史密斯的目光鋪展為背景目光，我的目光中依次出現古希臘新老兩代神靈的名稱和面目。其中，第一位出生的神卡奧斯為混沌之神，他生了黑夜之神尼克斯和黑暗之神埃瑞波斯。胸脯寬大的大地之神蓋亞幾乎與卡奧斯同時出生，他生下天空之神烏拉諾斯，後者成為世界的第一位主宰，並與前者結合生下六男六女還有三個獨眼巨怪和三個百手巨怪。六男中最小的克羅諾斯閹割了烏拉諾斯，並與自己的姊姊瑞亞生下六兒六女，最小的是宙斯。宙斯推翻了克羅諾斯，成為宇宙的主宰，建立了奧林匹斯諸神神系（計有十二主神）。最初的希臘神靈處於「混沌」狀態，不分性別。烏拉諾斯創造了性別，並因此被有性別的兒子所閹割（意味著性別和主宰權的同時喪失）。至此，我的目光中再次揉進另一個人的目光：赫西俄德《神譜》[50]中的文學目光。它是一種古老的話語。我對它的閱讀使它充滿了現代性：它在我的目光中變成了一種新話語。新話語同克萊門特的話語相重合，具象為《變之範例》。我要說，在我的眼裡，這幅畫是從卡奧斯文本、烏拉諾斯文本所承擔的「現實」中誕生的。我像卡爾維諾那樣相信一切文本都把「現

[50] *Theogony*，作者赫西俄德（Hesiod, 750 BCE-?）為古希臘詩人。

實」作為自己一項特殊的負荷來接受。正如克萊門特一九八八年的《變之範例》此時正將我這篇一九九六年寫作的論文作為一項特殊的現實來接納一樣。他既負荷著赫西俄德的「現實」，又負荷著我目光的「現實」。也可以說，我的畫論兼劇評（尚在延伸之中）既負荷著神的性別之變，又負荷著《變之範例》人性別之變。借用量子物理學的定域性和非定域性概念，我會說，克萊門特的性別神話與赫西俄德諸神的繁衍是「空間分離」的，而我的畫論兼劇評同《變之範例》和《三維性別》一劇是相毗鄰的、「定域性」的。

《三維性別》使用轉臺裝置（圓周運動的典範材料），用手術和手術臺形成的共同媒體替代克萊門特畫作的中軸。舞臺若向左轉動，如夢令由手術的途徑變為男人，若向右轉動卜算子經由醫學的軸線化為女人：如此循環往復，構成全劇的「第一推動」。男變女或者女變成男既不是戲劇的起點也不是終點。它僅僅是運動的一種架構，這種架構的旋轉性能使角色的變性成為隱喻。人們也許會去關心如夢令和卜算子互換性徵後為什麼不滿，為什麼會產生這種不滿。舞臺的實存性和演員／角色的重疊性使這類問題的解釋方式有悖於傳統：卜算子和如夢令的最終結合所顯現的事實並非各自空虛／不滿，而是相互的融合，在轉速影響下的合二為一渾成一體。舞臺和舞臺上這個不是結局的結局意味著赫西俄德筆下的神的宗譜從被引伸的末梢（並非哲學意義的終點）即現時／現實／《三維性別》現場，重新回到卡奧斯的位置。這是一種比自然混沌更為具體的人類混沌。從觀察者的立場看，混沌是圓周運行速度的一個標誌。對混沌的識別前提在於清晰或區別是圓周運行速度的另一個標誌。

變性儀式打破了生育儀式的傳統模式，超越了生殖神話的宗旨，以「變」的所指替代了「生育」這一所指。《三維性別》的戲劇工具使這種破壞／超越／替代達到完美：舞臺的實存性和假定性任意轉換，演員的本性和扮演性的含混不清，劇場時間的重疊和差異，將環轉的主題進一步寓言化。花子虛可以是卜算子男，也可以是卜算子女，也可以是花子虛。他與他們隨時重合又隨時分離。舞臺可以是場所，是戲劇的地位，也可以只是舞臺一詞的標誌。我呢，是觀賞者崔子，評論家崔子，也可以僅僅是崔子本人，僅僅是崔子這一姓名的能指。《三維性別》引導我們成為圓周運動／轉臺、花子虛／卜算子、類／如夢令、劇場／世俗生活的另一種換喻。

換喻修辭的出現，使我和你們成為喻體。視角也發生了轉移：一幅畫和一齣戲變成了目光，而我和你們成了目光的對象。可以設想，在他們的目光中，我們就是三維性別的體現，就是變的範例。換一種表述方式，我會說，人是藝術作品的象徵。畫和戲劇的對象是人，它從人身上看到的是畫和戲劇自身的目光。

39 童年即景

親愛的觀眾女士觀眾先生觀眾小朋友們，我是多麼可憐！自從我的媽媽搖身一變變成我英俊的二哥，我的家就成了一塊猩紅色的恐怖角。在那裡，就是這層帷幕後面，我大哥和我二哥隨時都可能發生角鬥，也隨時都可能發生畸戀。而且，任何一齣悲喜劇都會拉上我這個未成年人作配角。我爸爸（就是我現在的大哥）說，兒童是成年人的佐料。

你們知道嗎，我大哥和我二哥每個人都備好十一把尖刀，而且，每個人的十一把尖刀都很小很鋒利，把把都是仿照手術刀的形狀和性能特別鍛造的。昨天晚上，我二哥邀請了一群變性前的朋友，有男有女到家裡玩兒，又喝酒又唱歌，慶祝變性成功。我大哥獨自在自己的房間裡跳小刀舞：每一把小刀逼成一段舞風，逼成一段舞曲。那場慶典結束的時候，一向厭惡藝術的大哥已成了擁有十一首小刀舞曲的作曲家和擁有十一種舞風的舞蹈家。

他們最可怕的地方，是一個提議：要我分一三五和二四六分頭陪他們睡覺（星期天我可以獨眠）。自從一個左翼作家使用「睏覺兒」一詞表述人與人的色欲關係之後，現代人便失去了純淨的睡眠。「陪同睡眠」的建議一旦提出，我便如臨大敵，悽悽惶惶度日。每天晚上，我都穿上一條從布努艾爾封山電影裡借得來的貞潔褲[51]，死死地反鎖上自己的房門，不敢睡，仄耳竊聽著他們的腳步和談話。

有一天黃昏，我剛放學回家，看到我二哥在擺弄十一把小刀中的一種，不禁耳熱心跳。他見我回來，拿著刀過來抱我吻我，叫我「小寶貝兒」，吻得我耳根後直癢癢，又不敢大叫。他說很愛我，這個世上只愛我一個人。我被嚇呆了。你們知道，我肯定不屬於天然渾成的同性戀者。他一愛上我，又拿著刀，倘或對我非禮，我是無力抵禦的。好在我大哥及時趕到，將我從他懷裡搶救出來。躲進房裡反鎖好門，我就坐在書桌前寫了一張狀紙，狀告我二哥對我進行調情和性騷擾。當然，那張狀紙還鎖在我的抽屜裡，不到迫不得已，我不會去告他。他畢竟當過我的媽媽，這點想必你們在座的，有過媽媽的人都能諒解。有時，聽到大哥半夜裡唉聲歎氣，

[51] 指Luis Buñuel Portolés（1900-1983）的最後一部電影《朦朧的慾望》（*Cet obscur objet du désir*，1977）。

無處發洩飽滿的情欲，我也很同情他。隨著我的更年期來臨，夢遺的初次恐慌過後，我開始一點點明白他仇恨的根子了。他有時想割掉二哥那移植來的陽具，讓他恢復成自己的老婆。二哥準備十一把小刀，就是為了保護他的那塊領土。我偶爾會很人道主義地想：假如我變成女的，一三五陪大哥二四六陪二哥睡，這個家庭也許會更美好。

在恐怖角中，我學會了手淫。嚴格地講，大哥和二哥既是我的榜樣又是我的導師。不過，大哥就此行為攻擊二哥，說他的手淫不真實。老實說，我不太懂這話。

昨天深夜，大哥又喝得酩酊大醉回來。我不敢去開門，二哥去的。二哥把他挽進來，扶他上床。突然，大哥口口聲聲叫著老婆老婆，要對二哥施暴，被我二哥揍了一頓。現在，我大哥已經用十一把小刀創作了二十二首小刀舞曲和二十二段舞風各異的舞蹈。要不了多久，你們又有好戲看了。

40

你說主流是對陽光和血流的背叛／
讀者中隱藏著許多異端分子／
戲劇檢查官可以槍斃一個插曲
也可以槍斃觀眾的非主流傾向嗎

讀過你一些很保守的小說，也讀過你幾篇很叛逆的小說。你是個天生的逆子。不要再裝模作樣寫作那些溫情脈脈的故事了。凝固在異端邪說那個點上罷。那是你的表情你的衷腸你的立場。

我是一個喜歡參與作家創作的讀者。我想了三天三夜，決定把我自己和我聽到的一組軼事免費提供給你。倘若你把它們收進你正在寫的那部名為《以性別及性史之名》的小說中，相信定會為你的創作增色不少。

第一則免費軼聞：喜鵲的血液是濃金色的。軼聞出處：鳥類學專家翀翀。翀翀是一個高中生，很瘦很高，從來不睡覺，只觀察鳥。他向我提供的數據表明：喜鵲夜間從來不鳴叫，它們通過歌聲來吸收陽光，並因此而改變了血液的色澤。為了保護鳥類，他還建議任何人都不許通過流血的方式去驗證他的學說。你說，他不是很反馬克思主義嗎？

第二則軼聞：某個突厥語系的民族生性野蠻，把暴露性具視為一大樂事。事例一、春日（早春），紅塵蔽日，風沙漫天，一男子十八歲，在街頭剝出粗長器官與一持木劍少年拼殺，直到將少年之劍拼落紅塵。事例二、秋夜（暮秋），一四十歲壯男微醺遊蕩於夜幕之下燈光之中。突然，他朝我（一個異族遊客）抖開呢料大衣展露官能機構，並試圖拉住我的手，用它去衡量它的立體幾何數字。我落荒而逃，他在燈影裡大笑著追問我：嚇壞了嗎？

第三則軼聞：浴室規則（僅指公共浴室規則）正在蠶食人類文明。我的朋友孟憲軍考察浴室凡三十年，發現在浴池這一特殊的公眾時刻，人類可以恢復光屁股到處跑的幼年時代。人應該像一切物種一樣裸露著接受陽光的灌注。可是皇冠或破衣爛衫遮擋了陽光的直射。浴室規則足以將地位、名望、財產、年齡、思想造成的不平等在汽霧中消解。孟憲軍說，每月平均進十一次公共浴池的男人（他只能在浴池裡觀察到男人）往往比平均進十次以下的男人更熱愛和平、孩子、陽光和大自然。

第四則軼聞（我真想為此向你收繳高額費用）：本世紀最後十年、最後二十年、最後三十年內出生的獨生子女將受惠於家長的過度溺愛而成長為一反常態的「路邊人物」。路邊人物是我的老師朱朱發明的全新代詞。它意味著那三十年內出生的獨生子或獨生女永遠在路邊的草叢裡嬉戲或觀望，不離路的左右，卻絕不上路。朱朱舉八個事例說明他的概念。事例一、郭彤不吃麵包，因為它是公眾食品，不是獨一無二的食品。事例二、郭彤拒絕上學校，因為學校不止他一名學生。事例三、郭彤不愛他生身父母，他們不是世上唯一一位父唯一一位母。事例四、郭彤一絲不茍地不笑，一絲不茍地不哭，因為電視劇和假電影裡充斥著那種樣本，他如果有一丁點兒哭或笑的衝動都會認為自己很假，是電影或電視劇的贗品。事例五、他拒絕感冒發燒。感冒是最易流行的病、最普及的病。郭彤認定杜絕最通俗的病菌就等於杜絕了一切病態。事例六、郭彤從不唱歌。他周圍唱個不休的人，不是為了歌功頌德（目的在於邀功取賞）就是為了成為數目繁多的歌星。事例七、郭彤拒絕當任何人的情人。因為每個人都可能是另一個或一些或一群人的情人。事例八、郭彤輕視所有新銳思想。他認為所有新銳的事物都會很快失去銳氣，成為陳舊。新銳思想就等於是未來時代的陳腐思想（至少是傳統思想）。我替朱朱概括這些獨生子女的詞是「精神潔癖」和絕對的後天性孤獨症。

第五至第五百五十五則軼聞：此處從略。若想免費獲取它們，請像現實主義作家一樣深入到讀者中來，背著一個背簍，竹編的，我保準你走馬看花就能集滿一背簍人世事故。不過，它們都是民間的。但凡民間的，就都與過去的官府有關聯，受過時的統治思想的浸淫，你千萬要警惕。無論如何，我不願看到你從異端者的位置上滑落下去。

41

一個謎語和它的謎底

一個男人又非男人，見又非見到一隻鳥又非鳥停在一根樹枝又非樹枝上，用石塊又非石塊打它。

太監瞥見一隻蝙蝠停在一根蘆葦上，用一片化石去打它。

42 新通俗和英雄末路

在資訊時代，人也成了媒體，作為媒體的人傳播資訊的數量／被接納的數量決定其名望。這幾乎是喜劇的，數量主義因此風行一時。一段歷史一個人一齣戲一種思想，縮減為一個個名詞之後被資訊工具重複使用的次數越多越真實，反之則越趨沒落甚至消亡。

我在衰亡中，連同我飾演過的一系列英雄形象。花子虛和類一類的丑角在爆紅爆火。作為媒體的哲學家群，蘇格拉底和海德格爾構成兩種極端通俗。作為媒體的政治家群，凱撒和希特勒構成兩種極端通俗。藝人作為媒體之後易卜生和花子虛最通俗。為了保持涵養通俗而不流俗不媚俗的志氣，他們無論生前死後都必須隨著公眾口味的變化而變化：一種強姦式的改寫。

這是一個戲劇丑角、道德丑角和政治丑角一同竄紅的年代。在花子虛之前，我和我的正人君子角色是舞臺上的主宰力量。其實，我亶爰和我那些角色一點也不崇高。崇高是崇尚崇高的時代對於我們的誤讀（包括作家對角色的誤導），當然，當我們被誤讀為崇高一詞時，我們對自身屬性是否崇高的懷疑是不成立的。只有時代變遷，丑角替代了我們所擔負的崇高地位，我們才開始用休謨所說的「概然推斷」來辨認時尚。我們發現，小丑和英雄被不同的時代以不同的方式捧上了天，原因在於人們的趣味在表層意義上有了改變。有人說，小丑比英雄更日常，更真實。我演慣了英雄，也把自己當成個英雄模式坯子，可以陷入各種各樣大同小異的英雄模式。我們／英雄們往往過於計較集團利益。心胸狹窄脾氣暴躁性功能不夠強大但外形強健是我們的共通特點。因為這種隱藏頗深的器質受到新風氣的摒棄或日汙染，英雄們／我們黯然失色起來。燕青那小子說，所謂英雄，大多智力不夠健全，並因此易於衝動，有時膽大包天或者氣沖霄漢，有時裝模作樣招搖過市。他說，在英雄身上潛藏著恐怖分子和亡命徒的素質，但凡歹徒和暴君，都是英雄的變種。對此論調，我無力又不屑辯駁。

高速資訊汙染了人的眼目，汙染了人心，汙染了戲劇的黃金本色，汙染了整整一個時代。英雄們／我們的沒落純粹是它的一個預謀。把垃圾和公害作為資訊網絡的終端，人的智能、情感和氣度，人的精神甚至靈魂，都在充任垃圾和公害的輸送線。五花八門四通八達的資訊高速公路將蘇格拉底以降的本質主義打得落花流水，即生即滅的資訊現象因其數額巨大（超出了人的本能需求形成巨大的強刺激），而成為人類的新偶像。英雄不過是片夾肉麵包。

我們／英雄們被新偶像打碎（不是取代）了。這很像歷史流變的一個讖語：數量越大，品質越稀薄，英雄時代過後，人類的精華日益稀釋，終亡因此指日可待。

43

從文字攝影棚到文字電影館，我跋涉，
只帶給你一部短片，讓你淺嘗在文字
最後一排與我親吻的滋味／
雅俗共賞是一句藝術謊言／
曹植拒絕打入文字內部去扮演角色

鏡號1.大群大群的泥人或工或拙或妍或媸，半乾不乾地站在烈日下充塞了田野和道路。他們被戰爭和兒童遊戲的雙重音樂氛圍所轄制。用於航拍的飛機發動機雜訊被同期錄製下來，加強了人們的恐懼。出片名：《泥人對話》。

鏡號2.一長列兒童玩具火車上擠滿了泥捏的士兵。他們有的金髮碧眼，有的黑髮黃臉，有的紅髮黑臉白身軀，全部荷槍實彈，雄糾糾地挺立在貨廂中。自車尾向車首的橫移拍攝。平視角。效果：彷彿火車在行進。

鏡號3.濃郁的熱帶雨林中，披著長髮的女游擊隊員身穿迷彩服伏在草地上用玩具衝鋒槍伏擊著畫外的敵人。鏡頭盲目地在樹林中尋找著什麼，一旦停止在她們的頭上，她們馬上轉過臉齊齊地對著鏡頭狂笑不止。原來，她們是一群木偶人，都畫著小丑的面相。

鏡號4.一排泥人整齊而歡快地划著一艘大型機帆船玩具。玩具船的左舷上印著醒目的紅漆大字：新移民號。固定鏡頭。中景。小仰角。（畫外）兩少年在草地上嬉笑打鬧之聲。

鏡號5.一對共體分首的老年泥人相對醉笑。他們的身體泛著酡紅，像海豚一樣光滑。特寫。（畫外）一些呼嚎、驚叫和咒罵。

鏡號6.畫外滴下一串串淚水，打溼那對老人的笑容。大特寫。（畫外）一個女孩子的嚶嚶啜泣。

鏡號7.泥人和偶人一一掠過畫面：駕駛著大麵包的牧童，踏著巧克力祥雲的王子，手牽著手的十幾個布娃娃，從大鴨梨中探出頭腦的蟲體人，掛在小狗尾巴上的艾麗絲，划槳的「新移民」，擠在一大片紅楓葉上的胖丫頭，喝醉酒的連體老年夫妻，火車和車上的士兵，女游擊隊員。

鏡號8.對鏡號1的重複剪輯。（畫外）一聲爆炸。

鏡號9.火焰。

鏡號10.更大的火焰疊一對少年追逐嬉戲的剪影。他們一高一矮一胖一瘦。近景。

鏡號11.焦枯的叢林間綠草依舊蓊蓊鬱鬱。兩只書包掛在一株被火燒枯的樹上，一向畫左，一向畫右。從樹下草叢中傳出來朱朱和翀翀的對白。朱朱：「神話是人類認識自身和世界的第一次思想浪潮。有些神話衍變成宗教，有些神話仍舊是神話。」翀翀：「帕斯卡爾說，『認識上帝而不認識自己的可悲，便形成驕傲。認識自己的可悲而不認識上帝，便形成絕望。認識耶穌基督則形成中道，因為我們在其中會發見既有上帝又有我們的可悲。』上帝是上帝的在，不是神話中諸神的在。前者是實在，後者是虛在。」朱朱：「人介於上帝和諸神之間，既實在又虛在。人的實在性為上帝之在所創造，又以自身的實在性去虛構諸神。」翀翀：「從這個立場看，人也是一種虛在，不然他無法創造諸神的虛在。」朱朱：「創造和虛構是兩個詞，兩個概念。後者是對前者的效仿。嚴格地講，人不會創造，只會虛構。被創造的物，則不會擁有創造力。」翀翀：「受造者和受虛構者都是物嗎？」朱朱：「是，但是不同的物。一種有實在的生命，一種有虛在的生命。前者可以代代相傳，後者則一成不變。」翀翀：「人的社會在變，諸神的社會不變。也許上帝的社會也不變。」朱朱：「上帝的社會不在變與不變、傳承與不傳承的範疇之內，它有自己的譜系和語系。那是我們人類看到也不認識甚至根本無法看到的。」翀翀：「但是彌賽亞是啟示者，《聖經》是啟示錄，我們人可以成為Karl Rahner所說的聖言的傾聽者。」朱朱：「那是神啟。」翀翀：「神話不過是人講給人的人啟。」

鏡號12.透過枯枝所見的一輪朗月。特寫。人語在畫外。楊青：「我通過感覺死來感覺創世紀。」朱朱：「我通過生。」楊青：「死是生的改變，是通向永生的窄門。我通過死來感覺創世紀中隱含的上帝奧義：創永生。」朱朱：「假使博爾赫斯此時與我一同躲在鏡頭背後發議論，他會引用威廉・詹姆斯[52]《宗教閱歷種種》[53]一書中的話，玩笑著說『上帝是所謂個人永生的締造者』。」楊青：「烏納穆諾[54]則嚴肅地對待這個命題。他很肯定地說，『上帝是永生的創造者』，比我更有信念。」朱朱：「博爾赫斯把永生的方式分為個別和普遍。你和烏納穆諾所希望的方式是前者，而他與蘇格拉底、與盧克萊修[55]、與歌德一起希望後者，即『追求普遍的永生』。」楊青：「倘若個別的永生不存在或不可信，所謂普遍的永生又從何談起呢？假設一個人可

---

[52] William James（1842-1910），美國哲學家、心理學家。他患有嚴重疾病，經常靠閱讀《聖經》來維持意志力。

[53] *The Varieties of Religious Experience*（1902）。

[54] Miguel de Unamuno（1864-1936），西班牙作家、哲學家。天主教徒。

[55] Titus Lucretius Carus（99-55 BCE），羅馬共和國末期詩人、哲學家。

以死去永不復活，一個物種（——對不起，我把人類看成一個物種）也會一般無二。個別的永生和普遍的永生是同一種永生。『生命中沒有致命的毒素』，聖言裡的『生命』一詞不可分割為個別和普遍。」朱朱：「博爾赫斯他們並不那麼相信聖言。」楊青：「不信聖言的人談論永生的問題，脫不開物理性的社會延續經驗，這種經驗一旦面對永生問題的考驗立即顯得過於有限。於是，他們不得不加進推理，把經驗中的過去和想像中的未來等同。經驗加想像力是他們的根基。聖言中的永生則既超驗又超越推測和想像力。我把它看成一種事實，可即而不可望見——我是說官能的觸及。」

鏡號13.一個女妖依在樹上拉自己的手指。十根手指被她一一拉得又尖又長。最後一根手指像彈簧，在失去拉力之後彈回原位，擊得她一聲驚叫。它引起畫外一連串驚叫的迴響。

鏡號14.冬樹林，一束強光兀然打在林間，棲息在樹冠上的一群宿鳥被驚起，大叫著撲向鏡頭或四散而去。降移。林木間躍出一長髮裸體女妖。在她之後，是整整一支裸體女妖的舞隊。她們跳踉著形成一個舞圈，將幾株大樹圍住。躲在樹後的少年朱朱、翀翀和楊青被驅趕得離開樹影。他們左衝右突，都被舞圈反彈回來。舞圈在縮小。鏡頭繞圓周平移。朱朱被女妖捉住，受盡撫摸、親吻、搔癢。朱朱被釋放時已站立不穩。翀翀也被捉住，被強行拉入舞陣。左右兩個女妖用力扯動他，使他的舞步跌跌撞撞。平移減緩。排頭的女妖脫離舞陣，衝著楊青獰笑，並且拔下一顆尖牙朝楊青的胸口刺去。楊青的胸部中刺，暈倒於地。

鏡號15.小特寫。楊青的長髮披散到胸前，血漿將髮絲黏溼，並在持續湧流。

鏡號16.女妖們跳起穿衣舞，翀翀卻被強迫跳起脫衣舞，朱朱在舞圈中抱起暈倒的楊青，用牙齒咬住女妖的牙齒，從楊青的胸部將它拔起，吐到地上。女妖們唱起了歌。中景。

鏡號17.翀翀在掙扎般的舞蹈中，衣衫一件件脫落。朱朱試圖救援他，將衣物一件件拋給他，自己的衣衫反而被一種無形的力量所剝落。二人赤條條面面相覷，雙雙用雙手捂住陰部。中景。

鏡號18.一群長髮及膝的裸妖手拉著手從林中歌舞而出。她們在原有舞圈之外形成套層結構。兩圈女妖跳起歡快的桑巴舞，跳過一輪之後，外層女妖變成內層。搖移。三十五度俯角。

鏡號19.翀翀捂住雙耳僵立在圈中，失神的目光恐怖萬分，初生陰毛的中體袒露無遺。近景。

鏡號20.朱朱裸體抱起楊青，如同抱著爆破筒左衝右衝。他的行動反而將女妖的熱情撩撥得分外高漲。她們淫蕩地笑著，紛紛對朱朱的衝撞予以色欲的回應。有一個肥胖的女妖浪笑著扯下一只乳房，雙手擠壓著，將濃濃的乳汁噴向朱朱的五官。朱朱一時被噴得踉蹌起來。其他女妖見狀，一哄而上，擠壓著胸前的或握在手中的乳房，用高壓水籠頭般的乳汁噴射三個少年。他們抵擋著，長時間地同乳汁相搏擊。漸漸地，他們失去了氣力，翀翀在先朱朱隨後，癱倒在地上。女妖們將扯長的或撕下的乳房復位或扔到地上。它們已經乾癟。她們也悠緩地跳了兩圈足尖慢步舞，然後舞蹈著一一謝幕，隱入夜森林中。小全景。

鏡號21.天空漸漸明亮起來。一棵老樹和樹杈上的三只書包漸顯出來。有幾隻小鳥在書包間跳來跳去，嘰嘰喳喳地叫個不休。近景。微仰。

鏡號22.雨後，三個泥人癱倒在樹林中，彷彿於被女妖乳汁淋暈的朱朱、翀翀和楊青。陽光透過枝葉，斑斑駁駁地打在泥人殘損的身軀上。朱朱（畫外）：「神話是人類認識自身和世界的第一次思想浪潮。」翀翀：（畫外）「神話不過是人講給人的人啟。」楊青（畫外）：「人則通過感覺死來感覺創世紀。」

鏡號23.對鏡號7的重複剪輯。

鏡號24.對鏡號5的重複剪輯。
鏡號25.對鏡號3的重複剪輯。
鏡號26.對鏡號22的重複剪輯。

字幕：劇終。

44 鄧加見聞錄——反傳統見聞錄模式

乘波音七六七客機，鄰座坐著一位彩色皮膚的美女，從宇宙最後三分鐘啟航，在宇宙最中三分鐘休憩，為飛機加油，終點抵達宇宙最初三分鐘，很像是人類時間的一次折返式折回，折回的終點，是諸神生活的神話世界，或者是大爆炸後的宇宙普遍降溫過程（據史蒂芬．霍金[56]說，大爆炸時宇宙體積是零溫度是無限熱，大爆炸後一百秒鐘溫度降低到約一百億度），根本不適宜飛機著陸和我進行戲劇勘查。其實，我所返回的只是一個名詞，從一個名詞出發，經由另一個地名名詞，折返第三個地名名詞。它們的命名法則歸屬於經典美學的對稱、均衡、首尾呼應、相互模仿。

[56] Stephen William Hawking（1942-2018），英國理論物理學家、宇宙學家及作家。

在一些地名上和另一些地名上，我們的見聞會大同小異，在另一些地名和在另一些地名上，我們的所見所聞會十分不同。有一定見識但並非見多識廣的人回到出發點，往往對故舊作出一副與見識莫不相干的臉孔，輕描淡寫地說，沒什麼特別的，天下就是天下，都是天下，都是山川草木城市人物，形色不同而已。少見多怪的人則喜歡對人大談特談異域的風景人文，恨不能以自己的口舌供聽者重複自己的旅行。我的見聞錄其實十分別致，只相關於幾個名詞和一個鄰座女子。名詞沒有色彩，她倒是個色彩極端豐富的人，光看皮膚就可以對此有所領略。她也討厭名詞，號稱是一個反名詞主義者。因此她沒有名字，只有一個代詞，她。代詞她的反名詞主義的樹立，是從反白人這一名詞開始的。

她認為白皮膚是一種缺欠，一種病態，黃皮膚，紅皮膚，黑皮膚，棕栗色皮膚也統統處於缺乏豐富色素的「貧色」狀態。普天之下，單色皮膚都與塵埃靠近，與死亡靠近，唯有彩色皮膚像天空中的彩虹，接近天空，靠近天國，通向永生。她依據《黃帝內經素問》「心赤肺白肝青脾黃腎黑皆亦應其經脈之色」的理論，進而提出人的膚色順應心靈／精神／意志／思想之光的觀點。她說，人的內心光譜不同，導致人的表皮顏色不同，在她的故鄉宇宙最初三分鐘，人們的內心世界的光譜是反現代地球的。

你打斷我嗎六藝？你只關心以我們的眼光怎樣看待她的膚色對嗎？你說她是油畫。你在重複我的經歷我的經驗。在波音七六七上，我總是斜著眼，用油畫鑑賞行家的眼光偷覷她。你們要警惕，我是關於「看」的前車之鑑：倘若你在閱讀，就必須擺正目光，正視你的對象，倘若你在偷窺，在斜睨，就會把讀物歪曲，把感受引入歧途。當時我坐在她左鄰，通過乜斜的眼球把她的體表看成一幅技法庸俗的油畫，並因此對她動了惻隱之心，同情她被一個或一群拙劣畫師塗鴉的遭際。從她的面部結構來看，她是一個混血兒，具體到血統來源及其分支，我無力利斷。歪斜著嘴臉我在想，混血兒的膚色本身就是一種彩色呀，只不過幾經攪和，調得十均匀，均勻得類乎單色罷了，以這樣的皮膚作畫布，塗鴉成這樣一個油畫女子，也真夠前衛得可以。我對畫面下的畫布懷著野心和好奇，用盡演員的全套手法，以演技派的魅力博得了她的芳心。情景是可以預期的：宇宙最後中三分鐘的航空旅館裡，深夜，與停機坪上客機加油的同時，我企圖使她在顛鸞倒鳳的汗水間褪盡油彩袒露畫布本色本質。

燕青你阻止我嗎，阻止我把毀壞油畫藝術的床上行為進行下去。你成功了，我不得不轉向你的聲音。你說，她是地圖印刷術製造的一張活動彩色地圖，一種利用立體事物製作的平面圖，一種地理學對人性的姦汙或豐富。用青、綠、藍、黃、黑、白、紅及其互補色混合色過渡色塗抹大大小奇形怪狀的區域，不，對區域進行彩色套印，黑種人聚居的地區用玫瑰色，白種人地區用湖藍色，紅種人地區用純正白，黃種人區域用水綠，人種混雜的地區用鵝黃。你說，她是一幅印刷地圖，彩色而立體，任何人都可以在她的肌膚上找到自己的故鄉，異鄉，旅程，和歸宿。

油墨會浸入皮表，滲入皮下組織，吻觸、撫摸、汗液精液，都不具有除淨它的酸性。我的欲情對於她的肌膚不起作用。一種男性的狂熱，一時的航程中點的狂熱，不會從根本上影響一幀活動的人體地圖的地圖學意義。燕青老弟的語音就這樣打碎／企圖打碎我的油畫框架。嚴格地講，這是侵犯版權，侵犯我的獨家見聞版權，像影視劇對原創小說原創舞臺劇的肆意篡改／改編一樣。你還沒講完嗎？你說，彩色地圖像地球的表皮，它使看到它的人撤離到周邊來觀看，如同我們在一個不同的天體上觀看它的概貌。地圖的流行把人異化為地球的外星人。在飛機上，地球是我的芳鄰。在航空旅館的床上，地球是我的性夥伴，不是這個意思嗎？那麼，我懂得，她是不同的區域文化語言文化人種文化的綜合或大雜燴，一個地圖式的拼盤，我在她的上邊飽餐。

你已病入膏肓，子虛老表弟，移植手術無所不能，對嗎。她是換膚的卓越成果？多麼精彩絕倫的見解，彷彿亞洲的植被和土皮原封不動地被刮下，被搬到歐洲，與那裡的植被和土皮縫接在一起。植皮手術乍畢，紅、黑、黃、白、藍色的皮膚像一件十分合體的百衲衣一樣緊繃在從頭到腳的皮下組織之上，說那時的她是千古奇觀，一點都不誇張。你說這是通過手術臺而達到的健全，就像你演的那個卜算子，手術前以女性為隱性性別，手術後以男性為前史／隱性性別。他／她通過變性手術而親歷跨性過程。但是用古老的骨子主義／本質主義的照妖鏡一看，她／他現在是，將來是，其實過去也是一個隱性的雙性人。假設我的空中芳鄰／旅館枕伴兒不是一個天生的隱性彩膚人，就不可能通過顯微外科手術來完成膚色的賦格。

終歸是類說得更近情理：每個男人都是隱性女人／每個女人都是隱性男人，每一種缺欠都是期待中的健全，每一種疾病都是置換或等待置換的另一種疾病。老實說，我喜歡類，也喜歡類發出聲音的嘴。要是六藝不吃醋，我會在臺上將牛皋強暴變性後的如夢令那場戲演得超逼真／假戲真做。

你們兩人不要同時進攻我，左右夾攻，一男一女，使我腹背受敵，我受不了。且慢施刑罰，等我把海外聞見錄發表完畢好不好！其實，在宇宙最後三分鐘發生的每一件事都是新鮮事，只是由於語言學的發達和人類語言能力的侷限性拉大了所指與能指之間的距離，才造成人類的普泛性誤讀：能指無限膨脹，以致於不同所指的能指像無數小汽泡串通成一個大汽泡，互相吞噬，直至所指與能指脫節／錯位／受到間隔。倒是在宇宙最中三分鐘，我與她的性別，我的單一色和她的彩色，我的陰莖和她的陰道，編碼絕無混亂。用普通人類學的方法，實施考察的直觀力量遠遠比你們此時的想見力量要大。可惜你們對戲劇的興趣超過了人類學。親身經驗變得無足輕重，夢幻式、舞臺式、觀賞式的「彷彿經驗」使你們自認為已盡歷天下萬物萬事。

請原諒，我表述得不夠準確，「彷彿經驗」也是一種親身經驗，你們同我一樣看重身體力行，可惜不是人人都會遇上一位彩膚女子或彩膚男子。如果有一個人當著你的面說你的健康本身就是一種缺陷一種病態，你肯定會同我一樣想方設法弄清他說話的根據，確認那不是一個戲言或者不是一句真言。

謎底是在宇宙最初三分鐘揭穿的。在抵達那裡之前，我能夠確定的是，她不是一幅油畫，不是一張彩印地圖，也不是任何一種織物印染法的成果。我也像花子虛一樣懷疑她由換膚術所造就。可她全身上下光滑似錦緞，沒有任何拼接的痕跡。我曾仔仔細細，一分一寸地觸摸色彩與色彩銜接的每一條「縫隙」。想遇到割裂爾後縫合爾後痊癒留下的硬痕。我遇到的不是硬結，而是均勻的彈性和強大的磁力。我因此而一次又一次受到欲情的偷襲，一次又一次死在她的懷中。

回溯到宇宙最初三分鐘，回溯到那個名詞中，人種這個名詞被廢黜了，像廢奴制對奴隸／黑奴或白奴的廢除／恢復存在主義的自由之外的自由一般。乍一到，我認為那裡完全是反地球的，反猶太人上帝的。他們以一個叫做朱朱的人為首，猶如居住在巴貝耳城中，根本不認為地球會有「人種博物館」之類的美譽。他們全民只讀一本書，書名叫《抛核桃的極限》[57]，只信奉一種思想，就是遊戲主義思想，由一種抛核桃的遊戲所產生的天真思想。我的空中芳鄰／旅館性夥伴一下飛機馬上如魚得水，迅速離開我的臂抱淹沒到彩色肌膚的人群中。我被朱朱作為白化症患者送入醫學研究院的皮膚研究室，成了研究對象。最後，我被確診為貧色症：只有宇宙功能全面退化時期才會出現的皮膚病。他們說，單色皮膚和人種一詞的出現意味著黑洞的迫近。你們說，這不是對人類／我們在現實和歷史經驗中的人類概念的顛覆性否定嗎？他們還進一步說，現代人類／宇宙最後三分鐘居民的內心光源已被後工業文明所汙染，薄弱無力，只能將各自的真皮外表皮照射為單一色。我們得承認，彩色得在陽光大好中才會呈現。即便我們的膚色天生是彩色的，國家，種族，區域語言和文化，經濟生活的動盪不安，政治超越一切的企圖／自柏拉圖開始的共和國理想／個人政治，卻只能封閉我們內心的光系。自省一點，我們會對皮膚色澤有新的認識：我們是光源淡薄的一代人一個世代。

57 〈抛核桃的極限〉是崔子恩的另一部中篇小說，1996年刊於期刊《花城》。

45

幕間調情／
左觀眾致右觀眾／
現代主義之後詩歌被純化為一種
地地道道的示愛技巧

我們坐得這樣近／卻又如此陌生／我把眼角切割的三角瞳孔／掛上你英俊的脖頸／你把光采照人的眼光／傳給我震顫著的文靜／我們如此陌生／又都渴求身與身心與心的溝通／我卻不敢動／手和腳懸浮在空氣裡顯得很輕很輕／生怕一點點疏忽／損壞這熬人而美好的陌生

46 無恥轉讓術

我是大丑牛皋，在上一幕中我和你們見過面，老實說，我對你們印象非常非常不好。一到幕啟，你們便一窩瘋似地去同情什麼弱者，什麼不幸的命運不幸的遭遇不幸的人，一到幕間你們馬上就開始上廁所、吸煙、打情罵俏，完完全全恢復了日常生活的邋遢相。

無論是在家裡還是街上，我牛皋從來都臉不紅心不熱，張揚著這副無恥的嘴臉。你們也許有所不知，轉讓無恥是現代最出色的遮羞技術。什麼叫轉讓無恥呢？我告訴你，你聽好，一出劇場馬上就可以實用，它像人造蛋白，人造香精，人造色素一般，非常適宜於日常應用。轉讓無恥的技術依據是房產轉讓店鋪轉讓以及我老婆如夢令通過變性手術達成的性別轉讓。它的方式十分簡便易學。用我手把著手教你嗎？用，那我就手把手教你。首先，你要把社會或者群體與你個人從概念到實體都劃清界限。他人是自己的地獄，記牢靠了，千萬不要聽基督的話，愛上你的鄰人。基礎奠定之後，其餘的問題就迎刃而解。他們，你的左鄰右舍，你的學校或工廠或商店或劇院，你的買主／雇主或賣主，你的政府和國家，你所置身的整個時代，都是你的敵人，你的地獄。還有比敵人更可恨可惡比地獄更骯髒無恥下流野蠻殘酷的嗎？沒有。那好。你便高昂著你無恥的嘴臉，噓一口氣，要長，悠長悠長的，像塤的奏鳴，然後獨白，聲音可大可小：呵，我無恥下作的時代。你知道嗎，只要這一句獨白就把你自身推諉掉了，連同你身上的不潔與罪惡。無論你身上心上有多少罪愆，只要你根據它的輕重緩急置換時代之前的定語就可以解決問題。譬如我殺了十個人，手上沾著無辜者的鮮血，我就說：呵，血腥的時代。譬如我要強姦我前妻如夢令，我就說：呵，連男人也不放過，強姦全體人民意志的卑鄙時代呀！

無恥轉讓術會幫助你在脆弱的良心上建立起一座石頭城堡。無論如何，眾人的，社會的，時代的罪惡都要大於個人，哪怕是希特勒墨索里尼與他們置身的納粹時代相比。後工業社會不恰好是一個重視數量的社會嗎，罪惡分大小多少之後，對每個個人蒙混過關非常有利。反正，總而言之，個人的罪惡數目比不上眾人比不上歷史積累比不上世界末日。

討厭的朋友們，如果你已學會轉讓你的全部無恥，像我這樣，就請你懷著感激的心情去讀讀我們這個時代的哲學，並為創造這種哲學的哲學家們供上幾枝開敗的鮮花。據說，沒有他們的貢獻，我們至今仍在把自己看成別人的一部分、社會的一個小節、時代的一個細胞兒。他們將我們從「共和國」的牢籠中解救出來，不去注重任何本質問題。要知道，本質是個多麼巨大無底的陷阱呀！它會教你把世上的一切齷齪汙穢邪惡兇暴都吸到你一個人的本質中去，讓給你的本質。於是，於是你就懷抱著那深淵般的本質生活吧，走到那兒你都是個無恥之徒。

現在，在我打算在我預謀今夜強暴我的前妻之前，我早已把恥辱之心推諉給你們，給這個無恥的時代了。那些行動之前不假思索的人多麼傻！我們不似本世紀之前，缺少為個人辯護的思想武器。既然國家主義、民族或種族主義、人類主義都在利用柏拉圖，我為什麼不可以利用薩特。由你們構成的地獄將使我今夜的強姦計畫喪失無恥的品質。為此，我衷心感謝你們。

47

關於激素，主要是關於性激素的科學闡述。據說只有科學家和激素水準不高或傾斜的人才對此斤斤計較。

在藥理學上，激素依化學結構分為三類。第一類：氨基酸衍生物（如腎上腺素及甲狀腺素）。第二類：類固醇（如腎上腺皮質素、雄激素、雌激素）。第三類：多肽和蛋白質結構的激素（如催產素、生長素、生乳素、促腎上腺皮質素、胰島素、副甲狀腺素）。在整個生理機能的神經調節過程中，激素分任體液性調節的功能。它彌補神經系統對各組織器官機能調節的不足。不僅如此，它還在各內分泌腺之間建立密切的聯繫，幫助它們進行相互間的調節。例如，腦垂體前葉分泌各種激素（均是蛋白性物質），有的直接對組織起作用（生長素和促乳素），有的促進其他內分泌腺的機能（如刺激卵泡成長和分泌或促進精子形成的促性腺素甲，刺激黃體形成和分泌或促進睪丸間質細胞生長和雄激素分泌的促黃體素）。反過來，其他內分泌腺產生的激素，也控制著垂體前葉的活動。各腺內分泌機能之間廣泛而密切的相互控制與調節，維持著人的體內環境成分及性質的平衡。偶一失衡，人體便會出現病態。

激素的分泌或直接受神經系統管制，或通過其他內分泌腺的作用間接受神經管制。血液中代謝物濃度的變化也能調節某些激素的分泌。有些激素的分泌具有週期性的增減（如腦下垂體前葉分泌的促性腺素，卵巢分泌的雌激素及妊娠素酮）。激素均由血液運輸。在人體內，其活性常因其轉變而減低或喪失。轉變的反應一般有水解、氧化、還原和結合。正常情形下僅有少量激素或其可檢出代謝物自腎排出。有些激素自尿液中排出後仍有活性（如性激素）。激素調節代謝的作用從屬於神經系統。在由中樞傳出衝動到器官的途徑上，內分泌腺作為中間環節而參加反射活動。激素也可以直接影響中樞神經系統的興奮或抑制狀態（如性激素能影響性反射的反射弧之興奮性）。

腎上腺皮質為維持機體內環境恆定的主要器官。尤其對於體液的體積與成分起決定性調節作用。人的腎上腺皮質激素分泌不足時稱為Addison氏病：皮膚及黏膜的黑色素增加，生長減緩甚或停止，體溫及基礎代謝率降低，血漿體積減少，血液濃縮，尿量漸減以至於無。如果切除腎上腺，上述症狀加重，腎及循環機能損壞，最後導致死亡。腎上腺皮質激素分泌過多，主要會影響性器官及性徵發育異常：幼年男女均呈性早熟，成年女性呈男性化（如月經停止，乳腺萎縮，生鬍鬚），成年男性呈女性化（睪丸萎縮，乳腺發育，陽萎）。

具有雄性激素活動的天然物質很多。其中睪丸素酮的活性最強。腎上腺皮質中亦有雄激素（即腎上腺雄固酮），它是雌性動物體內的雄激素及其尿中17酮類固醇的主要來源。卵巢亦略具製造雄激素的能力。男性的雄激素分泌不足時，尿中17酮類固醇的含量減少。在臨床上，人工合成的甲基睪丸素酮的應用很廣。因為它不易被肝臟破壞。應用它可以促進男性性器官的成熟，發展男性副性徵。用於婦科臨床，它可治療月經障礙，抑制乳腺和乳汁分泌和遷移性乳腺癌組織的生長，還可以治療機能性子宮出血。

卵巢分泌兩類激素，即卵泡分泌的雌激素及卵泡排卵後變成黃體所分泌的妊娠素酮。它們有週期性的增減。雌激素能促使未成熟女子副性徵的發育並保證性器官的最後形成。對已成熟女子，還能促使子宮黏膜發生一系列的變化，產生週期性的月經。同時，它還能使陰道上皮增生，終至淺表層細胞發生角質化。如用於男子，則能抵銷雄激素的作用，導致副性徵削弱甚至消失。孕酮完全代表黃體激素的生理作用。它與雌激素合作，使乳房充分發育。人造雌酚是一種有極大活性的合成動情素樣製劑，乙烯雌酚活性更大。它們由腸管吸收，對男性前列腺癌患者，可應用大劑量的人造雌酚。

48 以激素學的觀念討論劇本

六　藝：毫無疑問，四卓沒有任何一句臺詞中透露過卜算子注射過從大的有角家畜的腎上腺獲得的透明而無色或淡黃色的皮質激素，就讓卜算子長出了乳房，而且很飽滿，這很不科學。至少，也應該讓他／她服用人造雌酚和孕酮，而且劑量要大。否則，他／她依靠自己的才能生長一對秀乳的說法就成了天方夜譚。所謂「自己的才能」不過是依靠激素刺激，啟動男性體內沉睡多年的雌性基因。否則，才能從何而來？四卓先生不要只是一門兒心思在口罩一類的道具上下細功夫，而忽視了人體變易的科學方法和物質條件。

扈三娘：我同意六藝的觀點。卜算子的乳房不是說長就長，說飽滿就飽滿的，僅僅給演員兩個大饅頭，讓他塞進乳罩裡，是一種傳統的道具觀念在起作用。新寫實主義戲劇觀認為饅頭和乳罩無論對於演員還是對於觀眾都不再是道具，而是人體的一部分，服裝的一部分。當演員的左右兩乳上固定上兩個發酵得很好的饅頭時，他應該徑直地認為那是雌酚和孕酮的作用下自然而然生出的天然之物。還有，那扇泡沫肥臀，也應讓觀眾認為是激素分泌的產物，而不是道具。新寫實主義的一條規則就是，飯是飯菜是菜，人是人物是物，不能用空碗、假胸假臀一類的東西糊弄觀眾。

類：海德格爾先生很喜歡荷爾德林[58]的一句詩，叫作「人詩意地居住在此大地上」。我也喜歡這句詩。居住是一個短暫的行為，並因其短暫而具有了詩意。卜算子曾經短暫地居住在男性的性體中，一旦「死去」，乳房與豐滿臀部的生長便伴隨著另一種嶄新的詩意。我認為，雌性激素是給她帶來新詩意的此在源泉。荷爾德林那句詩相對於她，應改寫為「人詩意地居住在此雌性激素上」。

鄧　加：對不起，我仿照類的時髦方式引用一句話，出自海德格爾。他說：「詩意只是真理光明投射的一種方式，是在廣義上的詩意創造的一種方式。」這

[58] Johann Christian Friedrich Hölderlin（1770-1843），德國浪漫派詩人，和黑格爾及謝林是同學、好友。另譯賀德林。

句話出自他的〈藝術作品的本源〉一文。由此出發，我把變性手術和變性人看作「廣義上的詩意創造的一種方式」，當然也看成「真理光明投射的一種方式」。請你們不要笑，我這麼說不像類那樣暗含諷意。我真誠地認為變性活動是人類「技術白晝」到來之後的詩意現象。它敞開的、澄明的是：性別也只是一種居住方式，喬遷轉移是性別的存在，男女只是在者。造物主在任何在者的內部都埋藏了兩種以上的激素物質，以便於遷徙／性別存在的澄明。變性人的出現，不過是這種敞開和澄明的物象化，其實，這種物象早已呈現於自然造化的雙性人和無性人身上。宦官和太監和人妖，是一種現代科技手段近乎人為的呈現。男或女僅僅是居住的一種樣式，不是存在。

燕　青：在變性人身上，有一段澈底的反叛傳統的動機，這是純政治性的。生殖崇拜，男權中心，統統受到他的作弄。排除他對生理性別角色的體認，他的挑戰對象遍及歷史、哲學、日常生活、社會秩序各個領域。譬如，倘若卜算子死後獲允土葬，而且在幾千年後被考古工作者像發掘《伊利亞特》[59]中的特洛伊城那樣發掘出來，考古學家該鑑定這是一具女屍還是一具男屍呢？再譬如，歷史學家在記載他們的同行詹姆斯．莫里斯／傑恩．莫里斯

59　即ΙΛΙΑΣ（Ilias, Iliad），又譯《伊利昂記》，相傳是由盲詩人荷馬（Homer, 800-600 BCE）所作史詩。

的著述工作時，是不是得打破常規對他的性別史加以分期呢？

類：倘若我所扮演的如夢令出於女性主義的立場而變為男性，是否意味著對女性主義的變節呢？從一個演員的視角看，如夢令過激的反男權核心的舉措，反而把她推進了男性的隊伍。要知道，男性的女性主義者歷來都受到女性的女性主義者的懷疑和排擠。我在臺上演繹如夢令這個角色時總有一種不安。

花子虛：你的不安起源於如夢令既對大男子主義不滿又不願加入女性主義者的行列。可能如夢令認為女性是一種二元論的變體，講到底是講二元對立二元對等二元平衡，這是海德格爾否定二元主義之後的一種復古，一種貌似革命的復古。

燕　青：類所說的如夢令「過激的反男權核心的舉措」並未把如夢令「推進了男性的隊伍」，不，而是變性人的隊伍。這是一種特殊的存在，一種對花子虛所說的二元復古的逃脫。

花子虛：在她和卜算子身上，性激素由一種不均衡傾向為另一種不均衡。表面上看，給我注射或口服雌酚和孕酮是人工仿真，仿照大自然對人體性素的賦予和賦予劑量。我倒想反轉來說，造物主的方式，造物主對激素劑量的配比是一種科學的方式：他讓他期望的男性雄性激素大於雌性激素，大到男性的完全和飽滿，讓他期望的中性人雌雄激素對等（不論性徵如何），而使期待中的女性雌性激素足以維持女性性徵和性能的飽滿和全面。

燕　青：上帝發現他所創造的性別被集團化，派別化，被政治化之後，又拋出了變性術和變性人來毀滅性別政治。這是一種天敵，變性人是天敵的載體。缺少這一載體，性別不成結構。

花子虛：《三維性別》有可能提供有關性別的一種完整結構：兩種對立詞語，一種混合詞語，一種中性詞語。這種結構完全可以用性具詞語來進行定義。一是鄧加所扮演的牛皋、亶爰所扮演的主任醫師、燕青所扮演的麻醉師甲、六藝所扮演的麻醉師乙，此為男性生殖器像。二是占有男性生殖器像，即金玉奴扮演的副主任醫師，變性前的如夢令和變性後的卜算子。三是占有和就是女性生殖器像，即變性前後的如夢令。四是既不占有也不是女性生殖器像，即中性階段，閹割後階段的卜算子和如夢令。在這個結構中，對立詞語／男性和女性已趨於僵死，在舞臺上也較少生機。僅有的一點活力也全由後幾種詞語所啟動。唯一逃脫僵死的人是牛皋。他的模糊性取向對他男性話語的語境有所破壞。

鄧　加：回到激素學上，這與我的角色體內的動情素被其他機制干擾有關。用弗洛伊德原旨主義的眼光看，「人是一種疾病」。而我的疾病同幼年性欲、父母性情、早期性經驗適成對照。在語言學的意義上，我的目光處於混凝土攪拌機的狀態：原本對立的兩個性別詞語被牛皋看成了相近詞性的詞語，也就是說男女都是陰性詞。

曹　植：我有一種預感，等這齣戲演過這個演出季，牛咬金就會在他父親的擾亂行為中紊亂了植物神經，錯把自己當成一個陰性詞。對於孩子們來講，成年人是最漫不經心又最具傳染病功能的壞導師。用一個比喻，成年人好比正在失效尚未失效的激素群，鼓動著他們的後代，慫恿著他們的後代成為同他們別無二致的病人。

鄧　加：你的憂慮超出了劇本討論的範圍。別忘了，四卓並沒有寫你的後事，沒有涉及你在本戲結束後的詞性延伸或轉換。我至為關心的是我與類的那場戲，強姦與反強姦的那場戲，它對語言學有嶄新的貢獻。我原本是一個陽性詞，類原本是一個陰性詞，後來，她主動申請成為手術的被動對象，由陰性詞轉化為陽性詞，牛皋稱它為「假小子」。一個陽性詞語去強姦另一個陽性詞語，遭到反強姦，這是對陽性的加強，強化，還是削弱，抵銷呢？槍對槍刀對刀棒對棒的廝殺，同矛與盾的爭戰，象徵的同是戰爭的傳統格局：兩敗俱傷。如果中性詞介入，戰爭就可能被調停，調解，調和。這場戲沒有任何調解的餘地，只有我和類，中性詞曹植只是一個旁聽者，在隔壁，與戰爭一牆之隔。現有劇本的這場戲，給人草草收場的感覺，假如四卓先生不介意，我想在下個演出季節之前改寫它。

四　卓：我不介意，當然不介意。現在是一個影視傳媒的時代，影視劇作家的劇本寫出來就是為了讓人任意宰割，是他們把自己戲稱為「小婊子」的。這種時代勁風對我也有影響。在你回劇院參加演出之前，這個劇本早就不知道被他們大夥兒七嘴八舌七拳八腳七板斧八大刀弄出多少新花樣兒了。這場戲你愛怎麼改就怎麼改，我只保留編劇署名權，還有，在名譽上我永遠是寫實主義，不，新寫實主義戲劇的一面大旗。

鄧　加：旗手是一個人，努力的是大家，無論古今。我不會去同你搶奪著作權，那是一個新時尚。我認為，天下所有的作品只有一個作者……

燕　青：上帝，對嗎？

鄧　加：不，是作者之元，也就是元作者。

曹　植：他是誰呢？

鄧　加：對不起，曹植小老弟，我是開了一個哲學玩笑，你年紀幼小，還不懂其中幽默。

49

亶爰懷才不遇，從劇本研討會中溜出找我，講了一個不疼不癢的故事，一個老頭兒吃小孩兒的故事，並期望因此而被我佐證為同我一樣的作家，以便像我一樣把花子虛類鄧加之流的當紅丑角收屬於筆下，任意將他們閹割成英雄。

從前吶，也就是《山海經》的時代，不是《山海經》所描寫的時代，在宇宙最初三分鐘這座城市裡，亶爰在上初三[60]，他的弟弟二類在上小學五年級。這座城市的空氣裡還居住著三個老頭子，兄弟兩個人聽說過沒見過。據說呀，那三個老頭長得各有各的特色，一丁兒點兒都不可怕。最老的老頭兒黑臉孔黑鬍子黑頭髮黑眼珠

60 中國大陸俗稱國民中學為「初中」，「初三」即國中三年級。

兒黑心肝。其次老的，第二老的那個老頭兒白頭髮白臉孔白牙齒白眼睛白鬍子，心肝腸胃一概是白色的，是絕對不透明的、厚厚的、像白塗料那種的白。第三老的老頭子藍頭髮藍臉藍眼睛藍鼻子藍皮膚藍肚皮，當然，鬍鬚舌頭和手指蓋也是藍的，藍得像劣質油漆。據見過他們的人說，他們每人手裡都捏著一個小酒壺，老大的是用童子頭骨作的，老二的是用童子髮一絲不苟地編就的，它同老三用一百零三顆童子稚齒榫卯而成的酒壺一樣使用了好幾百年，至今滴酒不漏。老一輩的人講，他們小的時候都盼著早一天老，越老越安全，因為那三個老頭兒特別酷愛酒和小孩兒，一喝了酒就找小孩兒，什麼遊戲都玩，像抽陀螺、跳房子、打電子遊戲機、踢足球，什麼都玩，玩膩就把同玩兒的小孩子吃掉，吃得血肉橫飛，很類似於貓同老鼠的遊戲規則。

亶爰既是二類的哥哥，就自然而然成了二類那一撥兒小學生的崇拜偶像，就得能言善辯會講各種各樣稀奇古怪的故事。有一天，他在放學之後的偶像崇拜活動中被團團圍在核心，突然感到自己的大腦一片空白，除去那隱隱約約的食人老頭兒的鬼影。偶像究竟是偶像，不能江郎才盡，大型的崇拜者聚會不允許他什麼故事都講不出來。他堅硬著呲呲發麻的頭皮，像電影重拍片一般拾人牙慧，把三個老頭兒的故事三折五轉地重拍出來。他對這個傳統故事有些新見解，邊講述邊揉合，把新見解也作成了故事的血肉，譬如老大老二老三三個老頭最偏愛的食類是童子心和童子尿，童子心是菜，童子尿是酒，裝滿三個小酒壺。這類細緻的工筆勾勒是前所未曾有過的。他還有一些科學的見解也雜揉到本真的故事框架中，譬如酒菜的營養構成和心理衛生的依據和保證酒菜新鮮的採取方式。先說菜，在他們的美食觀念中，先有菜後有酒是正常的秩序，先有酒後有菜是變態的秩序，於是他們最先注意採摘童子心的時機和方法，小心翼翼像採摘帶露的晨花兒，或者像剖蛇取膽，或者模仿採珠工人分離蚌肉與珍珠的技法，在童子心還鮮活地跳動時刻，不待它有片刻的風乾和氧化，就噙在蒼老的臭氣熏天的嘴裡，噙著，一直噙著，等待著雙手的技藝帶來酒的成果。輪到說酒了，酒早已窖存在童子膀胱中，只需輕輕揭開酒窖的蓋子把灑壺浸到醇而且清的酒液中，傾斜壺口，與地球引力成四十五度斜角，就可以汲取到最可口且能滌除心中汙垢的童年佳釀。

有一童子暈厥，突發性心靈缺血大腦缺氧造成的暈厥，還有兩個童子大哭起來，恐懼化作聲音和淚水從嬌嫩的咽喉和眼眶中噴發，作為亶爰故事天才的證詞。故事沒有講完，但二類必須牽著哥哥的手逃離事故現場。在宇宙最初三分鐘有一條法規，不准任何大眾傳媒、官方說法或民間佚聞對青少年的身心造成傷損。但凡由觀賞和聽聞所造成的煩躁以上的現象，都可作為對傳播者進行定罪的依據。致哭罪稍軟於致暈厥罪，致暈厥罪略輕於致死罪，亶爰必須逃到公共浴場躲避五天以上才能避開刑罰。要說明的是，公共浴場是這座小城模仿以色列人所選定的逃城。任何人，無論犯了兇殺罪、姦淫罪、輿論罪、工業罪還是傳媒罪，都可以放心大膽地逃到公共浴場裡，脫得一絲不掛，洗上整整五天五夜盆浴或淋浴或桑拿浴，就淨了罪，再不會有人追究。

亶爰和二類赤條條進了第七公共浴場，根據所犯罪行的種類先洗淋浴次洗盆浴最後洗桑拿浴：用講話或其他方式使兒童受到恫嚇的人，都要依此順序進行滌罪。當然，五天五夜的逃城生活期間，水果肉食點心蔬菜一類的固體液體食物一概免絕，只有飲水不受限制。依照次序，亶爰和二類開始淋浴。亶爰為了保持偶像姿態，開始搖頭晃腦地唱歌，而且故意把歌子唱得南腔北調痞里痞氣。他收到了預期的效果，弟弟立即把他們的逃亡生涯當成了一場狂歡，也跟著他忽高忽低地歌唱起來。在霧氣中，他們唱得時而歇斯底里，時而深情委婉，時而怪聲怪調，還配合著十分得體的千姿百態的舞蹈或類似於舞蹈的抖動扭動搧動動作。待到兄弟體力聲氣消耗得僅剩最後一次高潮時，淋浴噴頭突然發出轟隆隆轟隆隆的雷鳴，並緊接著下起豆粒大的冰雹，將所有因年少無知調皮搗蛋遊戲童年玩笑現實的小罪犯統統砸暈砸倒，製造出一個少年裸體橫陳的大場面。

隨著冷氣上升霧氣消散，從溫泉浴的泉池中升起三個乾老乾老的老頭兒，他們沙啞著陰森森的嗓子像砂石磨擦洋鐵盆似地笑著，手牽著手，一個渾身漆黑，一個渾身漆白，一個渾身漆藍，在溫泉水中吃力地舞踉，巫師般的亂髮使他們的樣子非人非鬼，很像電影工廠裡生產出來的橡皮人。他們手牽手涉過池水先後登上池臺，越過池臺後依舊手牽著手跳著既街頭又舞廳、既妖狂又天真的巫覡之舞。他們把遍地的獵物看了個仔細。隨後，每人選中一個少男口對口向他們的肺部吹入一口穢氣。由於亶爰的覆蓋而未被冰雹砸暈的二類看到，那三個與他幾乎同齡的孩子經過一陣抽搐之後漸漸變成了穢氣的顏色，也就是渾身上下呈現呼氣給他們的老頭兒的顏色。他們甦醒過來，一黑一白一藍，幼弱但不再純真，不再是皮膚潔白透明嬌嫩的純真兒童。他們不僅被妖術之漆所浸覆，而且無師自通地跳起了妖舞，與三個老頭兒手牽手，沆瀣一氣，繞場輪轉，舞風舞姿像老頭兒一樣既妖狂又天真既街頭又舞廳。同那三個吃孩子的老妖在一起，他們不僅不恐懼，而且還很快樂。這種景象過於離奇，離奇得超過了哥哥講過的故事，二類以為自己置身在惡夢裡。

續後的細節在向亶爰的故事靠近。三個老頭兒累了，需要舒適的座位，可口的酒菜或點心，也許還要有童聲合唱作休息的背景。由什麼當座椅呢，可口的酒菜或點心從何而來呢，歌隊的成員到底要多少名呢？當然，把最肥胖的孩子疊起來吹一口氣讓他們排成隊站在座椅左側擔任歌者，把不肥不瘦妖美可愛個個生著酒窩的孩子放到三個托盤中由那三個變過色的孩子捧上來當酒菜：逃城裡的社會秩序是絕不會亂的。不過，這一天氣氛有些不同，三個老頭子比任何時候都餓要都要饞，真的已經垂涎三尺了。偏偏這一天他們必須在餐前裝模作樣地進行一整套默咒儀式，一年中唯一的一天，不然他們無論吃多少童子心喝多少童子尿都不會再延年益壽。要知道，這對因為瘦高而站在歌隊中的亶爰和因為妖美可口而被放進托盤神智完全清醒的二類來說，可是一個九死一生的好機會。亶爰一邊唱著歌兒唱得很清脆，一邊想像著二類被撕碎被吞吃的慘相。唱著想著想著唱著，他的臉上泛起快樂的光波。事實與故事之間的距離正在縮短，而且是在他爛熟的故事人物和爛熟的弟弟之間具象地縮短著距離，這幾乎類同於夢想的實現。他懷著詩意的、美好的感情發出清亮的歌聲。他開始慶幸，三個老頭兒已然從可怕的故事中現身，逼近現實，就要吃到現實之盤裡的二類和另兩個少年了。對於亶爰來講，藝術的本貌就應該是這個樣子的，虛構世界的人可以吃喝現實世界的人，虛擬世界的物可以支撐或損傷或壓垮實有世界的人或物。冰雹打擊之後能親眼目擊自己的故事吞吃自己的弟弟，實在是千載難逢。

繁複的、類似密法儀軌的默咒幾乎用去了大半天。亶爰已在幻覺中看到了無數種二類被三個老妖分吃的形式，對他的四分五裂，被撕咬咀嚼吞嚥，脆骨和硬骨被嚼碎的響聲，血滴和灌入壺中的新鮮尿液，亶爰懷著顫慄的快感。他唱著歌子，終於看到默咒完結，三個老頭子抓過二類把他撕開，把他嚼爛，將他吞下。亶爰唱著歌兒，歌詞大意是：《山經》和《海經》出賣了兩個孩子，使他們成為故事中食人老頭兒的盤中餐，一個在先，一個在後，在後的因為乾瘦還在歌聲中苟延殘喘。反覆地唱著同一支歌兒，亶爰身邊的少年一個又一個地被吃掉了。輪到他被吃的時候，他沒有恐懼，恐懼早已被此前的無數次預演，自己被吃的多種花式的藝術性所轉化，轉化為登上祭臺扮作受害者扮作犧牲的熱烈欲望。他幾乎是自動地走上前去，被三個變了色的少年抬舉到浴場的空中，向三個蒼老的永無饜足的老頭兒浮近。

50

我對他說我不是準則任何人都不是準則／
作家們的作家是一句戲言／
光源為光源導體為傳導光體／
真理只在固定的遊戲圈中生殖，
任何語境轉換都造成原認真理死亡

親愛的亶爰，你知道我喜歡你，你的氣味，一副老式獵搶的氣味，你的演員身分，你昔日的輝煌和今日的慘澹，喜歡你的大鼻子，端正而碩大，象徵著不竭的生命力，壯年時期的生命力。你既是我的作品，又是我的讀者，我們之間始終間隔著稿紙文字或印刷品文字，一忽我在正面你在背面，一忽你在正面我躲在背面。我把這看成人世間最親密的遊戲夥伴兒關係，定位，易位，定位，移位，我們在同一層紙的兩面捉迷藏，而且明明知道對方在對方的方位上。我寫作你被寫作，你閱讀，你又被你自己閱讀，你也在讀物中讀到我，我寫你的時候也寫到我自己。我必須告訴你我不是你的準則。作家不是讀者的準繩，不是另一些作家的尺度，更不是人類世界的笛卡爾式「指導原則」。我寧願認真地將「作家們的作家」看成一句戲言。如果作家們的作家真的有，也絕不是博爾赫斯。你以為會是紀德或者熱奈[61]或者薩德[62]嗎，或者是卡爾維諾，三島由紀夫或者是但丁、歌德、薩特嗎？果真有作家們的作家的話也只有一位，即光的源泉基督，其餘的人不過是光的導體。「作家們的作家」產生於僭越習性：以導體僭越光源，以偶像僭越上帝。

像諾貝爾文學獎那樣私設一些獎項，效仿電臺流行歌曲龍虎榜為作家編上一二三四五六七評出龍頭老大樣的人物，認定博爾赫斯是二十世紀獨一無二的文學尖子而卡爾維諾只能屈居第二，其實是對寡頭政治的深層認同。它同哲學上的「共和國」理性主義政治上的納粹主義泛文化領域的菁英主義奧林匹克體育的競爭主義一脈相承。

如果你想寫作儘管去寫，它從未被上帝單獨聖化。如果說到神聖，天下之物哪一樣不是神聖的？世俗的常態往往是：被褻瀆的、不斷地遭褻瀆的反而被辨認出本來的神聖品質，而那些被褻瀆所忽略的則往往被忽略了神聖本性。文學是最經常遭受三教

---

61 Jean Genet（1910-1986），法國小說家、劇作家、詩人、評論家。作品*Querelle of Brest*曾由法國導演法斯賓達改編為電影*Querelle*。另譯惹內。

62 法國作家Donatien Alphonse François de Sade（1740-1814）。主要作品有《牧師與瀕死者的對話》（*Dialogue entre un prêtre et un moribond*, 1782）《索多瑪一百二十天：放蕩學校》（*Les 120 Journées de Sodome ou l'Ecole du Libertinage*, 1785）。

九流的人矚目和染指的地區，因此它的功用被無限誇大，品性也被莫須有地神聖化。它其實僅僅是人類遊戲的一種，而且有著千萬種遊戲圈和遊戲規則。你只須是一個天生或後天具備資格的遊戲者，就可以自由出入於各種規則，並參與各種遊戲。

你的資格由誰來判斷？肯定不是由我，不是由我的朋友林宋瑜，不是由王昶和胡坤。是不是由博爾赫斯呢，也就是說你的老頭兒吃小孩子的故事要像迷宮一樣神奇、隱祕、撲朔迷離、充滿蒼老的狡黠和智慧，如一部啟示錄，否則你就不配參與創作遊戲？我想博爾赫斯或者喬伊斯或者普魯斯特沒興趣當那殿堂的守門人，也會拒絕成為作家資格證書上的鋼印或作家貨幣上的防偽線。至於我，肯定不接受任何驗證也不去驗證任何人，除非一條完美主義的尺規萬能到足以把我扼殺。

對於你講的老頭兒吃孩子，我建議你到劇院裡去講，主要講給你們稱他為四卓的那個胖傢伙，還有小曹植。不必問我為什麼想到他們，專門挑他們來聽你的故事，我根本就沒去思考，僅僅是他們的名字跑到我的唇邊上，如同我的話語。好吧，你該走了，隔著紙簾的遊戲暫行結束。你在正式加入職業作家隊伍之前，仍是個有過明媚往昔的大牌演員。只是你有可能被你的職業你的名氣異化掉，失去活力。還有，作為對完美主義的反叛，你還得堅持你的缺陷，無論表演還是寫作，堅持你的缺欠，它是與你的特點你的本真一體兩面的。

51 強姦表演的浮誇魅力和隱喻傾向

全場黑暗。

牛　皋：呵呵，黑夜真他媽好，是真他媽好的一個大傳統，只有這個傢伙敢同白天對抗。

如夢令：雅致點兒說，唯有它敢於否認光。

牛　皋：翻譯得好，更他媽準確。

如夢令：其實還有一個傳統敢同光明對抗。

牛　皋：你在說撒旦，我認識，這兒，你摸摸這兒，它正同我呆在一塊兒吶。

如夢令：你們互為套層結構。

牛　皋：不，不對，這次你的巧嘴兒可沒我巧啦。記住，不是互為套層，僅僅是套層，就像你的直腸將成為我的套層一樣。

宇宙最後三分鐘的黑暗。

四　卓：要將牛皋的動作誰也看不見的動作強姦的動作視為對浪漫主義思潮的復興。拜倫為希臘的自由事業死在密索隆奇沼澤地，被譽為浪漫主義壯舉。牛皋生來秉承了他的叛逆、違抗、滿不在乎、鄙視成規，可能只差舉止高貴了。不過，黑暗是一種一無所見的目光。在黑暗中，或許牛皋是以高貴的風度完成他的使命吶。一個男人強暴另一個男人，隱喻著一種男權向另一種男權的挑戰和進攻，也就是一種本土的男權向一種由女權衍變過來的男權的反撲。

全場黑暗。

牛　皋：我把你捆在床上，讓你逃不掉，像這黑夜將我們捆在這地上，逃也逃不掉。我直截插入你的直腸，像撒旦直截進入我的全身，把我的全身當成他的避孕套。親愛的，不必羞恥得無地自容，從你的痛楚和顫動中我感到了，你正羞恥得無地自容。不必這麼當真，那麼當真的話我更該無地自容。就把你自身當作一個膠皮套罷，我是魔鬼的膠皮套，第一層，你套在我之外，是第二層。黑夜都不知羞恥，它既套裹著我又套裹著你，是個最大的避孕套。其實，我們都得感謝它，它把淫欲和邪惡封閉在誰也看不見的空間裡，不讓它們繁殖到白天去。

宇宙最後三分鐘的黑暗。

扈三娘：依照普希金的表演理論，你們只要進入情境就行，無須像花子虛那麼認真去體驗人物應該體驗到的感受。我早說過，他那一套不適於新寫實主義戰劇，是用笨功，白費勁兒。反正黑得什麼都看不見，鄧加你儘管很寫實地插入，類，你儘管很寫實地被插入。以寫實的手法完成象徵，這很重要。唯有一個前提，寫實就得是真正的寫實，不能連它都是虛擬的。一個男人在黑暗的舞臺上強姦一個由女人扮演的變性男人，其象徵意味在藝術史上前所未有。這一點，你們必須以實施的動作供給研究素材，給劇評家和藝術史家。

全場黑暗。

如夢令：男人強姦男人，你以為你獨一無二嗎。今夜是你，明夜就是我。

牛　皋：你？但願你那個換來的東西管用。我倒滿不在乎，像拜倫男爵對待他媽的世俗一樣。哪個男人身上不隱藏著被強姦的欲望，而且根深柢固。譬如他娘的世襲皇權，老皇帝先是強姦了更老的皇帝，完了以後就是等待被更小的皇帝雞姦後趕下皇位。還有太監，就更是被強姦的典範。還有一切接受真理插入的、熱衷於接受準則的男人。他媽的，比比皆是。你這個賤貨也是同樣，放著女人不當，偏偏不知道男人權柄越是堅挺壯大，背後的空間就越是空虛，越容易讓人看出破綻，越容易惹人強暴。當女人多好，天生的非理性，天生的反對一切強權和強暴。你難道不知道，施暴者最他媽深層的意願是通過施暴激發施暴，從而被強暴，不這樣，他獨自無法獲得被強暴的快樂。

如夢令：這麼說，你是撒旦的避孕套是個最明快不過的明喻了。

牛　皋：當然。不過你也別得意，你的直腸這時候正作著我的避孕套吶。

宇宙最後三分鐘的黑暗。

四　卓：你這麼質問我要我怎麼回答，你燕青自己又怎麼回答？要我說在黑夜裡一個壯一點兒的男人強姦一個相對孱弱一點的男人是否出於風頭主義，是否在賣弄那種行為本身所具有的浮誇魅力，是否在誘惑中玩弄觀眾脆弱的放蕩本性，是否在宣揚暴力，是否為了滿足低劣的窺淫癖……你問這麼多深奧的問題，我一時怎麼說得清。這麼豐饒的題旨，這場戲即便有，也是埋藏財寶式地深埋在場面中，深埋在一個只能由臺詞和動效來傳達的黑色場面中。要發掘也是觀眾的事劇評家的事，不是我的事，更不是演員所能涉足的。有個比喻，你和花子虛尤其要琢磨透徹：有一鍋正在煎熬的湯，上帝是火源和火焰，哲學家是鍋具，作家是肉，科學家是菜，導演和演員是浮在上面的油。什麼是水呢？所謂的社會，歷史、習俗和現實。你們只管表演，不必問它有何隱喻有何內涵。說到底，凡是男人強姦就是因為男人想強姦男人男人有被強姦的可能性。

全場黑暗。

如夢令：多麼可笑的老男人，既利用黑暗又利用繩索還要躲在我的背後，上了三重保險之後才會勃起才能實施插入而且插入的不過是一只膠套。哈哈哈，多麼可笑又可悲的老男人呀！難道，我剛剛成為的男人有這麼多恐懼和禁忌，這麼恐懼另一個男人的正面，這麼忌諱白晝的光明嗎。

牛　皋：你很疼，疼得牽腸扯肚，對嗎？你他媽用大笑來轉移那疼，還嘲弄我，對嗎？別急，我會讓你更疼，疼得無法笑，無法嘲弄！

如夢令：你也別急，明天就輪到你。

牛　皋：你嗎，用那卜算子用過又作廢的東西對不對？我倒真想擺好了姿勢好好地配合你讓你試試它管用不管用。要是個廢物，卜算子包退包換嗎？呵呵呵呵，再嘗嘗我的恐懼罷！

宇宙最後三分鐘全城黑暗。

崔　子：黑暗是一種目光，一種一無所見的目光，不，是一種只能看到黑暗本身的目光。

全場黑暗。

如夢令：我相信你說的恐懼而且感覺到了它，但你拒不承認它也充斥於你的每一個細胞裡，你在用絕望的快感遮掩它。我瞭解你們這些所謂健全的、天然健全的男人，比你們自己更瞭解你們。你們是驕傲的、自得的一群，為了你們集做愛功能與繁殖功能於一身。假如不是兩種功能並存，譬如被宣布為不育症患者，絕望就會迅速切入意志，將意志細胞癌化。在主張官能享樂而又立法節育的現代，你們不得不急不可捺地戴上避孕套，為自己樹立一個嶄新而象徵的做愛對象。通過它，你們將自身變相地閹割，既不疼痛不流血不喪失器具，又不讓自己意識到生殖功能的喪失。大多數的時候，我不得不用數量主義的方法，這你能理解，因為你們總是以每次抽送的回數和每夜射精的次數來衡量自己的才能，大多數的時候你們在同橡皮情人做愛，它無性，也不繁殖，隔在你和女人之間，象徵一個中性人。於是，你愈發大膽放肆，同時也愈發恐懼，絕望地恐懼著性功能的喪失，男性的一蹶不振。生殖主義使你們習慣於快樂和嬰兒的雙項成果，如果你們只摘取快樂，另一個果實就被你們扼死在保險套的頂部。然而你們舉目回顧，人口數字仍在猛烈增長。別的男人在代替你的職能。節育並不妨礙快樂。於是你索性對一切容器一切空間進行模糊處理，使它們符合你對那橡膠套的認識。保險套成了男人的一個新文本，橡膠的、黑夜的、直腸的具象空間都是它的能指。於是男人強姦男人，就如同在強姦一只不會受孕的避孕套。為此，你們更加肆無忌憚，也更加絕望，因為你們的品質已被中性的或無性的器物所異化，正被無刃的利器所割損，正被滅絕種子的象徵物所吞噬。你快樂嗎，你絕對快樂，你除去快樂一無所有。

宇宙最後三分鐘的城市黑暗。

扈三娘：我必須強調現場實施強暴，不是模擬，而是實地操作。類如果不願意，就與金玉奴互換角色，她早就做好了一切準備，準備成為如夢令。我告訴你，這沒什麼可怕，有些夫妻也是這樣的，從後面進入，既完成了儀式又避免懷孕。你，還有鄧加，要看看《巴黎最後的探戈》，馬龍．白蘭度就是在一間舞臺般空曠的大房子裡對馬利亞．施奈德實行雞姦的。面對黑暗要同面向光天化日一樣真實無欺。別人在熾熱的白熾燈光下在攝影機和攝製組成員面前可以做的事，你們兩人為什麼不可以在舞臺上的黑夜裡幹？我們新寫實主義的寫實真誠，必須靠每一個細部的真實無欺來維繫。記者的眼光是雪亮的，只要我們的這場戲一排練，我是指你們兩個人在黑漆漆的舞臺上一旦實施強姦與被強姦，我們這部戲和我們的新寫實主義大旗馬上就會成為傳媒焦點，你們為藝術而獻身的敬業風範也會同時受到全球性彰顯。別忘了，東方主義有很重要的一條就是名利至上，能否名垂青史全看你們如何在黑暗中將人物表演得淋漓盡致。

全場黑暗。

牛　皋：別他媽以為用話可以打消我的欲念，我由對你的仇恨所引起的欲念。你反抗我和牛咬金的男權統治，不惜也變成了男的。你以為這一招兒很靈驗對不對？我告訴你，我就是皇帝，當初皇帝怎樣用太監來象徵性地為他的臣民定位，我就怎樣拿你當太監。還得告訴你，當初老子看中卜算子，對他說「男的也行」，就是要他成為一個賤貨，像你現在這樣的賤貨，被我當成橡皮套一類的玩藝兒玩來玩去。算那個小子走運，把那家什換給了你。你不是玩象徵嗎，那麼你就好好地代替他和所有男人來經受我的象徵性蹂躪吧。你要是疼你就喊，別怕影響下一代。告訴你，牛咬金早就吃了蒙汗藥睡得像一頭小死豬。你疼就嚎叫，那會更有氣氛。

宇宙最後三分鐘的有邊黑暗。

四　卓：男人強姦男人的背後隱存著澈底的機會主義。這使我們這齣戲可以八面玲瓏，面對男權主義群體，我們可以闡釋，這是超人意志的過激表現，在我們的時代，男人已強大得不僅要凌駕於女人之上，而且要凌駕於男人自身之上。有些男人神化了，因為他們是「超人」，有些男人受「超男人」凌辱，反轉來仍有女人供其凌辱，這是一種嶄新的性別哲學。面對女人主義者，我們就說，男人遭強姦意味著男人處於同她們一樣的位置，或者說男人強姦男人是對男權的挑戰和削弱，男性內訌是男權自身腐朽沒落的體現。還有，這也是女人主義的反響：男人拉弓搭箭把自身作了靶子。沒有女權運動轟轟烈烈的開展，男人絕不會想到自我強姦、自我反省、自我刺殺。面對同性戀群體，主要是男同性戀群體，我們會說，這是在為他們伸張正義、呼籲理解，同時也暴露他們內部混淆著的雙性戀者是害群之馬。被侮辱與被脅迫的，被損害的與被強暴的，是他們中純潔而柔弱者的化身。對了，同時這場戲也可以滿足他們的觀賞即想像癖。要知道，在世界上，他們的性欲最難公開地自由表達。依照精神分析原理，它的壓抑必定造成新的發洩管道，諸如成為藝術家或者窺淫狂。

全場黑暗。

月明和尚：咪，你聽，聽到了什麼？

咪　　咪：聽到了真空。

月明和尚：他們一無所見，卻好似看到了每一個細節，全都屏息凝神，任憑強姦實行下去。他們似乎默許黑夜和罪行。

咪　咪：即使這是在大街上，正午，他們也會像現在一樣，只觀看，像看戲，心靈卻一片真空。現代人，包括你我，早已被觀劇觀影體驗所異化，不再有人將別人施暴或受苦受難的現場看作自己置身的現場。

月明和尚：從戰爭現場抽身撤離，精神上的抽身撤離，以保障精神安全，這是一種時代性的聰明。

咪　咪：同時也是時代性的趨狹傾向。人類因此在喪失廣泛的關懷之情。只用眼睛，將心靈器官省略，不受傷害，但心靈在萎縮退化。

宇宙最後三分鐘的城市形黑暗。

扈三娘：反強姦的表演須從雙簧表演中借鑑一些技巧，花子虛你該懂我的意思。那麼惶惑也逃不掉你的使命。你比誰都清楚你的器官還在你的原處。反強姦的實行必須使用卜算子的工具。沒有辦法的辦法就是由你來負責對鄧加進行反強姦的動作，由類來完成喘息和臺詞。表面上這似乎有點利用黑暗障人眼目，在暗中強硬地埋狀下象徵主義策略。其實，這是新寫實主義戲劇最到位的一筆：換性之後，如夢令是卜算子的一部分，卜算子已是如夢令的一種官能，一旦寫實地表演到觸及那一部分那一種官能的時候，理所當然必須由兩個演員雙簧般地同時出場。僅僅靠傳統戲劇的男扮女裝或者女扮男裝，無法實現我們戲劇革命的宗旨。

全場漆黑。

如夢令／卜算子：知道我為什麼要選擇你的語言器官嗎？

牛　皋：有什麼奇怪，還不是為裝得很像善良那種鳥東西，為了讓我含著你這換來的傢伙如同含著一只碩大的堅挺的發情的乳頭。

如夢令／卜算子：你儘管去運用你的性經驗你對感官的偏狹認識好了，我則別有動機。鑑於你不能領會，我得先向你進行闡述。你比我更清楚你的嘴你的長舌頭傾吐過多少對我的汙言穢語。我今夜要用我的新男性我的嶄新男性來堵塞那個製造性別歧視話語的裝置，堵塞那種話語散發、傳播、流通的管道。

牛　皋：好好好，你儘管運用你的活塞兒，我他媽偶爾被動一次沒啥關係。你也夠可憐的，換來一個玩具玩一玩，卻當成了一件政治大事，好像法國大革命爆發一樣。

如夢令／卜算子：也許要等你無話可說的時候要等你的語言功能被迫喪失的時候你才會意識到我是一個結合體，一個男女結合男女共體的寓言，你才會領略它的力量和性別革命對傳統文化的爆炸和顛覆。

牛　皋：我即便意識到又怎麼樣，我能阻擋你嗎，你一個人就已經像一個時代像一股時代的潮流了。

宇宙最後三分鐘的漆黑。

鄧　加：你能調動起來嗎？

花子虛：我已濃縮為一個單純的充血的器官了。

類　　：那就拜託啦。

鄧　加：是我激發的嗎？

花子虛：當然不是。

類　　：你認為你對男人有魅力有感召力嗎？

鄧　加：那倒不是。我是想區分藝術作為誘因和人體作為誘因哪一個具有無所不在的激發性和啟動力。

花子虛：對我來說，舞臺是一種語境，只要我在語境中就會呈現為它所約定的話語。

類　：那麼，我們開始排練罷。

全場漆黑。

如夢令／卜算子：在我們之間，反強姦動作指向於強行失語。強行失語你懂嗎？強行失語就是以強制手段剝奪你的強姦話語。這不同於閹割。閹割陽具符號會造成廣泛的誤解，誤解為缺失源自後天。強行失語行動計畫的策劃方針是：讓強姦的原創者明白他的語言器官本身就是一種先天的女性，一種為強姦提供的空間。反強姦的全球計畫是為了消滅強姦的語言學根基，強行使強姦者患上強姦失語症，並進而萎縮原創機能。這是針對思維系統的，針對思想傳統的。請原諒，我的前夫，你在這裡同我一起擔任寓體，而你還一直蒙在鼓裡，認為是在玩一種性遊戲，在經驗一場嶄新的性經驗，把它當成簡單的肉體冒險。現在，你該明白，你一言不發一言不能發意味著什麼。這幾乎是一道教諭，希望你能同我一起傳給我們的兒子：只要存有強姦者，就存有被強姦者，而且強姦者也可能恰恰是被強姦者，只不過時間場景方式有些微不同而已。好了，現在讓我們一起站起來吧，十分寫實又十分象徵地站起來吧，一個男人和另一個男人，一個變性人和一個雙性戀者，一個曾經被雞姦的男人和一個曾經施予雞姦的人，一個以前的妻子和一個從前的丈夫，我們一齊站起來吧，在這黑漆漆的夜裡，等待福科[63]所說的「寬忍的灰色黎明」的來臨。

宇宙最後三分鐘全城最後的漆黑」。

崔　子：黑暗是一種除去黑暗一無所見的目光。光明是另一種目光，一種包容陰影、灰暗、黑夜、聲色犬馬、萬事萬物的目光，一種涵容光明的一切對象和光明本身的目光。

---

[63] Michel Foucault（1926-1984），法國哲學家、思想史學家、社會理論家、文學評論家。以《詞與物》（*Les Mots et les choses: une archéologie des sciences humaines*）、《知識的考掘》（*L'Archéologie du Savoir*）、《規訓與懲罰》（*Surveiller et punir: naissance de la prison*）、《性史》（*Histoire de la sexualité*）等著作聞名於世。臺灣常見的譯名為傅柯。

52
採訪丑角

記　者：我是《大老虎晚郵報》的專欄記者，請看，這是我的記者證。很不好意思讓你們帶著妝沒來得及吃夜宵就攔住了你們。我剛剛看過你們的演出，應該說此時還停留在震驚中。

鄧　加：對不起，我們嚇到了您。

記　者：不不，不是，早就聽說過在你們劇院流傳一種說法，說普通百姓是一些純真的孩子經不起驚嚇，政客和戲檢官是一群風燭殘年的老人經不起任何風吹草動，評論家裡邊九五％以上看不懂戲因而亂舞各種時髦批評武器的花槍，而我們這些幹記者的個個風塵厚老卻個個故作真純大驚小怪，是嗎？

類　：那話從建院就有了，與時光共老，真的是歷史悠久了。

花子虛：燕青說這是一個超長度的成語。不過，它有很多版本，您複述的是羽量級版。

記　者：次重量級呢，重量級呢？

曹　植：那只適合在內部發行。您還是問一點別的罷，我肚子都餓了。

花子虛：我也要去趕一場夜場電影。

記　者：告訴我，什麼片名，編劇導演主演是誰。報導您喜歡看什麼電影，總不能算我大驚小怪吧。請講，我開始錄音啦。

花子虛：片名《身體讀解》。編導崔子，一個遊戲主義者。主要演員楊青、朱朱、翀翀、梅元華、王維明。故事與我們這齣戲同類。

記　者：同類？同類是什麼意思？

花子虛：也講一個變性人的遭遇。

記　者：那我要陪您一起去看，您不反對吧。

花子虛：我無法反對。

記　者：請問您花先生，您目前正在聲譽鵲起的階段，您怎樣看您主演的這部戲劇？請先談談為什麼它叫《三維性別》。

花子虛：這個戲名由我們大家共同商定，原來叫做《A-B和A+B》，是編劇提供的。燕青認為性別並非非A即B非B即A。六藝指出它是有維度的，而且是三維以上，人類沒有得到上帝的任何特許去削減它的立體性。

記　者：據我所知，《聖經》只講到上帝造男人和女人，沒聽說還造了男女之外的性別。

花子虛：上帝造天地，第一天，大地混沌空虛，第二天又造蒼穹，分開穹蒼以下的水和以上的水，第三天分陸地和海洋，第四天造日月控制晝夜分別明暗，這時天地才造成了。在《聖經》中天與地的概念包涵很多的要素，即便是晝夜也不是非晝即夜，還有黃昏和黎明難於歸屬晝或絕對歸屬夜。關於男女也是如此，它像天地的概念一樣，是未經蒼穹、穹蒼以下以上的水、陸地和海洋等概念切分的模糊概念。更準確地說，天地是造物空間的邊際，在邊際之內存有具體的光、穹蒼、雲和雨、陸地和海洋、日月星晨和飛鳥、牲畜爬蟲草木瓜果魚和人類，還有晝夜還有陰晴。關於人，上帝沒說太多的話，因為人是人，人有能力也應該在上帝之光的背景前自己獲得對自己的認知，也包括性別。也可以說，這是上帝留給我們人類的課題，無論本源的、本質的、本體的還是反本源反本質反本體的存在論，無論形而上學的還是生命科學的，無論生理學的還是心理學精神分析學的。上帝只給我們啟示，而從不直截給出答案。

記　者：您的意思是，男女的概念和形象只是關於性別的啟示？

花子虛：這不是我的意思，是我對啟示的一時性領會。

記　者：何謂一時性？

花子虛：因為我是海德格爾所說的暫居者，我對永恆啟示的讀解也只能是一時性的。

記　者：那麼，是否為你們的戲定名為《三維以上的性別》更確切呢？

花子虛：可能。我們沒有去追究三維還是三維以上，緣於全劇的主題環繞著變與不變的行為和形式來展開，三維也罷四維也罷，都不是一成不變，都是可以打破的。「居住的人」是流動的，在大地上流動。

記　者：是不是可以說，劇中的變性人卜算子和類飾演的變性人如夢令並不是真的那麼寫實，而是更具隱喻性呢？

花子虛：在科學和社會學的意義上，他們是寫實性的。我和類的角色是一種科學成果，一種城市現象或者說是一項社會事實。放入語言學境域，又不過是男↓女、女↓男、男女↓男、男女↓女的編碼轉換。與血統學上的父↓女、母↓子、父母↓女、父母↓子的代碼系統一樣，男如夢令是由男卜算子和女如夢令所共生，女卜算子是由女如夢令和男卜算子所共生，只是這不符合傳統血統學秩序，傳統血統學從不認為蝴蝶由卵及蠋由蠋及蛹由蛹成蝶的多重母親對人的血統研究有任何默示性。

記　者：您是說，你們是自己新性別的父母，而這同父母結合生個兒子或生個女兒，在符號學的層面上屬於同一種換置，對嗎？

花子虛：差不多。

記　者：謝謝！下一個問題有勞曹植先生。請問先生準備結婚嗎？

曹　植：不，永遠不。

記　者：為什麼？

曹　植：其實沒有為什麼的問題。一定要沿襲為什麼這個人類共識的幼稚園思路，我只好乖乖地回答您：因為我認為婚姻立法是社會對於愛情／自由的恐懼文本，個人選擇婚姻不是為了開它的玩笑就是出於不信任相愛的力量。

記　者：您說相愛是一種力量，但凡力量就有衰微的時候，相愛也會如此。您這麼說？

曹　植：受花的影響，我也讀海德格爾。我用他說的「建築物」來修辭愛情，那麼相愛的力量就等同於「建築物」的時間性。

記　者：請進一步解釋。

曹　植：這已經是解釋了，為注解再作注的方式我暫時還不想應用。

記　者：那麼回到戲劇。

曹　植：請。

記　者：作為牛咬金，對不起，把演員與角色混淆，花子虛和類小姐能接受，您呢？

曹　植：那本是我們對自身另一種角色的發現和呈現，儘管我們未必有機會在現實環境中實施那種角色的一言一行，一舉一動。

記　者：那好。我的問題是，作為牛咬金，您贊成您的生身母親變成男人嗎？

曹　植：我的母親也許根本不期望她的卵子和我父親的精子從她的子宮中變出一個兒子，也許她期望的是一隻小貓，或者是一首歌兒，或者是一篇寫得很棒的小說，而不是我。

記　者：好的。換個問題，您對牛皋強姦他變了性的妻子怎麼看？

曹　植：那一定是在深夜，我睡死過去的時候。我根本對它一無所覺一無所知。我爹那種大男子主義的人一般都最怕下一代被不規範的思想或行為所玷汙。你放心，他不會讓我目擊強姦現場的。

記　者：假設您恰巧那時被尿憋醒了。

曹　植：編劇不會同意我那一夜膀胱裡儲存太飽漲的尿液。

記　者：假設他寫那場戲時也憋了一泡尿，也許他會同意你起夜的。

曹　植：類的爸爸還不批准吶。

記　者：類小姐的父親？

類　　：我爸爸是戲劇檢查官。

記　者：假設因為他女兒的關係，他對你們劇院的戲睜一眼閉一眼高抬肥手放過了呢？

類　　：那不可能。他不會徇私舞弊。絕對不會。

記　者：假設他審戲那天偏偏眼圈兒發青頭昏眼花耳鳴，根本沒留心是否有個小孩兒在目擊強姦現場……

類　　：為什麼他會耳鳴眼花？

記　者：前一晚房事過度。

類　　：不可能。我爸爸審查戲劇從來都精神抖擻。我猜，權力欲的滿足快感遠遠超過性欲滿足的快感，對於他。

鄧　加：依尼采的理論方式，那該是同一種東西。

花子虛：至少相近，還有藝術上的創作欲。這已是老生常談。

記者：作為牛咬金，您能不能武斷地未經任何人允許就聽到他們的聲息和對白？

曹植：好，我喜歡武斷這個詞。

記者：那麼您作何感想？我想您在排練和演出過程中已不出場地諳熟了那些場面。

曹植：對不起，得糾正一下，是黑暗中的場面。不加上修飾詞「黑暗中」，「場面」這個詞便不能用。對於它，演員只能通過聲音來激發，是僅僅憑聲音激發成的場面。

記者：聲音也是有場面的嘛。阿奎那就提出過「印記物質」的概念，它不一定可見可觸碰。即便說「心靈場面」也並不多麼晦澀。

曹植：好吧。我熟悉劇本，熟悉得如數家珍。

記者：那麼，您像觀眾一樣在伸手不見五指的黑暗中調動全身的神經系統感受了全部強姦過程，您作何感想？

曹植：我能有何感想呢？您想，我還那麼幼小，幼小得根本經受不住男歡女愛的現場刺激。我一定是暈倒了，一旦意識到他們在做一件很避我耳目的事。

記者：不，假設您沒暈倒，假設您是一個電視兒童或者電腦兒童，而且家長管理不善，您早已看過黃色電影或者玩過黃色電子遊戲，對成年人的成年身體遊戲程式並不陌生，意志很堅挺地旁在於整個現場表演階段，您怎樣想？

曹　植：索然無味。

記　者：您會索然無味？

曹　植：您想，那麼對話下去，又伸手不見五指，比起有聲有色的螢幕顯示還算得上強姦嗎。

記　者：您是在說影視圖像已然具有強姦性了，是這個意思嗎？

曹　植：只是大眾十分樂於被強姦，或者說是樂於與強姦者通姦。

記　者：對不起，斗膽問一問，你們呢？

鄧　加：有一類人幾乎可以倖免。

記　者：你們嗎？

鄧　加：經常演夜場戲的演員，經常扮作強姦者老鴇的影視製作人員，經常夜間出沒的男盜女娼或女盜男娼，還有眼疾患者。

記　者：可以把您的話看作玩笑嗎？

鄧　加：不，十分當真才對。

記　者：這麼說，通姦者而且是與流氓通姦的人比比皆是了。

鄧　加：沒聽加繆說嗎，看報和通姦是我們時代的兩大時尚。

記　者：那麼，作為強姦者牛皋的您，認為如夢令樂於與您通姦嗎？

鄧加：不，不是他樂意不樂意，是我不樂意。電影和電視為什麼如此僵死，是因為大眾對它如此趨之若鶩，強姦者的身分如此公開，而受姦者卻心甘情願擺出了通姦的興奮臉龐。我喜歡我的對手像如夢令這樣抱著反強姦的憤怒和計畫。反抗是我的快樂源泉。

記者：您呢，類小姐，在反強姦這場戲中您已被強姦者激發為強姦者，作為剛剛換性成功的如夢令，您怎樣看您的對手？

類：本來我想保持我的童貞？

記者：您的童貞？

類：是的，我是一個童男。

記者：懂了。請繼續，請！

類：本來我想保持童貞，直到遇見我心愛的人。可是我偏巧遭逢困境，我無法保全它，於是我索性用它表達抗議。這違背了愛的傳統，為此我得向那傳統致歉。我用我的新男性當了利器，把強姦者換置成樂於與反強姦者通姦的通姦者。

記者：牛皋自願與您通姦嗎？

類：是的。但凡強姦者都是企圖建立通姦關係而不可方去鋌而走險……

記　者：也許有純粹的狂熱分子。

類　：純粹的癖好和一時性衝動的動機確實有區別，但是從目的論的角度看，同指向一個目標。

記　者：什麼目標？

類　：獲得或者說被認可通姦者資格，強行的。

記　者：類小姐能否更詳細地說明？

類　：壓迫和抗拒、進攻與反進攻是最通俗的事物關係。一旦受姦者躍起反抗成為反強姦分子，像我這樣，原本的強姦者就逃離了完全被棄置的地位獲得了對立的資格。無論如何，他激起了對自己毫無興趣的對象的興致。反強姦者把他當成對手，他被放到被渴望的地位，只要他像牛皋那樣自動打開語言器官，他就化被動為主動，成為與反強姦者通姦的資格具有者。

記　者：他們那麼看重那種對等資格嗎？

類　：當然。否則他們無從建立貌似由他們操縱的遊戲圈：依崔子的遊戲主義理論，對等的遊戲資格是遊戲圈建立、遊戲規則制訂的前提。

記　者：那麼，由統治者所提倡的民主和平等，由男人發起叫囂的婦女解放，由異性戀者出面辦刊的同性戀雜誌，由白人發起的反種族歧視運動，都有恐懼孤立，害怕失去遊戲時手的政治動因，是嗎？

類：是。

記者：請問，是否你們這類反強姦者也同樣看重獲取同等資格。

類：不。

記者：為什麼？

類：我們另有遊戲可玩。不是同情與被同情的，多與少的，優與劣的，勝和敗的，統治與被統治的，人種與人種的，國家與國家的，東方和西方的，理性文化和直覺文化的。

記者：是窮與富的或者弱與強的嗎？

類：也不是。是愛的。

記者：窮人愛富人富人愛窮人，東方愛西方西方愛東方，日耳曼族愛猶太族猶太族愛日耳曼族，總統愛平民犯人愛獄長，理性主義愛存在主義非理性主義愛邏輯中心主義嗎？

類：不，是罪人愛罪人，鄰人愛鄰人，是苦難之愛。只有在這個遊戲圈才存有平等。它內中沒有對立，沒有辯證法，沒有矛盾論，沒有否認，也沒有進步和真理。

記　者：沒想到類小姐還是一位傳布福音的人。

類　：不，不是傳布。我有時候是那個圈中的遊戲者，或者說，我只想成為那個圈中的遊戲者。

記　者：那就去當修女。

類　：愛不隸屬於教會，也不止是教會內部才存有基督之愛。有時候，我們還必須進入其他遊戲圈。每個當代人都是多重身分的遊戲者，僅僅在愛的圈中愛也會僵死。

記　者：好像是強姦與反強姦的遊戲把您推到了那種遊戲中。

類　：或者說玩過那種遊戲的人再面對強姦與被強姦的遊戲時不僅僅持有政治學的、社會學、哲學的、生物學、精神分析學的視角。

記　者：還有愛的視角，但愛的遊戲資格在此失效。

類　：您的說法符合遊戲主義原理。

記　者：問個淺顯得多的問題，您和花先生的確在黑暗中以雙簧方式來完成反強姦表演嗎？

類和花子虛：是。

記　者：這很具轟動效應。

花子虛：於我們，這只是最接近寫實手法的最佳選擇。

記　者：其實也可以更假定些，譬如讓類小姐穿上那種進口的陰莖褲，帶電動陰莖的那種。

花子虛：那就會損害寫實背後的隱喻。

記　者：最後一場戲卜算子與如夢令結為戀人，肉身結合如何寫實又如何隱喻的呢？

花子虛：對不起，我必須出發去看電影啦。

曹　植：我也要餓成嬰兒啦。

記　者：那好，以後我再來訪問你們。謝謝！

53

花子虛讀解《身體讀解》，在偽電影館裡。他試圖向同仁講解它。結果講出了一個比偽電影更偽電影的劇情梗概。

在世界上最純潔的地方——宇宙最初三分鐘，年輕的六藝深愛著年輕的鄧加，年輕的鄧加深愛著更加年輕的扈三娘。有一天黃昏，在像似海的湖邊，六藝眼含熱淚向鄧加表白愛情。鄧加玩笑著說：如果你變成女人我就沒有藉口拒絕你。

六藝在表姊金玉奴當歌女的夜總會喝醉了酒，當眾又唱又哭，還脫光了衣服。一直愛慕他的少年燕青用自己的身體為他遮羞，將他帶上的士。在的士的後排座上，燕青溫柔地吻他的面頰。他問燕青：你不是女孩子，吻我幹什麼。燕青說：因為我愛你。他醉得說不出話。睡了一會兒，他又驚醒，問燕青：可是，你不是女孩兒，據說，你沒有資格。你懂嗎？燕青回覆道：是的，我懂。可是我不管它，我只知道，我比任何男人任何女孩都更愛你。

六藝在家中用漫畫筆法畫自畫像。畫成後，他題字：男六藝二十歲自鑑。端詳許久，他又信筆為自己畫上一張很誇張的桃紅色嘴唇，再加上一頭長可及地又在風中亂舞的秀髮。隨後，他將原有題字塗掉，又寫到：我的表姊金玉奴會唱歌。她是個美女嗎？

燕青靚麗裝束來找六藝。六藝斥責他「太女氣」，把他的裝束破壞掉。燕青問：我這樣子不是比任何女孩都漂亮嗎，你為何不愛我？六藝回答他：我愛男人。

鄧加摟著女友芳芳逛街。六藝跟蹤他們。他們時時停在櫥窗前接吻。鄧加一邊接吻一邊哼唱小曲。芳芳一邊接吻一邊衝玻璃上反映出的跟蹤者眨左眼。無疑，她以為六藝愛上了她。

六藝到宇宙最初三分鐘公園寫生。中年漢子亶爰高額買下他的塗鴉之作。六藝以為遇到知己，將其帶回家中向他展示全部畫作。他出錢預訂了它們。六藝既高興又感動。亶爰乘機抱他吻他脫他的衣服。六藝很意外，掙脫開。恰逢此時，寡母扈三娘回家，目擊了現場。她趕亶爰走。但是，亶爰聲稱六藝「賣淫」，主動邀他來家中。扈三娘從六藝衣袋搜出亶爰所言數額的紙幣，悲忿交集。六藝有口難辯。

燕青為替六藝「復仇」，在萊特曼舞廳裡有意勾引亶爰。亶爰經不住誘惑，被帶到巡警出沒的地帶。燕青同他討價還價，收了很高的預訂金方同他接吻。一俟有巡警走過，燕青就從樹後發出呻吟，使他和亶爰同時被抓獲。

審訊時，燕青假扮未成年少年，被主審官趙匡胤識破。若定亶爰「騷擾未成年少男」之罪，燕青須付出代價：陪趙匡胤和他的七個部下一一上床。燕青懷著赴湯蹈火的心情用八天八夜時間一一打發了八個身強體壯的警官，換得了亶爰的三個月監禁。

芳芳與鄧加正在布置新房準備結婚。六藝闖進來向芳芳獻花表達愛慕。鄧加指出：六藝因為愛他而故意破壞他與芳芳的關係。芳芳對同性之愛一無所知，把鄧加的話當成耳邊風。經過短暫的猶豫，她放棄鄧加選擇了六藝。當著未婚夫的面，她與六藝接吻。鄧加受到羞辱，暴打六藝。芳芳則撕扯鄧加。

鄧加怒而行於陽光斑駁的市街。六藝腫著左臉疾追。在立交橋上，他追上他，抱住他的腰請求他原諒。他說：我的一生不能沒有你。鄧加乾脆地說：你變吧，變成女的再來找我。

宇宙最初三分鐘醫學院附屬三院器官移植科，主任醫師四卓在接受六藝的諮詢。對六藝來講，變性手術的巨額費用是個天文數字。悻悻離去前，四卓表示隨時歡迎他來預約手術。

夜裡，六藝到燕青的公寓來投宿。燕青喜出望外，開香檳酒為自己慶賀。喝過香檳，二人擁吻。擁吻之後，二人互相脫光衣服。脫光衣服之後，二人摟抱著滾倒在床上。上床之後。二個做愛。做愛之後，六藝告訴燕青：他只是喜歡他，但永遠不會愛上他。燕青聽後哭了一夜。從此，二人開始了同居生活。

為籌措手術款項，燕青用三年時光陪同六藝一起去賣畫、作球童、作侍者，甚至背著六藝去賣身。每逢節假日，燕青就背上一只木箱到宇宙最初三分鐘大街去募捐。木箱上寫著這樣幾個字：請為失去愛情自由的人捐上一點點愛心。

手術費用終於備齊。六藝回家請求扈三娘在變性申請書上簽署家長意見。扈三娘爽快地簽了名，並寫上建議：願我的兒子變性後能為他自己生個兒子，替他作男人，絕不要遺傳上他的癖好。

鄧加已與芳芳結親生子。週日，闔家剛剛下樓欲去動物園看大型動物，遇到一個美麗女子。她是剛剛完成變性手術滿懷期待地來找鄧加的六藝。芳芳首先認出了她。她一直對男身的六藝念念不忘。看到女身的六藝，她感到自己受了捉弄，轉身將孩子帶回家中。鄧加認出六藝後，以為他只是女裝而已。六藝告訴他：自己已變成了女人，只是沒有子宮，不能生兒育女。鄧加既受感動又不知所措。不知是出於衝動還是掩飾，他擁抱了六藝。這一幕，為窗口的芳芳所俯看到。

芳芳與鄧加的性生活一直不太美滿。見到鄧加擁抱六藝的現場後，她認為找到了癥結。她提出離婚，鄧加不同意。同時，他也自覺無力拒絕六藝：他必須對他的變性負起責任。不過，他拿不準自己對六藝複雜的情感是不是含有愛欲成分的愛情。芳芳帶著兒子同鄧加分居。鄧加計畫用這一段婚姻間歇處理同六藝的關係。

燕青忍痛送六藝與鄧加同居。已過十幾夜的性生活，鄧加發現與自己同床共枕的不過是一個女性的假相。在骨子裡，六藝只有男人的情熱。他用來愛鄧加的方式，不過是一種克制的姿態和女性表演。出此認識，鄧加反省：自己果真那麼拒絕作為男性的六藝，還是更喜歡現在的她？省察的結果是：毋寧更歡喜一個未經人工強加工的人。他向六藝袒露自己的感想，六藝立即表示願意恢復本性。鄧加拿出全部積蓄作為手術資用。

六藝來找主刀醫師四卓，企圖瞭解與她換性人的檔案材料。四卓聲言必須為對方保守祕密。六藝百般懇求，四卓只透露一個姓名給她。

整個宇宙最初三分鐘，有兩百零七個同叫狄狄的人。經過電話查詢，只有三個人願意接受六藝的登門造訪。第一個狄狄家中，只有一個學齡前幼童在家。他被父母鎖在家中，很寂寞，無論什麼人來找他他都願意隔著保安門接待對方。他很喜歡六藝這個大阿姨，拿出玩具給她玩。還送巧克力給她。第二個狄狄是一位躺在病床上的老人，他誤認六藝是自己的前妻，老淚縱橫。六藝只好將錯就錯，扮演了兩個小時的薄倖少婦。第三個狄狄是個壯漢。他兼有施虐與受虐兩重傾向。聽說來者是一個多性人，他強姦了她。他還請求六藝鞭撻他，六藝乘機奪路而逃。

六藝回到鄧加的家，身心俱憔悴。迎接她的是芳芳，鄧加在客廳中陪兒子玩。芳芳戲弄地提議把這裡建成人類一個嶄新的家庭模式：鄧加為夫，芳芳為妻，六藝分別作他們二人的情人。唯一的先決條件是，六藝必須是雙性人。六藝蒙羞而出。她飲泣走在甬路上。鄧加懷抱兒子從窗子俯瞰著她，面無表情。

燕青在宇宙最初三分鐘歌舞廳找到喝得爛醉的六藝。他將她帶回家中，為她醒酒。酒醒後，六藝問他：人還能為愛情做得更多嗎？燕青無法回答她。不過，他說：愛是不改變的，因為它屬於我們自身，無論對方是善是惡是女是男。

三年後，鄧加和芳芳駕車帶兒子郊遊，在歸途中雙雙亡於車禍，只有兒子倖免一死。六藝收養了從此失語的孩子，待如親子。燕青搬來與六藝同居，共同承擔起幫助孩子恢復語言能力的任務。但是，他們的養子始終一言不發。

54 三故事：〈多愁善感批判〉和〈測不準原理〉和〈腸腦最發達的人〉。

親愛的大眾久違了。你們一定已被強姦之夜攪得心神不寧支離破碎是非顛倒了罷？沒關係別緊張，你們的唯物論城邦會幫助你們迅速復原數學心靈和冷靜度量的本領。看你們個個熱頭熱臉嘴唇燃燒的樣子，我好難過好難過。講幾個可笑的小故事給你們聽。不過，第一個故事是關於情感學的，第二個故事是關於物理學的，第三個故事關於腸腦科學的，未必與你們對故事的原始理解相一致。

第一個故事標題為〈多愁善感批判〉。崔子在成為遊戲主義作家之前，每天哭天抹淚兒，這樣，飛吻一般拋眼淚珠給流逝的光陰，早夭的童年朋友，鬢染霜雪的媽媽，身患沉屙的爸爸，智商不高不低的同窗，經過的每一個小火車站，還有貧窮的富人憤世疾俗的詩人好色的老和尚歸隱田園的刀筆小吏。他以為多愁善感是淨化靈魂的天賦機構，認為是作家最基本的基本功，甚至作夢都擔憂嘆息才能的喪失。後來，對世界的喜劇性發現把他推上了遊戲主義高度，是的，是一種高度。正在這時，一個宇宙最中三分鐘朋友通過翻譯家和印刷所送給他一本書，專門批判他此前的多愁善感，無論它具有多麼深厚的美學修養。宇宙最中三分鐘朋友毫不客氣地說：「多愁善感歸根結底不過是一種虛假的感情，不管是強烈的還是沖淡了的，都是一種對其客體不真實的感情。」從那以後，崔子再也沒有這麼翹著小屁股向世界拋撒淚珠兒。這個故事發生於西元一九九一年前後。

第二個故事題目是〈測不準原理〉。故事的主人翁叫海森堡[64]，一個國際級人物。他從小兒熱衷於度量衡遊戲，既想測準一塊石頭的重量，他到瑪麗家的距離，他陰莖的長度和直徑，又想測準二十四小時是否真的等於一天，一年是否真的有三百六十五天，三百六十五天有多大的能量，地球的體積有多大。他一生嚮往準確與周密，但是他終於因為閱讀海德格爾對荷爾德林的詩的分析而發現，人詩意地居住才是最準確和周密的人類測量，而在物理學意義上，萬物永遠是測不準的。自此，世界上出現了反精確主義的革命的物理學原理，測不準原理。這是在西元一九二七年。

64 Werner Heisenberg（1901-1976），德國物理學家，量子力學創始人之一。

第三個小故事叫做〈腸腦最發達的人〉。那位觀眾您不必咂嘿咂舌，不承認人有兩腦的人是自願把自己歸於愚蠢的人。世界上誰不知道連我這個小丑都知道，人不夠聰明，老也戰勝不了大自然只能小家子氣地去毀壞它，是因為我們頭腦太少。最近我的朋友王昶萬分狂喜地寄來他主編的《科學報》給我，在報上聲稱人本生來有兩腦，一在顱內，一在食管、胃臟、小腸與結腸內層組織的鞘中，後者並不受前者支配。它具有腦的本質而不是屬性，含有神經細胞、神經傳遞質、蛋白質和複雜的環行線路，像宇宙最後三分鐘的三環路四環路五環路和一環地鐵二環地鐵三環地鐵一樣。王昶狂喜著也許還流著眼淚在電話中說，宇宙最中三分鐘有些愛鑽金字塔尖的科學家已經通過實驗發現，腸腦不僅實有，而且存有顱腦賴以運轉和控制的所有物質，如血清素、多巴胺、谷氨酸、去甲腎上腺素、一氧化氮等等。對於擁有唯物論的顱腦的人們來說，腸腦存有二十多種被稱為神經肽的腦蛋白，還有腦啡肽以及種種對精神生活起顯著效用的化學物質。這無疑是一種諷刺：唯物了這麼久，連唯物的器官才只發現了半個。

我雖是丑角，但也承擔著科普教育的公民義務。所以我先把懸念留下：世上誰的腸腦最發達。在抖包袱之前，我再把有關腸腦知識向你們填鴨式灌輸一下。對不起，演出時間有限，我只好把你們個個當成了肥鴨子。

肥鴨子們請注意，無論你是否是進化論者，腸腦的存在強迫你相信進化論。你知道嗎，你腸鞘中的腸腦是這麼來的：我們人的腦神經系統起始於管狀動物，隨著生物進化，複雜的顱腦和中樞神經系統得以發展，原有的管狀動物腸神經系統不能進入頭顱，但被完整地保留在腸中，並具有獨立的系統功能。早期胚胎發生中產生的神經脊一部分進入中樞神經系統，另一部分進入腸神經系統。顱腦和腸腦的連接由迷走神經擔任。懂了嗎，肥鴨子們？

對了對了，既然稱為腦，當然會思維。腸腦主要思考的問題一般侷限於飲食男女的小範圍。一般來講，它更忠誠於生命境域，不似顱腦那麼喜歡胡思亂想遊走天外。一旦人吃得不好喝得過少或過多吃喝了不該喝的東西，它就要憂愁甚至指點相應的胃腸組織裝出病態，以防止人們繼續迫害它們。如果人的情緒抑鬱，受到失戀的威脅或者生命危在旦夕，它的血清素分泌量、食管神經的吞嚥功能、溫度和溼度都會有所改變，提醒中樞神經系統：提高警惕提高警惕。

你們別煩躁，舞臺監督已經在打啞語催我下場換裝了。會見我的昔日戀人之前，我還是得善良地告訴你們，世界上腸腦最發達的人是被動型同性戀者和受過雞姦式強姦的男人或女人或變性人。對不起，我迫不得已在這裡應用了亞里士多德的分類學。對不起，一會兒見！

55 關於變態

在人類話語活動中，變態一詞被口語褫奪了元義。從語源學上講，它指語詞語態的變化，如遊戲的、遊戲著的、遊戲主義是「遊戲」一詞的變態，玩著、玩了、要玩是「玩」一詞的變態。同一語詞，有多重位格、多種時態，一旦發生時態位格上的變化，就孕育出一個新詞，如遊戲↓遊戲的↓遊戲著的↓遊戲主義，如玩↓要玩↓玩著↓玩了，箭頭後的語詞從屬於元語詞，但已不再是元語詞。其從屬關係類似於藝術家與藝術品之間的關係，相互從屬也各自獨立，而且一旦回到本質它們立即否定從屬辨證法。元詞和變態詞各有各的本質。它們並不表達，也就是說並不相互表達。不僅如此，變態詞還啟動了元詞，使元詞擺脫了它與人或物的關係／表達的或隸屬的關係。譬如「遊戲」一詞在「遊戲主義」一詞出現以後的時代不再與人類的遊戲活動或者其抽象化發生關係。它與客體分裂，本身成為一種地理結構。

在人類話語活動中，當權者口語和民眾口語一直在共謀整合。他們共求所謂的心口一致：決意要審判就私定價值尺度私下斷語，決意要說謊就私立真理標準把一切謊話當成真理語言，決意要占據就私繪版圖沒收占據地的原有招牌。統治者語言和被統治者語言在民主的招貼畫下呈示著同等的瘋狂性和占有欲。面對個人話語，面對創造性的語詞，無論本元還是變態，人類歷史上前所未有地出現了兩種正統語言：官方的和民間的。我把它們合併稱為樂府民歌式語言。

樂府民歌文本產生於對立的消隱。對立消隱的前提是對立物相互轉讓權柄：樂府接受民間的許可和民歌通過樂府的審查或者同意樂府的改寫。這是妥協，潛藏著後商業社會的品質。兩種正統語言合併同類項之後不產生任何新語言。它堅定地守候在地平線上，排除任何垂直和創造。然而，恰恰船隻是海平面的變態，樹屋和城市是地平線的變態，個人話語則是樂府民歌式語言的變態。個人話語與語言僅僅在羅蘭·巴特所說的「語詞的擴張」意義上相關聯。它既不受語言統轄，也不經受語言檢驗、審查和裁決，甚至也切斷個人與個人聯繫的紐帶。它不譜寫社會學意義上的時代，不進入那時代，也不製造或改寫那時代。它是歷史的決策者，沒有它的敵動，歷史將一片空白。語言不具有時代性，只有在話語的時代性激發下，它才相應地呈現出時代症候。春秋時代是孔丘的時代、李耳的時代，戰國時代是莊周的時代屈原的時代，古希臘是蘇格拉底的古希臘柏拉圖的古希臘亞里士多德的古希臘，古羅馬是凱撒的古羅馬維吉爾的古羅馬。沒有話語的時間只有記載而沒有歷史。譬如中國的秦代便只有相關記載而沒有相關歷史，希特勒統治下的德國也是如此。

真正具有時代性和歷史價值的是私人話語不是語言。或者說，歷史結構是一種私人話語結構。但是，在現代語言學誕生之前它一直受到誤讀：不是統治者的，就是民眾的，不是少數英雄的就是絕大多數體力勞動者的。個人話語被看成歷史的花絮，至多被當成歷史的某種回應或回聲。甚至上帝話語也要受到教會語言和無神論語言的遮蔽。各個歷史時期流行的語言，無論官方口語還是民間口語都至始至終沒有變態，沒有變格，保持著驚人的均衡美和一致性。秩序、規範、禮、禮儀、唯上智與下愚不移，永遠是它的中心詞語，變革和進步永遠是它的口令性語詞。它是幾何學上恆態的大，空間論上恆久的遠。遠大性和理想性是兩種對稱語言相互號召相互吸引與靠近的潤滑劑。

在人類性別話語活動中，男性語言和女性語言曾長時期親和，構成樂府民歌式語言。亙久以來，男性語言扮作統治者語言，女性語言扮作受統治者語言，其穩固結構抹煞了人類性別原本具有的歷史面貌，在同性戀話語和女性主義話語作為話語化／作家化之前，人類性別無歷史。正是在現代，女性主義作家的女性話語和同性戀作家的同性戀話語才啟動了性別的歷史，才有了關於性別的第一個時代。我將這個時代命名為紀德們的時代。

紀德們的時代以變態啟動元態的語言多樣化為特徵，男性語言與女性語言由固有的對稱趨於對等。同性戀語言與異性戀語言直截對立，而且根本不存在相互抵銷或聯合的可能性。紀德們的話語有力地衝擊著它所啟動的時代，像在任何一個堪稱為時代的時代一樣，它被語言反彈回來，被禁錮在邊緣，起碼表面上是這樣。「遊戲的」無法折回「遊戲」，「遊戲主義」無法折返「遊戲」。紀德們只能依其變態的才力擊打出一個活生生的時代，避免被歷史所唾棄，但卻從不隸屬於那段歷史。迄今為止，紀德們的活力依舊不減，因為紀德們的時代尚未式微，尚未終結。從荷馬時代起，歷史在一個時代又一個時代地演化，但荷馬話語卻萬古常新。儘管人們可以把理性主義之前稱為古典主義時代，將非理性的存在主義起始稱為現代主義時代，但這並不意味著古典主義話語已經過時或失效。應該說，它們依舊標誌著它們所創造的時代周邊。性別學上紀德們的時代，從時間和思想的雙重層面上講，與現代主義時代相重疊。這不是巧合。紀德們天然地植根於現代主義思想。在這個時代，話語前所未有地豐富和多變。

然而，在被啟動的時代中，官方語言和大眾語言並未死去（也許因為其從未生活），它們的連袂演出經過了歷史的嚴厲拒絕之後依舊活躍，並且被賦予了嶄新的時代性。樂府民歌式語言借助更強大的社會勢力排擠它的變態。紀德們的時代在竭盡全力驅趕紀德，如同耶穌在世的時代以色列人把耶穌往十字架上推擠一樣。先知那句話永遠具有啟示錄色彩：「先知除了在自己的本鄉本族和本家外是沒有不受尊敬的。」先知還這樣看待他所置身的時代：「我可把這一代比作什麼呢？它像坐在大街上的兒童，向其他的孩子喊叫說，我們給你們吹了笛你們卻不跳舞，我們唱了哀歌你們卻不捶胸。」被所發生的時代排斥、拋置，是紀德們的必然遭遇的社會學格局。

變態取代本態作為時代的代表進入歷史。樂府和民歌的永恆聯盟卻被歷史遺忘。但是在現時，官與民是一體兩面的雙重偶像，是現實的主宰、傳統的繼承人、未來的開創者。是它們掌握著人群，掌管著正規語言。那些人群外的人、約規語言之外的語言，存在著腐爛發臭的病變狀況。它們「排除人」。這種變態話語，「是充滿恐怖的一種話語，也就是說，它不使人與人之間建立聯繫，而是使人與自然本性的最非人的意象建立聯繫，如天空、地獄、聖物、童年、瘋狂、純物質等」。這是一種異端的文本，不及早刪除，雙重的、樂府民歌式的偶像將無所作為。

紀德們的時代非但沒有為紀德們開闢安全途徑，反而增強了社會性的敏感：一嗅到變態的氣息就迎頭痛擊，以免「本鄉本族和本家」本在的一體化和一致性在現時受到挑戰，在將來被完璧歸趙。變態被宣布為病態，從官及民總動員要矯正它。骨子裡這是一種秦始皇式的自殺：焚燒一切話語，掩埋可能被其啟動的整整一個時代。

56

不要以為切除或移植人體器官有多麼壯烈。人類經常通過戰爭和政治手段整個地切除成批的年輕生命。對殺戮習認為常的城邦還看重顯微外科和器官再造的最新成就嗎？

崔子先生／女士，我是一個有正義感的中年男性讀者，因為不知您的性別，只好把先生和女士都寫在排頭供您自己選擇一個劃掉一個。很對不起您。

讀了您寫於西元一九九六年四月二十二日發表於《大頭人》雜誌創刊號上的文章，正義感油然而生。我的老婆和胖兒子都反對我把自己塑造成一個冠冕堂皇的人，因為我除去經常任命自己是民間文化檢查官和審判長外，沒使他們致富。您知道，我周圍的窮人都暴富了，而我還富得遠遠不夠。我把主要的業餘時間都用在閱讀上。我很勤奮，多麼地勤奮呀，您根本想像不出。我閱讀，邊閱讀邊批判，您的〈關於變態〉恰恰有幸成為我現時的靶心，您榮幸嗎？

我儘量心平氣和，免得我像官方代表一樣權大氣粗。顯然，您把自古以來的官民敵對誤認成上智與下愚的共和。您還說沒有個人言語的時期已死，也就是說歷史缺席。由於您的文章寫得枯澀乏味，我讀了許多遍才讀出這些內容。老實說，您讓我感到震驚，不是您的思想，而是您可怕的、否定人的傾向。用您用過的話，您在「排除人」。

這封信我可以寫得很從容：我的胖兒子吃肉吃得太多早已睡下，我的胖老婆已打扮得珠光寶氣去了賭局，他們總是到天明才會重現在我的文化視野中。

《大頭人》雜誌的創刊號編輯得煞費苦心。您可能也是編者之一罷。那篇關於變性人生活現狀的調查報告洋溢著一股虛假的喜氣。接下來又故意板起科學的面孔對城邦五花八門的新興建築進行掃瞄，用心在於強調主編從海德格爾那裡借來的「居住」意識。摘錄一段演出正火的《三維性別》的小丑插曲，大講什麼反多愁善感，反準確和周密，還講直腸受過衝擊的人腸腦最發達。簡直是在鼓動雞姦，我要罵娘了！接下來是那篇採訪錄。記者別有用心地不採訪鼻子又大又直的亶爰，偏偏去採訪一群丑角，而且嘻嘻哈哈，真正的暢所欲言，亦莊亦諧地把該公開的和不該公開的話全講了。當然，還有他們演的那齣戲，簡直是雜種，沒有他們不敢寫實的了。一場場胡鬧之後。您的嚴肅晦澀枯燥的頭臉終於出現了。如果說此前的文字及文字背後的現實屬直觀領域，用直觀的方式既反「樂府」又反「民歌」，那麼您的文章則力圖純思想，力圖將那動向理論化。我看出，您是在將符號學政治化。您想說而又沒有全說的意思還有，官與民自古以來一直永無終結地在玩一種遊戲：把對方樹為偶像，然後再行打碎。偶像化再擊碎，沒有比這更神聖又更瑣碎的遊戲了，永無休止地這麼玩下去，神聖便自動消解，像久霧必自散，只留下無聊，連歷史都拒絕接納，或者說，由死的歷史收納，而被生活的歷史拒絕。怎麼樣，我沒有對您做歪曲性引伸罷。

我要堅持把這封信發表在《大頭人》第二期上，以清肅〈關於變態〉的病毒。如果編委會不同意，我就上告，動用政權的力量，或者當眾揭穿你們的瘋子本性，率眾砸掉雜誌社。無論如何，民眾畢竟天然處於有利的一無所有無所畏懼的地位，官若不理，我們就可以不擇手段去剿滅異端邪說。聰明的作家都為大眾寫作，作大多數人的代言人，您卻既不為少數人，當權者和富人，也不為多數人，無權無勢無財只有德性的人，竟敢公然於「個人」立場。我佩服您把自己孤立起來的勇氣，但我必須告訴您：歷史不是個人話語結構，而是集團的、集體的、民眾的結構。

請轉告您的編者或者您的同仁，沒必要對小小的變性手術和變性人那麼大驚小怪。它啟動了性別學和性別學的第一個時代？您不覺得這話說得太酸太小題大作嗎？不要以為切除或移植人體器官有多麼壯烈。人類經常通過戰爭和政治鬥爭的手段整個地切除成批成批成代成代的年輕生命，無論男女。宇宙最後三分鐘對此早已習以為常。對殺戮和被殺戮習以為常的城邦還會看重顯微外科和器官再造術微不足道的最新成就嗎？請把您的焦點轉移，視野擴大，像我這樣海闊天高站得高望得遠，就不會因為鼠目寸光而將變態話語作為歷史的啟動素，就不會既以權勢為泛死亡又以大眾為泛死亡語素。

決定論而非語言論是唯一正確的歷史觀念。沙子及其聚合的範圍決定沙漠的存在，綠洲和水泉僅僅是裝飾性變態。個人一生的言行思想和經歷造就他一生的歷史，而不是他的一句格言或者一次失戀。人民的時代由人民和他們的領袖開創。大眾是歷史的主人。無須紀德們書寫證詞證明，歷史本身可以作證，為它的締造者作證。這種觀念不是我一個人的，而是長期以來被公認的。您難道不對經過公認的觀念心懷崇敬嗎？

對不起，不得不說一點我對您個人的判斷。我想，您一定是一個門檻式的人物，既不是門，可以把世界關在外面，又不是房間，可以被門關閉在裡面。因此，您是一個尷尬的偏執狂，不左不右不男不女不上不下，一個門的變奏門的變態，只好把門把通向內又通向外的裝置死死固定住，固定住，以合頁的方式也以鎖的方式，但是並不能封閉不能真正隔絕內外的聯繫，不能「排除人」。您記住，您只是門的一種變態，不是門，如同任何變態一樣不是時代和歷史的限度。

我不想把話說得太絕，免得傷害您可憐的尊嚴：據我所知，不尷不尬又偏偏偏執迷狂的人都格外看重它。

請《大頭人》務必刊登這封信，頭版頭條，否則我既告官要官來查封你們，又動員我所代表的民眾用民間的方式砸爛你們。這是威脅嗎？如果您和您的編者願意這麼看我也沒辦法消除你們的恐懼。

天亮了，我聽到兩種腳步聲，一在屋內一在屋外。一種性別男一種性別女，我得上床睡覺了。今夜，我還有新的論戰對手和主題吶。

您看，這是一個玫瑰色的黎明，太陽的光輝廣泛而寬忍。它屬於全人類，而不獨屬於任何個人。儘管有人問出「我是誰」之後，您這種人已在否認個人對人類對自然的從屬性，甚至也在否認「陽光屬於全人類」這種表述方法，但是您能用您個人對黎明的觀念去獨享黎明嗎，陽光照在您的臉上就是另一種陽光嗎？

57

卜算子再度受挫。柳湘蓮再度拒絕戀慕者的原因：她不過是一塊女性的殖民地。

無論四卓的劇本如何，我希望這場重逢戲能這樣處理：你來找我，我是你換性前就已開始愛慕的對象，可是我對你發生了誤會，以為你還是原來的你，只不過男扮女裝，待你反覆聲辯直至亮出證據我不得不信以為真時，我又認定這是女性主義對男性的殖民化體現，再次拒絕了你。我要用反殖民主義的腔調朝你怒吼：滾開，女人的殖民地！花，你想想，這樣的戲多麼古典又多麼現代，思想空間多麼遼闊。

58

劇本摘抄Ⅲ／珍藏版／第三幕第二場

△燈漸明。既不要斯托拉羅來布光也不要阿爾芒多來布光。既不要舊好萊塢式的也不要夜總會的妖冶靡浪和墮落情調。既不要陀思妥耶夫斯基的陰鬱也不要尼采的超人方式。燈光打出一間訓練大廳。大廳空空蕩蕩。

△柳湘蓮穿著銀色擊劍服戴著同色頭盔手持花劍倒退著上場。他正在同一個假想敵進行比賽，步法靈活，進退有致。一上場，他就刺中了對方一劍。他舉一下拳頭給自己鼓勁，然後沉穩地開始滑動腳步尋找敵人的弱點。劍與咽喉有時會發出聲響。

△卜算子打扮得花枝招展，濃墨重彩地渲染著身體上新興的女性氣質。她的上場步態幾乎是小女孩跳躍式的，只用足前掌著地，有些彈簧的緊張與控制相兼的感覺。與她登場的同時，許多與柳湘蓮同樣裝束的人做著各類擊劍動作無聲無息地從臺上劃過，把柳湘蓮淹沒復顯露。

卜算子：對不起，先生，能不能打擾您，請問，柳湘蓮先生在嗎？

△柳湘蓮不予理會，步步進逼，把卜算子當了敵手。卜算子只好連連後退，退至臺口，險些掉到臺下去，柳湘蓮很人道主義地收住劍，後退幾步。

卜算子：（驚魂甫定）先生，柳湘蓮先生還在這裡集訓嗎？

△柳湘蓮滑步，躍進，一劍刺中卜算子的左乳。卜算子疼痛難忍，捂住左乳超慢速倒地。她的叫聲沉悶而深刻，驚醒了沉迷於賽場幻覺的柳湘蓮。他摘下頭盔，露出一張既精幹又端莊的臉。他蹲下來。

柳湘蓮：對、對不起小姐，我以為我正在奧運會賽場上，正在爭奪金牌。
卜算子：（驚喜萬分、忘記了疼痛，雙手勾住他英俊的脖頸）湘蓮，是你！
柳湘蓮：（解開她的雙手，吃驚地）您？
卜算子：湘蓮，是我呀！
柳湘蓮：（站起）對不起，小姐，我不認識您。
卜算子：（也站起，直面著他）湘蓮，是我，我是卜算子呀。
柳湘蓮：（打量她許久）您開玩笑嗎？
卜算子：（轉一圈，走幾步，再轉一圈，把身體全面展示給他）不是玩笑，湘蓮，我已經是女孩子了。
柳湘蓮：您真是卜算子？
卜算子：（嚴肅起來）不會錯的。不過，我已不再是那個舊的卜算子了。
柳湘蓮：你化了妝來哄我。你最好馬上走，我的夥伴在等著我，我得比賽了。（戴上面盔繼續練習步伐）

△卜算子抽抽噎噎地哭了一會兒，見對方不予理睬，索性跟在他的後面模仿他的步伐和擊劍動作。

△那群影子般的擊劍運動員再次從場上席捲而過。他們過後，柳湘蓮察覺背後的動向，猛一折身將卜算子刺中。

卜算子：（歡呼起來）刺中啦，刺中啦！

柳湘蓮：（冷冷地）你怎麼還沒走？

卜算子：我不走了，湘蓮，我們結婚罷！

柳湘蓮：（緩緩地脫下面盔）你什麼意思，認了真要騷擾我是不是？

卜算子：（被擊中的右乳隱隱作痛，握住它，揉一揉）不，不是騷擾，湘蓮，我是來告訴你，我已具備了十全十美的或者說是幾乎十全十美愛你的條件。

柳湘蓮：（怔怔地）你，愛我的條件？

卜算子：（一聳右乳，撒嬌地）瞧你，多粗暴，把我的新乳房都刺中啦！

柳湘蓮：（閉上眼睛）天吶，你的模擬表演又開始了。（睜開眼，逼近她）告訴你，變態的傢伙，我不吃你這一套，不管你男裝還是女裝，不管你胸口平坦還是塞上豆包饅頭，也不管你是不是穿了一件假臀內褲。

卜算子：（急得團團轉）不不不，湘蓮，不是不是不是，我已是、已是真的女人啦！

柳湘蓮：（繞著她轉一圈，上下打量，開始轉第二圈時用劍頭刺探她的胸、臀，使她因刺癢而發笑）你、已變成了女人？真的嗎？讓我的劍像測謊儀一樣測測你身體的謊言。怎麼樣，一定是一對反覆使用的饅頭罷，既乾癟又缺少彈性。

卜算子：不，不是的，是我的雌性激素水準不太高，還不足以催化它有大額度的膨脹。你不相信它是真的，可以親眼看看嘛。（含羞垂下頭）

柳湘蓮：對不起，我對同性的胸脯沒興趣。

卜算子：我不急，我會慢慢培養你的興趣，不是對你的同性卜算子，而是異性卜算子。

柳湘蓮：一個卜算子具有兩種對立的性別嗎？兩面人，一面是男一面是女？

卜算子：（嬌嗔）瞧你，傻傢伙，不是同時擁有兩種性別，是一先一後，男性在先，如你過去所見，女性在後，如你眼下所見。

柳湘蓮：（再用劍尖刺刺她的胸部）這麼說，我得相信你？

卜算子：對啦。（聳聳胸）這兒，（翹翹屁股）這兒，（用手在陰部劃了三圈）還有這兒，都是證明，都是證據。

柳湘蓮：它們，從天上掉下來的，還是你自己組裝洋娃娃似地組裝上的？

卜算子：（嫵媚一笑）你猜猜。反正，我睡了一個午覺，作了個美夢，夢見你在我身前身後舞耍了一番花劍，你得了冠軍，而我醒來後就成了這個樣子。

柳湘蓮：你把自己美化成了童話人物。

卜算子：童話人物也不都像我這麼幸運。有的要投向水中的影子，自己的影子，有的要在火柴的溫暖和光明中死去。

柳湘蓮：可是你卻獲得了新生。

卜算子：對，太對了。湘蓮，你這麼理解我，我好感動喲。

柳湘蓮：且慢。我是理解你。你知道什麼叫理解嗎？用新批評派的說法兒，理解就是分解形象破壞作為高等無知機體的「本我」。

卜算子：我不大懂吶，我的蓮。

柳湘蓮：我警告你，（指著她的鼻尖）少給我來暴力主義！你以為你強行稱呼「我的」、「我的」，你的欲望對象就向你靠近嗎？你應該記得，當初薛蟠是為什麼挨了我一頓美拳。

卜算子：（後退半步，委屈地）可是，我已今非昔比，我是女人了，不折不扣的女人，我有權利稱呼我愛的人「我的」，因為無論他是否認可，在我的愛情中，他已是：「我的」。修辭地說，女人是海，男人是海上的單桅船，女人是大地，男人是地上的孤樹。

柳湘蓮：（冷笑）你裝得還挺自如，彷彿你都快成了戴錦華主義者。

卜算子：戴錦華？戴錦華是誰？這一段我一直在醫院裡，對世上的新興思想和代表人物一無所知。

柳湘蓮：我們不是更缺少對話背景了嗎？

卜算子：可是，我是女人了，我們之間的同性之牆被現代醫學拆除了。性別與性別之間的對立格局建立後，對立性別間的對話，尤其是身體對話，會彌補一切的。

柳湘蓮：（走得遠一些）可是，我也要說可是，我分解你的形象之後，破壞了你作為高等無知機體的「本我」之後，我看到的依舊是一塊三明治。

卜算子：（跟從他）三明治？

柳湘蓮：要麼說是兩種假象夾著一塊男性之肉，女性外包裝和女性心理是假的，男性之軀是真的。要麼是兩種女性的真相夾著一塊男性的假肉。

卜算子：可是，我現在摘除了麵包中的肉塊，真性假性的對立局面已被顯微外科手術結束了。

柳湘蓮：這麼說，你成了變性人。

卜算子：不，是女人。

柳湘蓮：通過手術？
卜算子：對呀。
柳湘蓮：那麼，你為什麼不給你的心理本能動手術，切除它的女性機制，讓它與肉體配置成套成為地道的男人？
卜算子：我做不到。即便那種無形的手術可以施行，我也會選擇現在的方式。
柳湘蓮：乖乖地成為女性的殖民地？
卜算子：不，我就是女人本土，不是什麼女性的殖民地。（展覽渾身的女裝）
柳湘蓮：（仰天大笑）哈哈哈，哈哈哈，你是女人的本土，從二十歲起建立的本土？
卜算子：是從二十歲起恢復的本土。應該說，過去，我的身體是男人的殖民地，現在我把男性從殖民土地上趕走了。恢復我女人的本土，女性的肉身家園。
柳湘蓮：對不起，卜算子先生，過去的卜算子先生現在的卜算子小姐，我只認識這是劍，有一天它會變成廢鐵進入煉鐵爐，但我看到它的時候它是劍，不是鐵水更不是礦石。
卜算子：可是，你完全可以忘記我本是劍，姑且我把當作一個新發現的礦脈好了。
柳湘蓮：這得從你自己開始。
卜算子：我自己？

柳湘蓮：對，忘記你的舊性別以及與之相關的一切，包括我。
卜算子：忘掉你，我做不到。
柳湘蓮：忘掉你是劍，我也做不到。在我的意識中，你不是男人就是變性人，但不是女人。請原諒！
卜算子：我們不能結合，不能結成眷屬嗎？
柳湘蓮：不能。
卜算子：那麼我走了，去找梁山伯，天下好男人多得是。失去我，澈底地失去我，你可別後悔。（滿場飄舞起來）
柳湘蓮：你走得越快越好，我絕不後悔！
△擊劍手們上場，揮舞著花劍將柳湘蓮席捲而下。
△臺上只剩下卜算子在翩翩飛舞。這時候，她的背後已長出了兩對翅膀，蝴蝶狀的翅膀。她邊飛舞邊小聲宣言道：「我要去找梁山伯，我要去找梁兄，天下好男人多得很，一抓一大把！我要去找梁山伯，他最熟悉女扮男裝的女人，最愛護脫去男裝的女人。」
△燈漸熄。

59 反殖民主義的仿真與證偽

無論定稿本如何，我希望這場重逢戲能這樣處理：我去訓練大廳找你，你正在訓練，你是我變性前戀慕的人，只是單戀，你見到變性的我，認為我成了女性的殖民地，並依此批判變性人，就此，一場戀愛戲轉化為一場辯論，辯論的主題是「何為真正的反殖民主義」。燕青，我們合作來重寫這場戲，謹慎地不使這一嚴肅的命題「墜入遊戲」，你看好嗎？

你依舊是柳湘蓮，但不是定稿中時男權主義一無警覺的柳湘蓮。你希望親女人主義的卜算子給予你男人主義者的位置，你還公開聲稱自己是廣義的反殖民主義者：既反對國家和民族／種族的殖民侵略殖民統治，又反對性別的殖民化。而我認定，男人必須自覺地放棄男權主義立場才有可能成為純粹的反殖民主義者：男權主義是一種極權主義，殖民主義也是一種極權主義，反殖民也就是反男權，也就是反極權，至少，反殖民包含著反男權反極權的因子。

我這樣設置你我之間久別重逢後的對話。

你：你好，卜算子，聽說你變了性，成了女性的殖民地。我來找你，一是來交還你過去對我的愛慕，二是來清算你身上的殖民主義傾向。

我：你知道，變性前我的身體一直被男性霸占著，它與我的內心作對。如今，我的內心驅逐了男性的幽靈，從我的軀體中。我的身體就此擺脫了殖民統治，恢復了女性的家園面貌。

你：何以見得女性是你的古老家園呢？人一出生，產院和父母和法院依據什麼確定性別呢？當然是依據身體，而不是嬰兒的潛意識或者心理：假如它果真實在的話。這種性別劃分同人的幼年之後的教育體制，婚姻家庭建構，社會角色和義務，直至死亡身分和遺產，形成一套完整的體系，而變性人在用身體、性能甚至情感性靈來公然破壞這套體系，擾亂這套體系。

我：你喜歡變化，卻尤其否認變化所蘊含的復原性質：一切變化的指向都朝著同一方向、復原的、元始的方向。

你：殖民化也是一種變化嗎？

我：沒錯兒。

你：那麼，你所說的復原你所說的元始，在我看來就是僵化，就是一統化，一體化。

這一個辯論回合，以你的勝利而告終。你利用邏輯學，通過推理駁倒了我。或者說，你揭穿了我的本質主義傾向。但是，這並未改變卜算子的立場。第二段辯論就此展開。

我：在政治上學的意義上，我承認我是女性的殖民地，但是，它的建立來源於反殖民：反對男權的殖民統治。

你：那麼，你自認為變了性便把男權從舊殖民地上趕走了嗎？

我：對。

你：你割掉了一個肉具就把男權從殖民地上象徵性地趕了出去，但一轉身又成了女性的殖民土地。

我：無論如何，它是在對殖民主義有深刻經驗和認識的前提下並且是因為反對它而建立起來的。

你：如此說來，世上該有兩種反殖民主義，一種是被殖民化爾後反殖民的，一種是從未殖民化而反殖民的。

我：你屬於後者。我屬於前者。

你：對。

我：後者是假的，假的反殖民主義。

你：你何以證偽？

我：未被殖民化的國家或者民族或者性別，就不知殖民者的本真的面目，不與它構成對立。不對立的事物之間不存在正與反。未經殖民化的人、種族或國家，談不上什麼反殖民。一個大一統的帝國如果叫嚷著要反殖民，無非是大一統已朝不保夕。倘若一個占據國家統治地位的民族提倡反殖民，肯定昭示著民族自身的孱弱與衰微，表明它可能被其他民族所殖民化。一種性別，確切地說是男性，只有在女性主義和同性戀公開之後才會想起來反殖民。其實，這只是源自預感和威脅，並不源自事實：男權喪失的事實。

你：我們的男權已在喪失的過程之中，只是在你之前還沒達到被女性殖民化的程度。但是，你們這些男變女性的變性人已作為一種預演或象徵而被女性所克服：男性被女性擊潰，人類在朝著母系氏族社會退化。我的反殖民中包含著反對復古反對褪色。

我：為何不可把我僅僅看成一種蛻變呢，像任何一種蛾類或蝶類的蛻變一樣呢？

你：因為你是人，不是昆蟲。但凡人自比昆蟲或植物的，都是對人自身的貶低。不要把崇尚自然氾濫為一種思想洪水。效仿自然回歸自然的意見，帶有過於濃烈的拜物教色彩。人若仿效自然造化，是不是要把黑夜、海嘯、洪雨、地動山搖等等自然現象一併作了榜樣呢？僅僅仿效大自然的良辰美景，也算得上效仿自然造化嗎？

我：你誤讀了我的修辭。

你：語言原本只有黑白灰三色，修辭將它變成彩色。它是一道光源，如夜雨中的燈輝。我們對話，能夠剝離它同語核之間的軟組織嗎？「由果子可認出樹來」。「心理充滿什麼口裡就說什麼」。用昆蟲的變化來喻比人的變性，至少體現出一種人類自我辨認的傾向；把人視同蟲豸。請離開我，自比蟲豸的人！

你的語鋒再次刺傷了我。卜算子一時陷於絕望：柳湘蓮拒絕她的愛，因為她的新性別中含有殖民主義因素。也許，這不過是一種藉口。即便是藉口，她又怎能消除它呢。我得退場。我得忍受他的評判。在語言學的支撐下，你再度抓住我的要害。我擔心你將我歸於昆蟲的殖民地。我得轉身，背對觀眾，等待刺背的燈光熄滅，等待不退場的退場時刻的來臨。

60 四面八方的追問

你為何不變性？

你為什麼不去變性？變性使性別邁向自由。

你怎麼不去作變性手術？

你那麼適合變換性別角色，怎麼不去變性呢？變性不是隱喻著自由和新生嗎？

變性變性變性吧，變了性，愛你的人會更多。

變性是一場革命，你為何不革命，身體的澈底革命。你是性別守成分子嗎？

你，為、什、麼、不、去、變、性？

61

窄門／門裡門外／門楣上的福音

布道辭：死亡只是生命的改變，不是生命的結束。

崔　子：我的父親過世了。

楊　青：從這個世界上走過去了嗎？

崔　子：對。而我們正在走。

楊　青：他叫什麼名字？

崔　子：亞伯拉罕。

楊　青：對於人，某些名字會幫助他戰勝喪亡。亞伯拉罕是個喪亡的黑暗無法籠罩的名字。

崔　子：對。它把基督之光傳導給我父親，我父親的肉身之光熄滅於那種光明中，如同被陽光吸收的火光。

《瑪竇福音》第七章第13節：你們要從窄門進去，因為寬門和大路導入喪亡，但有許多人從那裡進去。那導入生命的門是多麼窄，路是多麼狹，找到它的人的確不多。

朱　朱：通往天國的道路有多遠呢？

崔　子：他望見窄門的目光有多遠，那條路就有多長。望不見窄門的人既不認路徑，又不知路的短長。

朱　朱：亞伯拉罕看見窄門了嗎？

崔　子：我相信他看見了。

朱　朱：什麼規格的窄門呢？

崔　子：僅僅容得下目光的焦點。

朱　朱：那麼，但凡仰視天堂的人便都能看見窄門，是嗎？

馬丁・路德《一五二四年復活節的講道》：死被耶穌之死殺死了。

崔　子：在宇宙最後三分鐘第一醫院外科二區三五〇病房四〇號床邊，我僅僅用七個長夜便目睹了一個事實：我父親是一位臨產的孕婦。

翀　翀：他懷著一個胎兒嗎？

崔　子：他懷著他自己的新生。

翀　翀：自轉自圓式的生命孕育生命。

崔　子：是的。

翀　翀：臨終的陣痛背後隱藏著臨產陣痛的真相。他也用死亡的假相來完成對新生命的生產。只不過，他不再把那新生命展現給我們的肉眼。

崔　子：因為那是為神國準備的。

聖公墓門上的題辭：他們進入天堂之門。

王　衛：他離開你，是在完成一個動作，一個將隱祕的啟示錄緩緩展開的動作。

崔　子：是的，他背負著耶穌背過的十字架，被疾病釘穿了物理生命，並物理性地退席於我們的現實生活。他通過物理性退席來開啟我們看待新生的眼目。

王　衛：沒有比窄門的敞開更澈底的敞開。

崔　子：對於目光來說，窄門無比寬闊：並不是物質性的空間限定目光的空間，而是目光的空間限定物質性的空間。

王　衛：在你父親的目光空間裡，喪亡之城被掃除了。

崔　子：他把一條反宇宙法則的法則默示給我。因此，他的後代把一大束玫瑰花蕾紅色的玫瑰花蕾獻給他退席的標記：他的骨灰。

祈禱文：上主，求祢賜給他永遠的安息，並以永恆的光輝照耀他。

張　弋：我想為他唱一首歌，「我就是復活我就是生命」那一首。

崔　子：好，用你動人的聖詩童子的嗓音唱罷。

張　弋：不，這一次我不用有限的物質之聲，我用另一種聲音。

崔　子：好，他會聽到的。你唱一遍，我也唱一遍，都用另一種聲音，一種接近心聲的聲音。

張　弋：……

崔　子：……

安魂曲：願天使領你進入天國。

崔　子：爸爸，你相信復活嗎？

亞伯拉罕：相信。

崔　子：爸爸，你知道自己將離開人世嗎？

亞伯拉罕：知道。

崔　子：害怕嗎？

亞伯拉罕：不怕。但不願意。

崔　子：這個世上有你最喜歡的東西嗎？

亞伯拉罕：沒有。

崔　子：請在天國裡代我們懺悔並為我們祈求。

亞伯拉罕：好。

《馬爾谷福音》第八章第34節：誰若願意跟隨我，該棄絕自己，背著自己的十字架，跟隨我，因為誰若願意救自己的性命，必要喪失性命；但誰若為我和福音的原故喪自己的性命，必要救得性命。

梅元華：你依舊愛我嗎？
崔　子：是喜歡，不是愛，我只愛上帝。
梅元華：你依舊喜歡我嗎，在你父親臨終和那以後。
崔　子：依舊喜歡，並且未曾中斷過。
梅元華：比起死，愛情不是微不足道嗎？
崔　子：不，它只是轉換的一個節拍，類似於變調和你所看到的那齣戲中的變性別。恐懼死的人將它神聖化，對它諱莫如深，並因此而禁忌愛情。
梅元華：也禁忌飲食。
崔　子：我的媽媽不允許我們不吃不喝。抗拒因父親過世而造成的空缺感，需要多少體力呀。我媽媽不許我們空虛了精力。
梅元華：我吻你一下好嗎？

崔　子：你抱抱我。

梅元華：我在宇宙最初三分鐘吶。

崔　子：你抱一抱虛空，只做一個擁抱的動作就是抱了我。我會感到你的擁抱，你的氣息和你的體溫。

梅元華：死亡使活著的人更加相親相愛。

崔　子：不，是目睹我的父親以死亡戰勝死亡，使我更相信生命的絕對性和愛情的絕對性。

復活節古歌：死把死吃掉，如今死遭人恥笑。

62

陳偉因為閱讀而成長為作者並因為寫作而初步學會閱讀。我為他薩德式的小說撰寫跋文。此後正文卻立即消散亡佚於正文所在的地方。

輕輕鬆鬆沉沉重重走過許多路程。倘若取大遠景驀然回顧，景色深處原始的生命形象便會改頭換面。從官能經驗的立場出發，他力圖以文字的形象留存往昔景物的古遠狀態和經典光焰。他對我們說：薩德在我們的肉心肉身之中。

現世的風尚正以激流洶湧的方式從他的頭上臉上身上胯下席捲而過。靜靜地站立著，任憑浪潮凌空劈下復迅疾遠去，他領略著孤軍奮戰的意味和對孤軍奮戰的信念。幾乎難以置信，作為自己作品中那個蒼白柔弱多情善感的小主人公，他已於一夜之間在現世也在作品中長大成人。歲月如同一串串長而又長的遊戲。他在長長的遊戲中忘記了市囂排除了濁念。用文字，他在為自己建造一座世外人生的城堡：不為逃避，只想用它使現實成為堡壘之外的幽靈。

人人須為自己出演的人間角色付出體液：淋巴液或血液或膽汁或唾液或精液或者淚水。儘管現實戲劇的規則偶爾准許賒欠。他總是渾身披離著幼稚得近乎荒唐的丑角裝束站在世內人生的側幕邊，望著自己在荒古的舞臺上繽紛的舞陣中留下的斷續身影，他的臉上時而透出幾許酸澀時而綻出幾分嘲弄和愜意。在並不歡樂的心情裡，他洋洋自得：我是我身體中的薩德。

世內人生的城郭虛掩著正門，門縫中洩漏出幾縷繚亂的燈光。寂寂寞寞裡，門內的爭吵與喧嘩愈發顯出自身固有的喜劇色相。有人正在為活躍在其中而欣幸不已炫耀不止。他則徜徉在布景般的街頭，讓文學的月光清清冷冷地灑落在記念憶想的牆垣之上。觀念的種子正從牆腳萌探出身軀，堅挺而澄明。他想在文字間歌唱並在歌聲興起的時刻驟然沉默。他也以孩子氣十足的戲劇方式考驗著自己承受戲劇勢力壓迫的才能。

懷著近乎甘甜的疲倦他看見一些熠熠生輝的事物向他飄臨。他看見他們然而看不清他們的形體他們的意向。他們飛近，飛臨，穿越他的目光和思想復向遠方飛去。他們或許就是曾經是未來的過去在向他演示未來如何成為過去過去又如何成為未來的時間方式。他被他們的翅膀輕輕拍打被輕輕拍打著入睡入夢又從睡與夢中醒來。他對他筆下的人物說：我是你夢外之夢鏡中之鏡我是你身體中的薩德。

攀援著文學城堡的石階梯，他爬上頂層。一只青皮色的竹笈沉甸甸地壓在光亮的邊界上，壓在不知所從何來的光亮的邊界上。他看到這麼一張標籤，標籤上書寫著「世外人生的童年」。它像土產品上的一幀草紙商標，以縱的方位樸質而安祥地貼在竹笈正牆的正中央。他走近前蹲下來輕輕地吐著氣息。他想用他的感官將往昔的飽滿墨跡吹乾，用官能的風力將它吹乾。時光立即沿著竹篋流貫在書頁間灘淌在字裡行間。它在字裡行間變黃，如同秋天在樹葉上顯現秋天的色調。

走路的或攀援的遊戲依然在依舊在持續。只不過再次看到自己在蒼茫的舞臺上波濤般的舞陣跨動著扭動著躍動著的身影，他將控訴的手指指向了自己。薩德在我們的身體裡。他在他的身體裡在他的作品裡發現了薩德的道德意義。

63

變性人和同性戀者斷子絕孫的符號學殘酷性：有生殖符號無衍續符號。試管嬰兒作為否定符號否定了這一符號學：沒有人會斷子絕孫，只要你願意選擇人體之外的人體符號諸如試管。

你們既不要驕傲，因為與眾不同，也不要自卑，因為不能分泌精子或卵子。作為你們的主刀醫師甲，我和主刀醫師乙經過周密商議，決定把你們找來給你們開個會。會議的宗旨有ABC三款。A.在手術之後向你們補充論證變性手術的天文學根據。B.提醒你們無性繁殖的要領。C.徵收變性人特種風化稅。

C款比較單純，兩句話即可說清，因此先說它：變性人出現後，社會上出現了一種不穩定的性別趨向，街上的人們越來越不男不女，這種風化責任由上級指派下來，下達到顯微外科水準最高的醫院，醫院又將它下達給醫術最高的醫生，作為醫生的我們只好將它再下達到你們身上，因為是你們在體現對性別的顛覆力量。你們沒有異議嗎？沒有異議就好，最怕你們既作顛覆分子又不肯繳納顛覆稅。

下面來談談B。顯然，你們目前雖然具備了各自性別的體徵甚至性情，但是如夢令未接輸精管不能射精，卜算子沒有子宮不能懷胎，十八世紀的卵源論和精源論對你們失效。直白地講，你們僅僅擁有娛樂的性，而不擁有生殖的性。單純從遺傳學角度講，你們無論怎樣迷狂於性活動，都是自娛自樂，不牽扯任何生殖的動機。應該說，你們是最純粹的享樂主義者。然而，為了那麼澈底的消耗消費，你們也必將成為最悲哀的人，絕子絕孫，與那些同性戀者和堅決不要嬰孩的夫妻一起斷子絕孫。所以，如果你們天資聰穎，就聽聽我和乙醫師的建議，去爭取無性繁殖，即把卜算子卵巢中的卵子提取出來放到試管中，再將如夢令睪丸中的精子提取出來與那卵子結合，生成試管嬰兒。

最後來談A。近來看到不少報刊上刊發文章在攻擊你們，有人譏諷你們是「組合的玩具人」，有人說你們是「合成器」，有人罵你們是「雜種」，也有人指涉你們是「草莓霜淇淋」。你們不生氣對嗎？好，真正的好，我讚賞你們乖乖坐在這裡的心平氣和和勇氣。我告訴你們，我們主刀給你們變性是有天文學依據的，不然我們縱有天大的本事也不會動刀的。

科學家必須遙望星空。這是我的一句格言，如今分享給你們，並把它稍加改造：變性人必須遙望星空。我們科學家遙望宇宙的意義在於同它勾結，按照它的預謀來改造地上的事物和人身上的事物。變性人遙望星空僅僅在於獲得生存的自信：萬物皆由變化而來，皆由合成的方式構成，譬如星雲與星雲合成星雲，譬如太空與太空相容而成其為太空。

變性人必須遙望星空。這其間還含有一重藝術家的記憶和感懷：翻閱前史。你們比我們多一重懸念，生下來即在懸念中：我是男是女。你們的全部前史都與那個有趣的懸念相關。或者說都與解破那個懸念相關。我們的前史是父母——男女變生，是我們的前史，而你們則是你們自己變生自己的前史。從藝術的角度講，你們是一種創作，而我們是一種複製。遙望星空吧，我的朋友。

64

長途電話錄音。作者：朱朱。

我替你著急：我在浪費我的天賦我為什麼不去變性。你為什麼還不去變性。你那麼適合變性為什麼不去。變了性我會愛你愛上你離不開你。你為什麼不去變性變性之後你就從普通人一躍成為傳奇式人物一躍成為一個寓言人物。你變性自己受益我也受益歷史也受益象徵主義藝術也受益。你為什麼還不去。

65

我和我筆下人物擠坐在我的寫字桌上，用發燒級音響設備收聽立體聲[65]廣播劇《他和我編碼不同》，有人聽得瞠目結舌，有人聽得昏昏欲睡，有人說我的音響設備大材小用。

他：咚咚咚，咚咚咚，芝麻芝麻開門啦！

我：你是誰？

他：我是一個符號，一個男性的能指。你呢？

我：我是建築的居住者。

他：詩意地居住嗎，在大地上，朝向天空的尺度和神聖者嗎？

[65] 即身歷聲（stereo）。

我：打開門就是了，我就是詩意的此在。

他：我進來了，我看到了你，一個不男不女的此在。

我：對。握握手，學術玩笑到此為止。

他：你樣子不男不女，自己知道嗎？

我：當然知道。不止於樣子。如你所言。

他：不想矯正嗎？就是說，使性別明朗化。

我：你是指一分為二嗎？單純為男，或者單純為女，不使自己處於男女之間的模糊地帶。

他：是。

我：曾經想。現在不想。將來也不會想。

他：也就是說，你曾對自己的狀態不滿意，而現在發生了變化，你對自己沒什麼不滿意。

我：對。因為我發現，天使就像我這樣。我天生著一種明朗的性別。我稱其為天使性別。如果我是地上的天使，我的存在就是世俗王國中必不可少的一種要素，至少是不可缺短的一種景觀。更直截了當地說，世俗王國沒有我，便是不完整的。不要以為我是一個意外。其實我很通俗。既通於男性之俗，又通於女性之俗。

他：不。那只是一種表象。骨子裡邊，你十分反世俗。既反男性之俗，又反女性之俗。你用男性的表象拒絕男性，又用女性的表象拒絕女性。你依此自成一體。

我：假設我與你說的正相反，用男性的一面吸引男性，又用女性的一面吸引女性，既與男人搞同性戀，又與女人搞同性戀。你會把這當成一個玩笑嗎？

他：絕不。我關心你的一切，哪怕是從玩笑語氣中透露出的一點點真實。你知道，我對你這種人很好奇。我問你，你同男人在一起或者同女人在一起，都認為是同性愛嗎？當然，我是指你同他們的愛情關係。

我：其實，我遠不是那麼八面玲瓏。這從實際經驗中可以查證。我的戀人，清一色男性，而且清一色像你一樣，地地道道的異性愛者。這，是我樂於回想和玩味的題目，假使你願意聽，我想用倒敘法，從昨天剛剛離開我的如夢令講起。你可能有所耳聞，我與他們的故事都極具戲劇主義的悲劇色彩，有時充滿詩意，有時會摻雜暴力和色情。不過，既不是那類哼哼唧唧無病呻吟的新詩，也不是時下流行的暢銷讀物。我相信，它空前絕後……

他：對不起，打斷一下，是關於我自己的問題。你想，我來找你，素不相識，既不是慕名，又不是慕色，無非是想得到一種驗證。有一個朋友說，男人一〇〇%具有同性戀情結。我認為自己是個例外。而你，一見到我就用那麼肯定的語氣說我是「地地道道的異性愛者」。這正是我所預期的。但是，我天生是個冷靜的人，對直覺，預感，熱情所導致的一見如故或一見鍾情持慎審的觀望態度。我但願自己是你所說的那種人，但我需要印證。對不起，你那麼一笑，太嫵媚，我的思路和話語受到干擾，不知該怎樣講下去了。也許，出現了某種危險。

我：對不起，我不該這麼早就笑。它是讓別人沉陷其中，讓我自己陶醉其間的特異才能。在我還拿不準是否向你發表我的內心感受之前，請原諒，它只是體現為一種本能，不含有人文意義上談情說愛的動機。

他：我，我得沉默一下，對不起。

我：你害怕了嗎，怕我愛上你？你可能誤會了。如夢令離開我，不是拋棄我。是我促使他在完美無缺的狀態下迅速離開我的。不然他一旦變得陳舊，或者出現瑕疵，我對你們這種性別的信任就會受到動搖。我儘管充滿熱力和欲情，也並不那麼急於把你置放在卜算子的地位上。要知道，卜算子將是我這一輪愛情牌局中的最後一張牌。我們相交淺顯，尚來不及把你同牛咬金至如夢令的十一位戀友進行魅力類型比較。直言不諱地說，我不允許我的戀人之間類型重複。這是我的一個驕傲。我選擇一個新戀友的同時，也必須激發自己，創造一個新我來與之對應。這既不是簡單的「處子道德」取向的問題，也不是花樣翻新式的審美情趣的問題，而是創造力釋放的本能需要。像我這種人，一不能在別人體內創作生靈，二不能在自己體內孕育生命，通過原始的肉體方式，排除試管嬰兒之類的技術手段。先聲明，我永遠熱情滿懷，但並不處於飢不擇食的狀態，永遠不。每個人都是一片空白，無法填滿。這是我的理論，從生理人類學出發的精神人類學。

他：……

我：你的沉默有一定的持久力，它同激情的缺乏持久力正相反。不過，我願意揭穿的是，沉默的背後掩藏著思想的喧囂。對於不擅思想之道的人士而言，沉默意味著驚惶莫名，忐忑不安或者心腸七上八下。在此情形下，我有兩種機會可以等待。一是畏懼，視角為仰角，將臨的是評判與裁決。二是充任領袖，視角為俯角，像兄長領導弟弟，把他引出黑暗之谷。不知你給予我的，是前者還是後者。

他：請原諒，我的身心一時沒能與你同處於一個場中。我多少的些偏執，而你像流水。我的場仍圍繞在你的那句話上，「我的戀人清一色男性而且清一色像你一樣地地道道的異性愛者」。我預期的訪問結果，正是想以你為明鏡，證明我們的癖性截然不同。有些人，以遠避的方式來證明自己是異性愛群體中的一分子。我認為，那多少有些脆弱和心虛。我多少有些無知，但我願意經受檢驗。

有一個朋友說，在現今的時代，檢驗一個男人是否合格，已不再是古典主義的女性測試法了。還有一條必經之路，就是看同性戀者如何對待你。就像暗鎖一樣，一道機關已不保險，必須雙保險。他說得很直截：女人也愛男人也愛的人，才是真男人。

我：……

他：對、對不起，你怎麼哭啦，我傷害了你嗎？

我：……

他：我平生最怕的，就是眼淚。你別哭好不好。我向你道歉。或者，你想讓我離開這屋子，對嗎？

我：……請不要走。其實沒什麼大不了的感觸。我只是想到另一句話，僅僅是一句話而已，沒那麼嚴重。

他：什麼話？

我：女人不愛，男人也不愛的人，就是同性戀者。

他：不，不會的。你那麼溫柔、美麗而善良，更重的是，你那麼脆弱。我一向認為，脆弱使人可愛。脆弱是人性中最優秀的板塊。

我：難怪時下許多女孩子和陰柔氣質的男孩子都裝得那麼柔弱依人。

他：你也是裝的嗎？

我：不是本能就是演戲。世上只有這兩種真實。這是牛咬金的理論。我們分手，恰恰就在於他把一切都看透了。他的這種魅力，使我的一舉一動都顯得很物化。從我們第一次四目相對，到初次交談，初次對飲，初次拉手、親吻和做愛，直至做愛的過程，都變成了一種本能發洩式的戲劇演出。我們借演出自娛。那很儀式化。那是我第一次愛情關係。它以儀式感極強的舞臺面目被我的歷史所珍藏。

他：有一天還會翻開。

我：也許。我不認為歷史不可迴圈。重演歷史的前提在於歷史周轉的速度和節奏。也就是說，在於元點的重現。

他：你期待你和牛咬金的元點重現嗎？

我：對不起，我想迴避這個問題。

他：不能迴避的問題有嗎？

我：有。而且很多，譬如我是否會愛上你，是否已經愛上了你。

他：我嗎，我愛上了你還是……

我：當然是我，關於我而不是關於你。關於你的問題得由你自己來解答。

他：那麼，我發問，你是否會愛上我，是否已經愛上了我？

我：原則上會。但還屬未來時態。具體闡述之前，先來澄清兩個小紕漏。一是你的一個朋友的話，另一個是你另一個朋友的話……

他：不，他們是同一個人。

我：哦。那麼先糾正第一句。從理論和實際上講，一〇〇％男人都具有同性戀情結的說法，是不準確的。無疑，男人會喜歡男人，是以，男人和男人組成的朋友關係成為人類最密切的關係之一。但同性戀一詞關涉性愛。並非所有的男人都同樣對同性有性愛期求。這一點，毋需太多引證。第二句，是讓我落淚的那個句子，其實沒什麼錯誤。女人也愛男人也愛的人才是真男人，話說得有些含混不清。應該確切地說：女人也愛，同性戀男人也愛的人才是真男人。

他：我不同意第二個糾偏。愛男人的男人無疑就是同性戀男人。不需要加定語。

我：那好，言歸正傳。我準備正面回答你的問題。但是，在這個答案公布之前，我有理由先證明我有足夠的才能愛一個堂堂正正的男人，和被我愛的人都是清一色的異性戀者。我不想引起誤會，尤其像你這樣對我們瞭解較少的人的誤會。

他：你是說，被同性戀者看中的人，一定不是同性戀者。對嗎？

我：完全正確。我這麼說，不是為了我們所愛的人的名譽。我只想把真實的生活原貌告知於你。譬如如夢令和我的互戀，是一個男人與一個不男不女的第三性別人之間的互戀。嚴格地講，世上不存在同性戀事實。我只能約定俗成地把它看成一個詞，並且隨波逐流地使用它。學術一點講，要理解和評論同性戀現象而不失於粗率和草莽，必須從認識不男不女的第三性別開始。

他：開個玩笑。假如國際準則更改，可以在申請護照時自由而真實地填報性別一欄，你怎麼寫？

我：天使和負號。等一等，我寫給你看。請看，就是這樣，「天使－」。意即地上的天使。

他：不是褻瀆嗎？

我：不，不是。魔鬼曾經是一位大天使。關鍵在於墮落與否。

他：人們普遍認為，同性戀本身就是一種墮落。甚至有人把它視為世紀末現象之首。也有人把它與世紀末首席絕症ＡＩＤＳ混為一談。

我：人們恐懼病理學上的ＡＩＤＳ，卻從未意識到性別沙文主義是毒化人類幾千年的絕症。人類身患絕症從不恐懼。也許，實際生活中因患ＡＩＤＳ而致命的同性戀者較多，但是這並不比思想中患ＡＩＤＳ而窒息精神生活的性別沙文主義者數量更多，更可怕。

他：聽你的話，我得警惕我自己。通過什麼途徑呢？

我：成為戴錦華所講授的女性主義分子，或者像我一樣，至少，要成為一個雙性戀者。

他：這是玩笑嗎？

我：玩笑中有本真的內容。

他：我得好好琢磨琢磨。

我：我建議你，重新敲門，一個代碼敲擊另一個代碼。

他：咚咚咚，通通通，芝麻芝麻開門嘍！

我：門敞開著，任你出入呢。

他：門嗎，在哪裡呢？你我之間並不存在著門呀，我怎麼通向你吶？

我：敲敲你自己罷。

他：那麼我只好敲自己的牙，眼球……

我：還有天靈蓋兒。還有胸口。它們都是中空的。因為中空，你才會有頭腦，有心靈。

他：依你的理論，陽具也是中空的。因為中空，男人才會在其中膨脹出大男人主義。

我：你得自我質詢。你比我更瞭解陽具。

他：有些比喻，諸如植物塊根，黃瓜，長而細緻的，茄子，紫黑色的，大地瓜，一頭尖細的，諸如建築物，柱子，諸如工具，鐵杵，都讓我把自己理解成堅實的、無隙可乘的。

我：……

他：你別捂著嘴笑我。忸怩作態的。一個女孩子見到我總是那麼笑。

我：你喜歡上了她。

他：對。我一直想幹她。可她那時還是個高中生，我也是。後來，她到宇宙最中三分鐘去，被撞斷了腿。如今，她還在那兒。

我：那麼，我再不捂嘴笑了。

他：為什麼，怕我，怕我會喜歡上你？

我：不。說不清。可能僅僅是怕出車禍。

他：對不起，我把方才的話題毀掉了。

我：喂，別發呆，請喝茶。

他：哦，哦，還不渴。

我：它可以滋潤近在咫尺的人和人。

他：我本不想使我和你之間的溼度太大。我找你，是把你當成一個近乎外星人的人，向你講一講我的壓力：一個男人在一個男權國家的壓力。我以為，你一直沒有這種壓力。

我：如果我是個政治學家，我會說，我們是同一種社會壓力的產物。我還會警告社會說，男權愈是強大，同性戀人口的數字愈大。

他：不過，你一直強調個人……

我：就我個人來講，是抵禦壓力的力量與壓力相抵銷，所以你從我身心上讀出和諧。

他：不，我沒有，遠沒有覺得你有多和諧。你只是挺鬆弛。背負著使命，卻從不打算作個聖徒。具體地講，是被他人和自己共同拔得太高的男權主義。我的門已經生鏽……

我：甚至被堵塞。

他：我想敞開它。

我：必須矯枉過正。

他：你是說，站在戴錦華一邊成為女人主義者，或者愛上你，成為一個雙性戀者或者同性戀者。

我：沒錯兒。

他：我有些發抖。我感到，這是一場不見硝煙的政治革命……

66

空中電波被風或者同類的力量阻斷後他們紛紛跳下桌面消隱到地板之下。我用指甲尖發掘地板縫想將他們重新發掘出來，掘出的卻只有急於辯白的花子虛。

我不變性。我不變性也早已是另一種性別另一種我生理上所不是的性別：從一降生我就已是那一性別那一我所不是的性別。另一種性別是我的本性：這是一個有趣的悖論。那些從四面八方追問我的聲音，我用一百張嘴一百種語言回答你們：我不變性因為我每天都面臨著嶄新的課題：從男性變成中性變成無性或者變成女性爾後再以相同的方向循回往復。我是一個不做變性手術的變性人或者說我是時時刻刻都在做變性手術的變性人。我始終走在途中走在變性的途中，如同人類永遠在上演著父母生子或生女的變性戲劇一樣。

我不變性：我原本就是一個由一男一女變成的變性人。只是在我扮演卜算子之前我的眼光被蒙蔽著，我一度看不清事實中的事實：我們人人都是廣義的變性人。角色打開了扮演者的視界，明亮了他的雙眸：一切遺傳學的課題不是都可以用變性學的方法來釋解嗎？

我不去變性，儘管許多愛我的恨我的嘲弄我的人都要求我去實施變性。實施變性不過是一個強化動作，像影子在強化實體體現實體與光明的關係，我的角色已經代我完成了它，在舞臺上，在你們的視野裡。只要你們的目光透過卜算子的影子，就可以遇到我的實體，遇到你們自己變性人的實體。去追問你們自己罷：你為什麼不去變性。

67

崔子如是說：
我為什麼不變性：
我為什麼不死。

朱朱和翀翀，請等一等，我得擺好姿態，將黑色的電話機附在左耳和左半邊嘴上，以側幕般的身體左側幕般的身體朝向宇宙最初三分鐘，朝向朱朱，聽你講話並同你講話，同時我也將白色的電話機貼在右耳輪和右半邊嘴上，以右半邊側幕般的身體衝向翀翀的城市，衝向宇宙最中三分鐘，與城中那個瘦王子對話。好，好了，我已經左右手同時擎著一黑一白兩部話機擺好了姿勢，這姿勢如同練啞鈴時的雙小臂過肩舉的動作定格。你們知道我有多嬌弱，知道這個定格不可能堅持得像抽象的定格那麼久，該說的話就趕緊說，以免我們的電話聚會被肉體的疲軟所打斷。

還是那個古老的聚會主題嗎，勸我去作變性手術，像我那群狐朋狗友一樣，像卜算子他們那樣嗎?朱朱，我先同你對話，但是翀翀也必須一絲不苟又一言不許插入地聽著：有第三者在場的對話已不成其為對話，它可以僅僅保留對話的哲學樣式而不必拘泥對話的哲學品質。還有，讓第三者聽到兩個人的對話，就等於讓全世界的人都聽到它，就等於一場電視講話的全球衛星直播，就等於皮裡陽秋的愛情方式：同一個以上的人談情說愛就是同所有的人談情說愛：所有的生者死者和所有未出生將出生的人。

你不要那麼爽朗地嗤笑我，翀翀，不要以為這是放蕩，話語的放蕩。那些看以樸素無華淡泊如水的話語背後，常常遮蔽著話語氾濫和話語的奢華。不要相信那些貌合神離的外貌，就像不要相信過於精美的廣告包裝。我寧願我的話語看似渙漫不經有失檢點和審慎，寧願你把浮華的話語道德懸浮到它的表層寧願人們批評它的裝飾性和臺白化，也不願它失去率真的本色。你們可以通過傾聽獲得我的性別訊息：我不平實，我渾身都是曲線，豐饒而熱烈的曲線，我不變性也已是你們的異性。

我不變性。變性手術於我只是一道多餘的工程，我趕在它設計和實施之前通過精神、體液和神經系統的調整，準確無誤地在我的身體裡為我所應該是我所願望是的性別作了合理布局。這是一種傾向於內部傾向於自身的變性，艱難而漫長，花費了我的整個青春時光。同那種無影燈、手術刀、顯微外科、人造性器或移植異體性器的手術相比，我的內傾性變性計畫和行動既無影無形又缺乏呵護與證認。它幾乎是自閉的，不以獲取新的性活力為目的。卜算子如夢令們是開放的。它們把原本封閉的肉體向自己認定的異性打開，以顯微外科手術的方式。他們因此更加渴望異性之愛，渴望正當的、健旺的、公然的、受律法認可的交媾行為。對於他們，變性手術類似於一道宣言，一道加入或回歸一個團體一種組織的血書。他們以血肉模糊的代價取得兩性遊戲的遊戲資格。我不在無影燈下實施變性，等於自動放棄那種資格，把自己閉鎖性地棄置在自己所是的性別地位上，同時也等於把自己閉鎖性地懸浮在不男不女的境地，不能也不願在公認正當的男女關係裡飾演正當的男性角色或者女性角色。

我不想作性別宣言，以手術的方式宣言自己屬於男性集團或者女性組織。我拒絕被公認被公證：我只要是我認為的人，寧願這種孤寡的自認給欲望實現帶來多少不便。朱朱，你說這是自虐嗎，我不承認，任何自虐或受虐都導向更強烈的快樂，我則不是那樣。我寧願美其名曰：這是節制。不過，我要為我自命的美名承擔一張魔鬼標籤，一張被公證和公認的罪行判決書：索多瑪之罪。我陽光般地喜歡我所是性別的異性中的某個或某些成員，但是我沒有走手術的途徑取得法院認可的性別證書，我的美名被誤讀為罪名。

我不變性，不變性才會保持我身體天然的藝術懸念：這個人是男還是女呢？每個見到我的人都必須驚醒般地睜大眼睛，擺脫庸常的、成規的套路生活所造成的渾渾噩噩的生命局面，如同面對巧奪天工的藝術品一樣面對我，並且個個成了鑑賞家，性別的鑑賞專家。他們的眼光和聲音構成一場永無休止的學術研討會。你們遠在宇宙的另外一些時空也可以聽到他們的討論多麼天真無邪：他是男的還是女的呢？他是男的。不，她是女的，你可以看嘛她連喉結都沒有。脫了褲子就知道了，咱們在街上扒了他怎麼樣？可是，她的臀與胸她的曲線怎麼處理怎麼認識呢？還有他／她爽滑的綢緞般的肌膚，他／她既冷漠又熱烈既單純又繁複既爽朗又柔順的性別作何解讀呢……

我多麼喜歡他們，多麼喜歡他們淳樸的好奇目光，多麼喜歡他們厚道的無知和毫無功利目的的關懷之情。每當他們探討我這個謎一般的問題時，總是被困惑所困擾。與此同時，他們既抑制不住替古人擔憂般的急切，急切地想將我從不尷不尬的地界拉扯到他們所在的乾岸上，又懷著超然自賞的得意，得意於他們自身的清晰和健全。如果我不向他們發問，只是微笑著沉默著對抗他們的提問，我就一直陷在性別的沼澤地中越陷越深大有滅頂之勢，他們伸出手援助我，我卻不肯領受，不肯把沼澤之上的雙手遞向他們，於是，他們無奈而嘲弄地縮回手，作袖手旁觀甚至冷嘲熱諷之狀：畢竟，救援者必須遇難者一定程度的配合，譬如求生的欲望和願望。可是，我會身陷沼澤的泥淖中不知死之將至地反問他們：我是男怎樣是女又怎樣，難道你會勾引我或者與我上床嗎？

善良而正派的人們一個一個或一群一群被我嚇退了，只留下兩個人，一個像朱朱這樣的傻大膽兒拿起電話機從宇宙最初三分鐘給我打電話，一個像翀翀這樣精通防範之術而在宇宙最中三分鐘以電話作為延伸的肉體來連接我。你們代表他們滯留在沼澤的危險周邊，半是玩笑半當真地勸我：變性罷，變了性我會愛你愛上你離不開你。穿破你們的聲息我幾乎把握了一幅美麗的兩性相悅的前景，一種我從不相信卻一直嚮往的幸福。那裡蘊藏著以愛情為誘餌的陰謀，而它實現的保證在於我們人人身體裡儲存的享樂主義道德。

不要持久地誘惑我，用你們男性的青春伎倆。我天生就是戲劇衝突的具體物。我不變性，即便不是為了保護我的懸念狀態和懸念效果，也是為了不輕易地在手術刀下喪失我人生的強烈彈性。其實，保護懸念和衝突並不是我的目的，我不是一個目的論者，換一種表述方式也許更準確：我自身的戲劇衝突性不允許我對科學的本性和手段抱任何信任，更不允許我去依附它，不允我將戲劇衝突在性別上的體現形式交託給臨床醫師，由他們代表科學界對我的藝術屬性進行修整甚至抹煞。

我不變性，因為我毋須變性：一分鐘一秒鐘一瞬間之前的我已在那一瞬間無形地死去，一瞬間之後的我此時的我是他的新生，我誤以為我就是他他就是我，因為一死一生的距離如此迫近，迫近得幾乎難於覺察，迫近得讓我把對他的記憶當成了我自己的經歷。其實，我只是與他的經驗最貼近的新人，以他的傳統面貌出現，並利用時間的模糊定理不讓他人也不讓自己看出死生轉換的無限瞬息性。我們可憐我們。我們虛構出一代又一代人的死生轉換假象來適應我們衰弱的視覺和敏感的心靈。一代人，一個人，一瞬間的人，同樣面對生死切換的無限瞬息性。於是，我把我的瞬息人生再行切分，切分成瞬息男瞬息女瞬息不男不女瞬間無性瞬間中性瞬間雙性瞬間多性：我無時無刻不在變性當中，如同人類的繁殖史程無時無刻不在變性之中。

這是一種有規則的遊戲，對不對，朱朱，不是玩笑。玩笑會破壞真義，而遊戲澄明真義。即使拋開玄機般的「生死無限瞬息性」，僅僅以我的裸體面對你，你的視覺功能也會遭到擾亂：你在我的後面看到一種性別，我一轉身你立即會看到它的對立面。假使你和翀翀一前一後站在我的前後，你們對我性別的判斷本身就會出現矛盾。即便你們同時面對我的正面，也會因為目光的上下位置而變化對我性別的辨別。性別體是一個終極，讀解者是另一個終極：你們的目光本無性別，它被什麼性別照亮就是什麼性別。在光學意義上，你們的目光在經歷不中斷的變性過程，忽男忽女，它還在經歷不中斷的變類過程，忽人忽獸，忽雲忽雨，忽山忽樹，忽城忽鄉，忽鬼忽神。

我不變性的變性正如我必死的不死：我是亞伯拉罕的後代，他不喪亡我必不喪亡，儘管我們都會在某一瞬間依照上帝所制訂的自然法規澈底委棄我們的俗體凡身，讓它來自塵土歸諸塵土。那種委棄幾乎是對無數新生瞬間的段落性小結，是一種紀念活動：你在燈下寫好了一封信，封好，貼上郵票，郵遞給你出生的那座城市，你回到了你的故鄉。

我不變性你就不喜愛我，對嗎朱朱？那麼，我要先切斷你黑色的肉體延伸，切斷這部電話機，將你封閉在遠方，封閉在宇宙最初三分鐘讓你明確你的失落感：沒有人，世上沒有人為了獲得你的愛情去做專門的身體準備，絕對沒有，他們的成長、成熟和情感向著多元的人群開放，而不止是向一元的你。聃聃這切斷的聲音也是對你的警告：要麼現在說喜歡我，承認我是你的異性甚至比你的一切異性都更可愛，要麼聰明地掛斷電話，免得我象徵性地閹割你，以切斷白色電話的方式。你還在猶豫嗎，好，我給你最後三分鐘，不要你回答也不閹割你。

68

避免器官移植過程中異體排斥的新方法／宇宙最後三分鐘大學馬良博士的資訊資料將破壞新寫實主義戲劇的科學性。陳偉不這麼看無關緊要。

生物體對於外來移植器官急性排斥的反應，使人們試圖通過物種間器官移植（例如將犬類動物器官移植給男人）來進行緩解。現在，科學家們在試驗室和學術討論會上看到了解決這一疑難問題的第一線晨光。

第三十三屆異體移植全球會議（召開地址祕而不宣）上，各地科學家提出兩種科學方法。I.當接受移植者的血液湧入移植來的器官時，這些血液中的活性氧分子可能破壞了一種抑制血小板活性的酶（ecto-ATPase），於是引發了急性反應。用抗氧化的藥物處理此外來器官保護這種酶以後，可以很大程度緩解此種現象。II.使用轉變基因的方法，使被移植的豬器官表達出一種人類免疫調節蛋白。該種蛋白可以抑制在免疫反應中起重要作用的補體系統。試驗表明，此種器官移植到猴子體內，八個星期中未發現排斥現象。

八十七名與會的科學家一致認為，I很有前途。它意味著需要抑制受植體的免疫系統即可消除急性反應。在正常狀態下，構成血管的扁平上皮細胞分泌一些表面酶和蛋白質。它們抑制著血小板的活動，從而使血液保持正常流動。但是，一旦受植者的血液流入被移植器官和血管內，扁平細胞的功能就會被損壞，從而引起血小板介導的凝血，最終導致移植器官的死亡。以前，研究者認為這是由於接受移植者的免疫系統使血管上皮細胞萎縮，從而使其下面的組織暴露出來，而其中就有血小板啟動因子。

科學家們現在已經證明，即使沒有免疫系統的參與，血管上皮細胞的受損也會直接導致凝血。其原因在於受損血管上皮細胞中抑制血小板活性的 ecto-ATPase 的消失或者失去活力。被移植器官中存在大量受損的血管上皮細胞。科學家亶爰用活性氧分子的中間產物去處理培養的豬血管上皮細胞，發現在三十分鐘內 ecto-ATPase 的活性下降了五〇%以上。他推測活性氧分子即是 ecto-ATPase 的摧毀劑。

白細胞中的中性粒細胞可產生高活性的氧自由基。因此，亶爰及其同事花子虛和燕青推測血液中的中性粒細胞大量湧入新移植的器官，會改變 ecto-ATPase 的構象，使其失去活性或從血管表面脫落。

為證實這一假設，亶爰用抗氧化劑（如過氧化氫酶和超氧化物歧化酶）先處理培養的細胞，然後再用活性氧的中間產物去處理，發現 ecto-ATPase 的活性不再下降。此實驗表明，如果在移植前對移植器官（如睪丸）用抗氧化劑進行處理，會大大提高移植的成功率。

這一項成果受到大多數學者的讚賞。臨床證明，單純地使用抑制被移植者免疫力的方法並不能完全防止排斥現象。亶爰等人的研究成果填補了器官移植研究領域的一項空白。

另一位科學家梅元華將一種人體內加速補給破壞的蛋白（DAF）的基因導入豬胚胎中。其結果是，豬成熟後其組織和血管上皮細胞中的DAF的表達量為人體正常量的四倍左右。這時，若不用抗免疫藥物而直接將豬器官移植到猴子體內，平均可存活五．一天，而對照組未轉基因的豬器官移植後僅存活了一．六天。配合使用抗免疫藥物後，前者存活時間延長到四十多天。這個紀錄比以往任何有記載的種間器官移植的存活時間都要長出幾個星期。

與會的科學家們認為，這兩種方法相互結合和完善，將會使人類最終實現種間移植。

69

卜算子或如夢令可不可以與異類交換性別暨人可否將獸的性器官移植過來作為其性別核心或標誌／第七十七屆「科學與戲劇」國際年會上的發言摘要／《大頭人》總第9期

花子虛：我但願種間移植的科學活動迅疾發達，它可以支持新寫實主義戲劇的張力和想像力。假如物種間器官移植已毫無障礙，我猜想，卜算子不一定會等好多年等到一個願意同他換性別的女人出現之後才雙雙躺入手術臺。他也許會在雌性動物群裡挑中對象，譬如銀狐，一隻優雅而狐媚至極的銀狐。

在民間故事裡，雌狐最易化為美女，而且具有所向披靡的女性魅力。我若真的是卜算子，我未必選擇那麼女權味道的如夢令。我也許會冒著考煉人性的風險，去選擇一匹銀狐，付給動物園主或者野生動物保護委員會一筆鉅款，就用我演出卜算子一角計七千八百零一場的稿酬，全付掉也沒關係，讓一匹美麗動物的性別啟動我新的美麗性別。這個假想還會帶來一種嶄新的科學學科：性別比較學。我們可以從卜算子開始，研究人與銀狐的種間性別的區別或類同，依次研究下去，人與飛禽，人與魚蝦，人與昆蟲，人與外星人的性別比較便可以扇面般地展開。

主席／高飛：物種間器官移植科學的進步將結束人對他人活體器官的依賴性，而邁入人與獸類進一步密切合作的新時代。如果一個人心臟壞死，醫生完全可以根據他的財富狀況而決定剝奪一匹豬或一頭大猩猩的心臟供他使用。如果病人需要的是一隻或一雙眼球，醫生也可以根據他原本的容貌和財力，選擇移植鷹的眼球或金錢豹的眼球或綿羊的眼球。當然，手術技術和抗排異藥物的改善是一項科學難題，科學界正在或已在攻克。同時到來的課題是：如何看待動物和如何看待受植者的人性。

類：倘若種間器官移植的技術問題、排異問題乃至道德問題都已解決，我會毫不遲疑地讓如夢令選擇一匹青年雄虎作換性對象。換一種角度透視我的心理，可以看出如夢令期望於換性手術的是：使自己更大、更高、更快、更強。比誰更大更高更快更強呢？比牛皋，比世界上任何強壯的、野性的、兇猛的男人。只要我搖身一變成為老虎一般的人，不必占山就已為王，以前覬覦我的美貌的男人就要俯首向我稱臣。武則天女皇、維多利亞女王和女扮男裝的克里斯蒂娜[66]大都嘗到過那種滋味。我以前羡慕她們，現在則期望科學的進步，期望科學的進步能促進戲劇的發展，期望種間器官移植的了然無礙和人類道德情操的了然無礙，使如夢令能在舞臺上與一匹英俊的老虎王子交換性別。

朱　晏：動物保護組織成員並不對所有動物一視同仁，這同我們對人類的情形完全一樣，他們保護野生瀕危物種，只要種間移植不以他們的保護對象為材料，他們便不會上街上電視聲討。危險的是那些寵愛小動物甚於愛人的人。他們會像尼采所痛恨的那種人，把自己「對一定事物和人的仇恨變成對動物的憐憫」。他們有時會盲目地將人混同於自然，甚至因為這種盲目性導致有意無意地通過動物來貶低人。他們將懷著對寵物的憐憫而厭惡人體對他們的利用，就像素食主義者拒絕食肉一樣。

66　指瑞典的國寶級女演員Greta Garbo（1905-1990），她在1930年出演電影*Anna Christie*。她終身未婚未育，有傳言她是雙性戀者。臺灣常見的譯名為葛麗泰．嘉寶。

花子虛：有人說，最好的歌手都是以性具為發聲的核心，男歌手從睪丸和陰莖發出底聲，經由丹田進入聲帶噴勃而出成為動聽的男性歌聲，女歌手則從女性官能尤其是性官能發出嬌妍的歌聲。卜算子在變性前揚聲歌唱，總是不男不女像四卓的歌唱一樣。我究其原因，發覺他發音的部位在女性心臟和男性性具之間的某個地帶，總是不到位置，既不到男性之位也不到女性之位。在世界各地的不同歷史時期，出現過無數男唱女聲或者女唱男聲扮作男角或者閹割後發中性歌聲的伶人和歌者，那種畸變式的藝術聲息往往能產生驚心動魄的藝術效力。試想，一個生來俊美異常的宇宙最中三分鐘男孩，為了一種特殊的歌聲而被閹割然後用一生去唱一種獨一無二的歌聲，是否具有一種殘忍的魅力呢？我不想成為殘酷美的表達者，所以我期望卜算子在變性的時候慎重考慮我的意見：最好把會唱歌兒的鳥類譬如百靈或夜鶯考慮進去，以免變成女人後沒有動人的歌喉。

副主席／郭彤：素食主義者在大量吞服樹木的果實，那是蔬菜的肉和血脈，還大量吞食鹹水和淡水中的魚蝦，還吞吃麥種和稻種。為物種劃分等級，保護高級而殺戮低級，必然導致將人物劃分等級將人種劃分等級。素食主義是一種變相的法西斯主義，或者說，它是法西斯主義的物種歧視。重視禽獸，保護它們的生命和利益，卻極端不講情面地吞吃植物的根、莖、葉、果實、種子和後代。人不但不吃人而且也不吃動物。素食主義者在一定程度上體現了人類根深柢固的物種歧視觀念和物種法西斯主義。

類：有一個前提，是我自由展開聯想的前提：如夢令或卜算子移植走獸飛鳥的性器官永遠是一個假設。這個假設其實僅僅對科學和戲劇實用，對於日常生活絕無應用價值。科學精神和戲劇精神在本體上是同一種鼓勵大膽假想的精神。假想是它們共具的生命，只是表現方式各有特色。科學應用於日常必須先轉化為技術，而戲劇的法則永遠無法應用於日常，因為它無法轉化為技術。所以，我設想我作為如夢令選擇青年虎王子作取材對象，僅僅是一種科學設想的戲劇體現。倘在日常中，要割下一頭猛虎的性具，談何容易。

韜韜：我們不僅可以自由食肉，也可以自由摘取動物的各部分器官移植到我們身上。如果我們中的某一個人長著一雙鷹的眼睛，他看待事物的目光就會與傳統人類有所不同。鷹隼之眼，也許是使人類告別盲目的革命之眼。

花子虛：戲劇往往是人類最機智的時刻。人類通過擁有舞臺來縮減繁雜的日常手續。譬如種間器官移植，如果是在現實領域，人們先得在倫理道德上完全贊同我使用銀狐或夜鷺的器官，還得允許如夢令生育一個半人半虎的後代。但是戲劇斷然赦免了卜算子和如夢令可能在倫理道德上所出現的誤差或罪過，他們可以不辦理任何官方的或民方的准許證就上臺接受移植手術，可以術後自由戀愛、婚配甚至生兒育女。如果只看舞臺上的人類，外星人會誤以為我們地球人類毫無道德可言，隨心所欲，生活手法十分簡練。其實，外星人根本不該把戲劇看成人類的日常真實。

名譽主席／陳偉：禽獸之眼的視力只會比人更盲目，它除去食物、巢穴和異性，幾乎再無所見，尤其是看不見神的存在。移植禽或獸的目光和心靈，將對人類有致命的損害。

類　：一位哲人認為動物比人類更講倫常，他是指有些動物。我的朋友崔子認為動物的發情期和交配期每年有一定限數，是天然的節欲方式。他建議我的角色一旦變化男性，而且採用動物的性器官素材，就連同動物發情交配的季候性一起移植過來，以成為四季發情的人類之對照。如果如夢令移植虎王子的性器，我就要把握住他的愛情季節：在他不該戀愛的季節讓他失去對異己的吸引力，也喪失對異己的占有欲，對了，還要遺失自己的誘惑，也就是說要避免自慰。或許，移植動物性器官改換人類性別的工作，會在本能的意義上根治人類的淫蕩、肉身肉心的邪淫和穢濁，至少，會是相當程度的縮減，在某些季節，人類純潔至極，連性愛的欲念都沒有。要講革命，這才是根本性的。

胡　坤：種間器官移植的成功是一種印證：人既然可以由鳥或獸的性器官作為其性別依據和憑證，就可以以獸性作為人性的核心和憑證，人與獸之間的距離不是在拉大，而是在縮小，遠遠比人與神之間的距離要小，這種印證的意義不在於讓我們意識到我們多麼可悲又可憐，而是在於讓我們清醒，因為清醒自己的殘疾而敞開自己，迎接神明：任何封閉人性並預期在封閉人性空間中來完善人性尋獲超人極限的哲學努力，都類同於人用禽獸之眼或用另一個人眼打開眼界的努力。

花子虛：儘管我是卜算子，是一個無法抑制易性狂熱的角色，但我還是期望有人堅持住不去易性，像類的朋友崔子那樣。既然易性與否都無法改變人與上帝之間的距離，何必煞費苦力地把自己改造得僅僅更適於做愛呢？我若能說動卜算子，我會勸她在移植銀狐或夜鷲的器官之後再放棄它們，恢復到本態的卜算子時代，也就是充斥著自相矛盾內部對立雙性共體的時代：肉身和肉心各呈兩種性別，他自己是自己的異性。我回顧他／她的變遷，得出的結論是：他變成她之後依舊在尋找另一個世界，類似柳湘蓮那樣的世界，而那個世界曾經就在她的身上。

70

某某某說我夢見了什麼就意味著某某某在經受著夢與現實的雙重嘲諷

我夢見我在地圖上到了宇宙最初三分鐘，在皇家大劇院門口與一金髮青年相遇，他指給我看一些有浮雕的牆壁，浮雕上的人物浮動起來，導致牆壁的凝結材料鬆動疏散，頃刻之間，浮動的人物和金髮青年都被塌落的牆壁所淹沒，我的雙腿想逃離現場卻無法邁動，我將要被有浮雕的高牆砸成肉餅。我驚醒，從夢中逃回到宇宙最後三分鐘。

我在夢裡狂笑不止。

我夢見一隻雄鷹在飛翔，它頭上頂著一只鷹蛋，邊飛邊作雜技表演，那枚蛋始終處於脫離鷹頂的危險中，而我正蜷縮在蛋殼裡將完成最後的孵化。

我在夢裡與陌生男人交媾。

我夢見我的想像力已經萎縮，只能借助有形的事物方能維持方能延續方能不太活躍地跳躍。作為想像力能指的是一隻內視的眼球，另一隻眼球只作外視，看到的只是風景、城居和人形。內視的眼球被一輛飛奔而來的大型汽車撞了一下，在疼痛中彈跳，像一個被足球擊中陽具的運動員在巨痛中上竄下跳。巨痛一過，它對內心的反應開始遲鈍，旋轉依舊旋轉，視角的變化也未停止，可是視力在衰微在衰竭，終於，它在內部什麼黑景象都不能照亮，只好與另一隻眼球合作，外視成為視力的能指。我夢見我喪失了想像力的能指。

我在夢裡哭得死去活來。

我夢見一部雙懸念雙線索發展的驚險哲學小說，場景和人物在情節中的移動十分迅速，夢的速度也十分迅速。醒來時我把小說忘得一乾二淨，只記得我在夢中興起過抄襲夢中小說成為我的作品的念頭。

我在夢裡看到我的故國富得流油。

我夢見我成了栗色皮衣組織的人質。這個組織在全球範圍內設下天羅地網，捕獲無數同我一樣的演員作人質，大約數目是三七八九〇〇。我們被拘留在一個似山坳又似大鍋的地方，地上沒有草木，空中無有晦明，我們彼此之間年齡長相和性別一模一樣，互相之間十分熟悉又十分陌生。時間和方向已不存在，自己和他人既存在又不存在。沒有人理睬我們，沒有人贈給我們栗色皮衣。綁架我們的歹徒聲稱，綁架人質的目的既不為擴大組織掃清異黨，也不為詐取錢財美女：他們為綁架而綁架。因此，我們三七八九〇〇個人質將永遠作為人質呆在黑鐵鍋中，不能被抵押，也不能被撕票。

我在夢裡抵達夢的邊界夢的極限。

71
梁山伯與卜算子

在這部小說和那齣戲劇的雙重高潮蒞臨之前，我替代燕青的敘事位置。將他擠到化妝間去，由我占奪他側幕邊見證人的地位。我一直以為，這個地位上適於高潮前的高潮，也就是肥皂泡爆脹到十分大的時期。至於標準的高潮，只在爆破的一瞬間，介於從全有到全無之間，介於破掉存有而建立虛無之間，也可以說是毀滅的瞬間。我不喜歡那個時刻，不會去旁觀它，它也不喜歡被目睹，無論何人何物，它都隱蔽著，不向他們／它們開放。

我搶奪燕青素喜站立的這個敘事位置，洋洋自得。我選準了時機，把旁觀和敘事的白金機會抓在手裡。側幕邊的演員崔子，以丑角自居，但此刻並不登場。他寫小說，製造出無數個敘述人和敘述角度，寫了許許多多戲中戲夢中夢角色中的角色，此時他用一個秀麗的吻趕走了燕青，讓他在化妝間裡完成對吻觸的細膩回味。一個寫小說的丑角占領了一個臺上的位置，不演出，旁觀也只是三心二意，他在蓄謀什麼呢？

我看到夢中之夢的演員正從夢中的糾葛裡解脫出來紛紛退場，僅留下兩個曹氏家族永遠年幼的演員翩翩飛舞，作為化成蝴蝶的梁山伯與祝英台。在蝴蝶雙飛的背景下，花子虛嫋嫋婷婷地出場，口中嬌滴滴喚著梁兄梁兄，並滿場尋找，找到被兩隻蝴蝶悄悄從後景推上中景的一座墳塋。墳塋呈鉛灰色，安裝在四只小滑輪上，由於演出場次過多，潤滑油已經耗盡，四小滑輪發出些似鳥鳴又似鬼哭的聲響。曹植和他的哥哥曹丕狠命扇動翅翼在墳墓四周飛來飛去，卜算子被他們隔阻在前景，企圖掘墳盜屍的動作始終停留在手足和眉眼之間。

我知道，大鼻子亶爰就躲在墳墓裡，用不了多久卜算子就會把這位超齡的梁兄發掘出來，言明自己的身世，尤其突出她是一個像祝英台一樣女扮男裝的人：只不過，她的裝扮技術更加逼真，甚至巧奪天工，連男性的身體器官都曾一應裝配齊全。她相信，別的人，譬如柳湘蓮無法接受她，但是梁兄山伯兄一向喜歡女扮男裝的女人，不會不要她。她還會說，她在舞臺上銀幕上螢光屏上看到過無數個男演員扮演的梁山伯，也在民間故事書甚至連環畫中看到過無數種版本的梁山伯，應該說，他們個個厚道又英俊，個個都充溢著不幸所煥發的超濃度性感和悲劇所激發的男性魅力。她從小愛他們，如今走投無路來找他們的所指，自信能夠受到他們的所指他們的聚合物他們的抽象概念的歡迎和愛護。

她在飛翔，像曹氏兄弟那樣飛翔，並趁曹植不留神，奪取了他的雙翼，她成了祝英台蝶與梁山伯蝶一同飛舞。曹植察覺失落了雙翼，誤將曹丕當成強盜，一掌將他擊落，取過雙翼，與卜算子雙棲雙飛。短短的兩分鐘內，扈三娘已通過場面調度完成了新化蝶的戲劇動機：卜算子化為雌蝴蝶，雌蝴蝶化為男演員曹植，曹植再化為雄蝴蝶，雄蝴蝶死去化為蝴蝶標本都不如的男人屍體。

卜算子與雄蝴蝶雙棲雙飛。雙棲的時候她與雄蝶有一段對白，導致新的梁祝悲劇。卜算子：梁兄，我終於找到了你。雄蝶：我也終於等到了你。卜算子：等我嗎，梁兄！雄蝶：對呀！等一隻陌生而美麗的雌蝴蝶。卜算子：你不再愛她了嗎？雄蝶：誰呀？卜算子：祝英台呀。雄蝶：都老夫老妻了，好幾百年在一塊糾纏著飛，早厭倦了。老實說，只有你才能啟動我的性欲。卜算子：你把我看成一隻浪蝶嗎？雄蝶：不是浪蝶是什麼呢？卜算子：我可是為了獲得愛情才去做變性手術的，不是為了性。雄蝶：不為了性變性幹什麼？卜算子：變性有利於愛情。雄蝶：有利於同所愛的蝴蝶做愛，對嗎？卜算子：就算對吧。雄蝶：那麼，想同我做愛嗎？卜算子：你得先說清楚，你是真的梁山伯，還是梁山伯化成的蝴蝶，或者是扮演雄性蝴蝶的演員。雄蝶：這其中有什麼奧妙嗎？卜算子：奧妙極大。本真的梁山伯是一個男人，童男人，除去與女扮男裝的祝英台同榻同窗整三載之外，別無證據可考曾與他人過從甚密。墳塋中的梁山伯是一個孤獨的死者，一具死和悲劇的屍首，一個將飽滿愛情保留下來作為精源體等待卵源體跌入墓中的期待。雄蝶梁山伯則已從屍首和愛情悲劇中孵化，他會飛也會與雌蝶交配。再就是那些演員，清一色男性，有人扮作本真的梁山伯，有人扮屍體，有人扮雄蝶，他們以相同的經歷不同的體驗在梁山伯的人／屍／蝶三種詞格中認識愛、死和新生。雄蝶：不過，我認識的可是對不幸和悲劇的民間式修正。卜算子：怎麼講？雄蝶：化蝶修正梁祝未能實現的愛情，或者說是抹煞其悲劇性，讓他們用蝴蝶的樣子實現大團圓。你想，我和她化成蝴蝶為的是什麼？為的是實現愛情。卜算子：實現愛情的現代解釋就是做愛，它的古典解釋是白頭偕老，你屬現代派還是古典派？雄蝶：當然是現代派。不然我不會提議與你搞戀外之戀。卜算子：可是，我不喜歡一邊飛一邊同人做愛呀。雄蝶：不在飛行中做愛的蝴蝶就是不懂愛情的蝴蝶。到墳中去找我的原身罷，他不會飛，只會平板地躺著。

我站在側幕邊，利用幕布的遮掩不讓觀眾看見我的敘事地位，但我逃避不了演員／角色的目光。每當他們從後臺走過，譬如等待上場的類和一直追蹤她的六藝，或者在前臺對白，譬如花子虛和曹植，我都會有意無意與他們目光相對。他們知道我的身分和意圖，我瞭解他們的閱歷。他們表面上對我將如何設置其生活角色，是善是惡是美是醜，漠不關心，權當我寫出的一切事實都是野史軼事，骨子裡，他們個個想看到樹碑立傳式的頌揚文字。也許花子虛除外，他確實不避諱我將他與燕青的同志之愛搬入我的小說。

我想告訴我的讀者，類與六藝破鏡重圓後，再次摔碎了那面已然四分五裂的愛情之鏡，據我所知原因大致有三。一為戲檢官聞聽六藝性欲像猛獸一樣旺盛，用檢查戲劇的方式方法和權威將他從家族親眷譜中刪除，以免愛女因為夫唱婦隨而成長為同他一樣的猛獸暨愛欲動物。二是類另有新歡，而且不止一個，其中據說有亶爰。三是類每晚都接到一個匿名的恐嚇電話，電話的另一端千篇一律地沙啞著喉音，緩慢而堅決地說：再同他上床小心你的心臟。類躲避六藝，六藝用五味水作麻醉劑制裁她，還像發情的公狗一樣追蹤她，除去她不與他同臺演出或排練的一切辰光。

類對追蹤行動和追蹤者視若無睹：六藝站在化妝間通廊的門口，她背對著他站在二幕和三幕之間望著臺上的演出。她已裝扮得一派陽剛帥氣，通體透露出一個骨骼清奇的男子特有的剛柔共濟的氣質。我在大幕與二幕之間，透過薄薄的綢幕看到她／他的扮相，不免有些心旌飄搖。此時，臺上的花子虛不知何故操起一把鐵扇兜頭兜臉朝曹植拍去，活活地將一隻大雄蝴蝶拍死在扇下。爾後，她／他身手敏捷地將墳塋掀起，沿折頁將蓋狀的墳塋道具掀開一八〇度，露出平躺在地板上的大鼻子亶爰。經過一番口對口臂擊胸的大幅度人工呼吸動作，梁山伯猛然從死亡中驚醒過來，甚至卜算子都被他的躍起嚇呆了手腳。

梁山伯：你這隻花蝴蝶，請到我跟前來，不要離我那麼遠，不要那麼又惶恐又風情萬種地看著我。我睡了好長好長的覺，正是精神抖擻的時刻，而你又是我遇見的第一個異性。卜算子：可是，我是蝴蝶呀，也是你的異類。梁山伯：管他什麼異類同類的，我們異性戀者只看重性別之別，不那麼看重物類的分類。只要是異性，都要相吸引的。你沒學過那條著名的物理定律嗎，叫作異性相吸同性相斥。卜算子：對我們蝴蝶種姓來說，異類相吸同類相斥是違法的，異類間的異性相吸也同樣違法。儘管，你的墳是我給掘開的。梁山伯：我的墳？我的什麼墳？卜算子：你不知道自己已經死了呀？你自己看嘛，那就是你的墳。梁山伯：嗨，那是我們人類的可攜式帳蓬，高科技的產物。卜算子：我也是高科技的產物。梁山伯：你不是真正的蝴蝶嗎，難道是假的。帶遙控會講人話的蝴蝶嗎，而且還會誘惑男人？卜算子：

我並沒有誘惑你呀。梁山伯：幹嘛裝扮得那麼花枝招展？卜算子：我天生如此美麗呀。梁山伯：天生美麗的是公的、雄性的蝴蝶，而你講話太細聲細氣、身段過於婀娜多姿。卜算子：這也是一種高科技嘛。為什麼動物中的雌性就一定要長著一副灰色可憐相而讓人類的女子獨領了風騷呢？我是一個革命者，首先革掉了我的男性，現在索性連人性都革掉了，用蝴蝶性來面對你考驗你如何處理被異類吸引的局面。梁山伯：我被你吸引了嗎？卜算子：三島由紀夫說過一句話，沒有比勃起的陰莖更能證明愛情的現象。你可以摸摸你自己。梁山伯：我的確勃起了，你回應我嗎？卜算子：我找你來是有預謀的，不過我得先聲明，我是一個變過性的蝴蝶，從男性到女性從女性到雌性，經歷過一個相當複雜的過程。梁山伯：沒關係，我已急不可捺了，只要你是異性就行。

接下來我會看到他們相擁著躺到墳地上，闔上墳塋的蓋子，還會聽到卜算子一聲尖叫，淒厲而高亢，將滿臺的燈光都驚滅了。我知道，該我離開側幕的敘述位置，把它還給燕青，回到寫字桌邊一一安排爆破／高潮的時候了。不過，在我溜下後臺的過程中，我被一個男人狂熱而兇狠地抱住了。他緊緊地抱住我，施虐般用全身力氣想把我擠碎，同時狠狠地吻我和咬我。那是六藝，在黑暗中將我誤當作類，而類則乘機溜掉了。我想喊，想聲明我是創造他的作者，我製造了他，他不可以亂倫，但是我的嘴被他的舌頭堵死了。我掙扎，不小心與他一同摔倒，並在劇場中引起大聲息的反響。

72

為什麼三個人的自私比一個人的自私好？／為什麼集團的利益高於一切？／為什麼天下大同的天下主義一直披著偽理想的面紗？／為什麼哲學與科學才有資格爭奪文化沙文的地位？

在你於天使的導引下將你的小說推往高潮的休止符上，我得攔住你，向你告解我的隱衷。你是我的／我們的作者，理應對我們瞭若指掌。但是，我們的時代和我們獨斷專行自以為是的作風，一直在否決全能全知者的存在。你不幸被列在被否定之列，我們把你當成丑角而逃離你，自行其事：你知道，一個丑角作者不過是他創造的人物的玩偶，如同無力給兒子買玩偶只好自作了玩偶的父親，如同遭以色列人嘲弄的穿朱紅色袍子戴荊冠持蘆葦的耶穌。你把我們寫成文字，但對我們的作為幾乎一無所知。所以我必須向你告明，盡可能地告明我是一個什麼樣的人。

第一、演員身分是我的一件外衣，一件遮羞和美化自身的外衣：如果我們都有羞恥和需要美化之處的話。我借助它來緩解某種本能，轉移某些欲想，抵禦某種侵襲，或者簡單地消磨時光損耗體力。我並不像人們常說的那樣熱愛生命一般地熱愛戲劇熱愛藝術：我僅僅把藝術和實際生活、角色和人的實體相對應，把它們／他們看成一回事。

第二、我特別討厭住在我樓上的那個大個子攝影師，他不該娶那個小巧的老婆，他自戀自慰就足夠了，自己娶自己最合適不過：像所有的男權主義者一樣。他這種令她迄今仍飲泣吞聲的傢伙應該成為女人主義所解放的對象。

第三、我喜歡燕青，喜歡同他同臺演出同床共枕，僅僅出於喜歡他的身體，他好的頎長有力的身材和同樣好的頎長而有力的陰莖。他喜歡我，也許有更複雜的情感或精神誘因。我則十分簡單：喜歡被他進入。

第四、我反對集體的集團的自私。友人王昶送我一本馬修斯[67]的著作，《哲學與幼童》，其中記載了一個真實的故事：六歲的伊恩感到懊惱，因為他父母的朋友的三個孩子霸占了電視不讓他看他喜愛的電視節目，他用沮喪的口氣問他的媽媽：「為什麼三個人的自私比一個人的自私好？」我時常感到自己是個六歲的男童，不解地憤怒地質問社會：為什麼集團的利益高於一切？

第五、在夢中我曾是一個罪惡的亂倫者，同我父親也同我母親。你以為，那是親情的延伸、變態還是畸亂呢？

第六、遵照上帝的旨意，我反對人類大聯合、階級大聯合、世界大一統，反對人們試圖重建巴貝爾城巴貝爾塔[68]，反對人們把這種狂妄之舉作了人類最高理想和目標。

第七、我信仰上帝，生存於藝術之中，不相信任何被公認的真理和將誕生的真理，也不相信科學：真理和科學永遠被侷限在類醫學的極致裡：可以治病但治不了死亡。

我的告明已澈底。現在我將離你而去，進入戲劇的高潮，並且永遠不會單獨的、以人物和作者相對的方式與你相會。再見，我的朋友。

[67] Gareth B. Matthews（1929-2011），美國哲學家，主要研究古典哲學、童年哲學和兒童哲學。

[68] Migdal Bāḇēl，出於《舊約聖經》中講述人類產生不同語言之起源的故事。

73

老掉牙齒的高潮戲，呻吟和復歸式大團圓，借鑑好萊塢的床上經典：儘管男女主角是一對變性人，我也不敢擔保藝術上真有什麼真創新。

太空的幕景上一群群夢中之夢的扮演者像群鳥在星光中忽而閃現忽而隱沒。

如夢令：喂，你好像走了很長很長的路。

卜算子：是的，而且是奔跑。

如夢令：到我的懷裡來吧，我會像母親那樣給你溫暖。

卜算子：可是，你已經是男人了。
如夢令：那我就是父親，給你父親般的體貼。
卜算子：如果不介意，請扶我在那顆星星上躺一會兒吧。
如夢令：那顆星球上滿是蛛網和塵埃，換一顆吧。
卜算子：不，它離我們最近，我沒有力量走出它的周邊了。
如夢令：好罷，你把重心向我傾斜，不必太支撐著。好，就這樣。
卜算子：我太重了嗎？
如夢令：不，一放到這顆星星上，就變得無足輕重了。
卜算子：我最大的願望是自己對於宇宙來講很重要。具體地講，是對某顆星球很重要。
如夢令：你的願望，在物質的意義上講，終歸要破滅的。
卜算子：對於我身體下的這顆星星這顆結滿蛛網布滿塵埃的星星，我真的無足輕重嗎？
如夢令：真的。
卜算子：那我對什麼或者對誰來講不可缺少呢？
如夢令：對愛你的上帝和愛你的人。

卜算子：上帝在哪裡呢？
如夢令：無處不在。
卜算子：他比星星大還是比星星小呢？
如夢令：無窮大也無窮小。
卜算子：你抱緊我，我有些冷。
如夢令：我扶你躺下，恰逢這顆星球的冬季。我也冷，抱著你，就不那麼發抖了。
卜算子：你們男人也會感到冷？
如夢令：如同我們也會如飢似渴地喜愛。
卜算子：那麼，你喜愛我嗎？
如夢令：喜愛。我感到，我的身體在你的身體裡。
卜算子：我也有同感，是不是人在太空中飛行之後，都會產生人與人的身體交叉存在的幻覺？
如夢令：事實上，人總是你在我內、我在你內的。在這個意義上，你和我只是事實的點題。
卜算子：有些事實不點不破嗎？
如夢令：對。

卜算子：我們成為變性人的初衷並不包含為人類作象徵的意圖。
如夢令：那無關緊要。
卜算子：變性之後，我經歷了許多故事，試圖以多種方式體驗喜愛與被喜愛，像我
變性前預期的那樣，但是……
如夢令：你沒能如願以償。
卜算子：不是行為意義上的。僅從行為意義上講，不是沒有男人需要我。
如夢令：可是，你我的使命是作象徵材料，在日常領域，任何活動，包括男歡女
愛，都無法使我們得到滿足。
卜算子：愛欲的滿足，對嗎？
如夢令：對。
卜算子：看來，我將體驗到一直想往的證驗過程了。
如夢令：對，你的重大，你的重要，你的不可或缺。
卜算子：你喜愛我？
如夢令：是我身體中的你的身體喜愛你。
卜算子：僅僅是我從前的器官嗎？
如夢令：不，還有同它們血緣相連的事物和情感。我可以更進一步抱你嗎？

卜算子：在這顆星星上，我感到了我身體中的你的身體在向你開放，如同一朵綻放的花朵。我感到了進入。你呢？
如夢令：我感到了。
卜算子：我也感到了被進入。
如夢令：我正在被進入。
卜算子：同時感到進入和被進入，分不清誰是進入者誰是被進入者，分不清快樂發生於進入還是被進入，甚至也分不清疼痛與快樂的差距，這就是愛情嗎？
如夢令：不僅僅是愛情，也是象徵。
卜算子：你用我的身體進入你的身體，我用你的身體接納我的進入。
如夢令：這太像一篇寓言。
卜算子：我感到，我在懷孕了。
如夢令：象徵和寓言是一些無性繁殖的生物，如同時光的無性繁殖一樣。

太空幕景上的星星被夢中之夢的群舞演員一一撲滅。太空消失，意味著一切的終結，無論性愛、生命還是戲劇。

74 扈三娘遇刺

【宇宙最後三分鐘新聞社六月十六日電】今日凌晨三時三十三分，因導演新寫實主義經典劇碼《三維性別》而名噪一時的女導演扈三娘在歡樂酒吧遇刺身亡，享年五十三歲。扈三娘遇刺之時，正在與劇院的全體同仁開懷暢飲美酒，放喉高歌人生，以慶祝《三維性別》本演出季節最後一場演出的巨大成功。一名黑衣男子手捧鮮花和香檳進入酒吧，將鮮花獻給了編劇四卓，把香檳酒噴灑在花子虛和類兩位主演臉上，把一把匕首插進了扈三娘的心臟，並俯在她的耳畔說：以性別及性史之名。隨後，這名男子逃之夭夭。事發之後，有人懷疑他是國際男權理事會派來的殺手，有人懷疑他是政府組織下屬的克格勃，有人懷疑他與民間反話語組織有牽連。

不過，沒有人能確切解釋「以性別及性史之名」在語源學、政治學、藝術學、行為科學、物理學和哲學上的本義和延伸義。日前，警方已封閉了出事現場，扣押了劇院全體演職人員和歡樂酒吧的全體在崗與非在崗人士，案情的糾察正在緊鑼密鼓地進行當中。

75
宇宙最後三分鐘總督府公告

本城邦建立以來，向以剿滅思想和戲劇而著稱。任何思想產品和戲劇行為，在本城邦均被列入禁區。高科技資訊網絡昨日捕獲一條絕密資訊：有一身分不明國籍不明年齡不明性別不明政治立場不明的作家化名崔子，在一部正題為《丑角登場》副題為《以性別及性史之名》的小說之類的壞書中，竊用本城邦的崇高名義，偽造出一座劇院，偽造出一群烏七八糟行為舉止古古怪怪道德水準極為低下的演職人員，還偽造出一臺大戲題為《三維性別》，對本城邦的光輝宇宙形象構成極大的詆毀和損害。經城邦共和議會緊急會議討論決定，特作決議如下：

一、關閉被不軌作家用文字手段偽造的宇宙最後三分鐘劇院，沒收全部財產，扣押全部演員和職員，無論老少男女同性戀或異性戀者。

二、收繳並焚毀一切有關《三維性別》的文字、圖片、錄影錄像資料，包括劇本、節目單、劇照、海報、報刊報導、學術研討紀要、碩士或博士論文、實況電視錄像以及紀錄電影。

三、搜捕全城觀看過《三維性別》的觀眾，不讓一人漏網，尤其是那對少年戀人。拘捕工作完成後，責令醫護人員對每一位觀眾進行洗腦治療，以澈底清除思想和戲劇的餘孽。

四、封鎖海陸空交通要道，包括資訊高速公路，不讓任何一條有關本城邦萬人空巷對戲劇走火入魔的消息走漏出去。

五、撤銷戲劇總檢查官、著名丑角演員類的生父倫的一切官職，貶為庶民，並將其官邸和一應私人物品充公。

以上決議，自簽發之日起實行，各執行部門當雷厲風行，不得有誤。

76 海報

宇宙最初三分鐘最古老最華麗的遊戲主義劇院在慶祝建院三千年的慶典晚筵之後，首演自宇宙最後三分鐘劇院移植的劇目《三維性別》。此次首演，本劇院特聘全球著名喜劇演員花子虛和類扮演戲中男／女和女／男主角，並配以絢爛的燈光、豪豔的服裝、宏大的歌隊和舞隊。首演之後，花子虛和類將向每一位觀眾贈送印有他們親口吻痕的文化衫一件。

77

熄滅臺燈／隱沒我丑角的嘴臉／另一種遊戲早已開始

有人說，我生就是一個戲劇衝突，我把這種天賦鋪展在這座稿紙疊成的舞臺上：我是丑角，登臨稿紙的舞臺，穿著零落而淒迷的戲裝，塗著桃色嘴唇、黑漆漆的眼窩和白慘慘的臉頰，我在角色中把假的我粉飾掉，把真的我向你們開敞。我不笑，也不流眼淚，只是跳踉著，上下左右前後不停地跳踉著，以呈示我小小文字舞臺的核心和邊端、前景與後景，以顯現一種極致，一種達到極致的空間侷限：我的舞臺僅能容下丑角的身影和劇情，那些受到公認和將受公認的英雄好漢、君子賢士、政客劍客，由於它的空間過於狹窄而不屑與丑角一爭高低。因此，在我熄滅臺燈之時，不必考慮我們的結局是否完美，我們的思想和故事是否有人喜愛。我幾乎可以為所欲為，甚至可以把這舞臺和我和我的舊友和這裡發生過的一切都隱沒掉。如果你們想念我，就跳出來作個丑角罷。別忘了，也要教導你們的後代習丑角之藝為丑角之為，坦坦白白地立身立行立德立言。

性別作為扮丑
——談崔子恩的《以性別及性史之名或曰丑角登場》

文／許仁豪

時至今日，當我們談到台灣的前衛藝術，台灣的性別運動，台灣的次文化爆發，我們必定談起九〇年代。要追索當代台灣的多元文化炸裂奇觀，我們必然要回訪解嚴後的九〇年代，那是我們對多元與自由的新時代想像之起點。筆者在九〇年代後半進入台大讀書，剛好迎上了性別運動在台北即將爆發的時刻。南部小孩進入台北花花世界，一方面目眩神迷於正在勃興的台北都會景觀，一方面醉心癡迷於隨著運動捲起的諸種潮流性別理論。也就幾年的光景，汙名的玻璃圈，穿上了時髦的文化外衣，慢慢走上大街，出櫃成為爭取認同的同志，登台表演成了睥睨一切的酷兒。追著前人的步伐，筆者在二〇〇六年來到了美國，西天取經，皓首窮經，從第二波女性主義到第三波，從六〇年代公民平權運動喊出的「個人即政治」（the personal is political）到千禧年後性別表演的非本質論（none essentialist gender performativity），上下求索想搞個明白，九〇年代在台北餵養自己的那些西天經書，其原典奧義何在？諷刺的是，到了西天才想起中土，外來的經典怎麼能夠適用在台灣長大的自己呢？西天取經回到中土，經文轉譯是否會發生水土不服之事？於是博士論文階段，決定重新思考這西天中土之性別謎團，只是彼時華夷風（Sinophone）起，中華在台灣早已受到根本挑戰，是華是夷，已經成了南島語族起源地的問題。政治不正確的華腦還在想著中土，當時覺得處理不了的中華民國與中華人民共和國問題，是否通過酷兒同志一途，能開出新的逃逸路徑，舊社會與新中國，在兩岸酷兒比較研究之下，會不會突然裂開一道曙光，華夷風散，世界大同？

這是筆者遇見崔子的因緣所在。因為對「中國」的想像，對兩岸「酷兒」可能的團圓寄託，透過留美時期大陸學友的介紹，在某個夏天，終於來到了北京電影學院展開了第一次的訪談。第一次訪談之後便嘖嘖稱奇，此人既不「中國」也不「酷兒」，就當筆者分享該次在中國大陸田野的經驗，網路用到哪裡斷到哪裡的奇事，他卻不疾不徐，波瀾不驚地，大方分享自己被「監控」與禁止教學的長久歷程。言談之間沒有憤慨，沒有驚恐，他像是好久不見的親人娓娓道來，口氣是溫柔的，語調是問暖的，集體政治與個人生活，社會控制與情慾解放，在訪談中，他的語言就是一場性別表演，他的在場就是丑角登場，讓我看明白了，自九〇年代起就投入酷兒影像製作與性別政治運動的他，並不簡單追尋西方取經之路，以認同政治（identity politics）為性別解放的終點，以西方酷兒為中國同志之依歸。這些論理都是當前「後殖民酷兒研究」（postcolonial queer studies）的老生常談，但在崔子的語言與影像表演當中，他老早預示了這種極為前進（progressive）的性別觀——性別作為一種扮丑（gender as clowning）。遇見崔子也讓我對「落後」中國的想像轟然碎裂，冷戰以來透過兩個中國，最後在當代漸漸吹起的華夷風，驟然散落，丑角沒有真假，沒有你我，沒有楚河漢界，何必有華夷之分，中西與台海的對壘？

猶記得最後有幸邀請崔子到了康乃爾大學進行一場放映會與講座，那是筆者完成博論前的最後幾個月。當時挑了最通俗的《誌同志》，以中國同志運動三十年紀錄片為號召，試圖引發美國學生的偷窺慾望，吸引最大的觀眾人數入場，但卻同時心知肚明這與崔子酷兒美學的核心相去甚遠。當時大量觀看崔子的影像作品，斷裂的鏡頭敘事、跳躍的人物動機，還充滿著宗教寓言一般的象徵使用，都讓我對其影像的詮釋一再挫敗，最後聚焦在當時甫出版的《北斗有七星》，從酷兒家庭書寫的角度比較研究他與台灣陳俊志導演的《台北爸爸，紐約媽媽》。不得不說筆者通篇論文使用的「通俗與感傷劇模式」（the melodramatic and sentimental mode）分析工具，到了他的書寫時窒礙難行，不像陳俊志的書寫裡流露出的大量感傷情調以及滿溢情緒，崔子的家庭書寫極度節制與工整，細細數來歷史軼事，羅列記憶如同安置展品，新中國以來大大小小的政治動員事件，有時成了滾動更換的布幕，有時成了收音機調撥時不小心對上的背景音樂，那些紛爭與動盪都不是重點前景，而是人在其中該如何與時間搏鬥，繼續扮演、繼續生存，在某些懷疑生存的片刻，會有一絲絲北方緯度才有的溫帶冬天暖光照射進來，那是哈爾濱天主教堂窗戶裡透進來的光。彼時從閱讀中抬頭，恍惚間常常誤以為是綺色佳（Ithaca）教堂頂上的天光，後來查了查地圖，發現兩地的緯度差不多一個水平，不禁想問，是否成長於那樣寒冷地方的人都會追索宇宙與神的問題？而崔子，作為一個信仰天主教，成長於紅色年代的中國酷兒，又怎麼冷靜地去處理內在於生命經驗當中的中國革命、集體狂熱、邊緣性別欲望，還有一神信仰的矛盾與衝突？

筆者在博士論文中終究避開了崔子作品中那個無解的神的問題，躲回了熟悉的通俗感傷家庭倫理劇中。成長於熱帶島嶼的我，超驗的一神經驗只能想像無法體會，宗教經驗之於我更多時刻就是通俗倫理，保安宮裡的三太子，風風火火的父子關係，那是累生累世的冤親債主。論文寫完至今倏忽之間竟然又是一個十年，崔子的《以性別及性史之名或曰丑角登場》竟然要在台灣出版。為了寫這篇導言，於是突然穿越時空，再度彼此相逢，那些逐漸淡去的記憶瞬間鮮活起來，而這次細讀該書，或許也因為年歲增長，時空不同，對崔子的性別美學有了更細緻的認識。

「性別作為扮丑」在此書中表演得淋漓盡致。面對世界末日就要來臨，書中一幫寓言式人物（allegorical figures）還在積極地展開一場變性手術，他們既是寫實的真人亦是超現實的符號，有滿腔話術的性別理論學者，表演哲學家的面具也參不透男男女女；有不中不西的詩人，自我嘉勉桂冠，也談不完本體的問題；還有不同專業的科學家，用貌似冷洌的科學語言，也完不了改造的手術。不管是誰，是面具還是本體，他們都非常醉心於語言的遊戲，還有各種文化用典的徵引，但語言再多、徵引再雜，都無法觸及原始肉身的各種質感與氣味，道與肉身，欲拒還迎，往復來往，關於生死的命題，如同扮丑的性別，變得無始無終。

閱讀本來就帶著慾望，但崔子的酷兒文本卻始終讓高潮延遲，讓認同的鬧劇無法終了。崔子的性別作為扮丑，直視生存維度的所有矛盾：時間的始終，男女的差異，中西的二分，善惡的對立，這關於宇宙一切的二元認識論在這本諧擬《聖經》之作中演示得很清楚了，從宇宙最初三分鐘到宇宙最後三分鐘，人間喜劇既是一座劇場也是一座墳場，既是流血革命的共和國也是高潮射精的烏有鄉，上上下下的演員都是丑角，我們活在一個「戲劇丑角、道德丑角和政治丑角一同竄紅的年代」，三維的性別做為扮丑，那是宇宙真理之源頭活水。

而崔子如果是一位布道者預言家，他留給了我們一個做人處事的真理：「別忘了，也要教導你們的後代習丑角之藝為丑角之為，坦坦白白地立身立行立德立言。」

十年後，我終於明白了崔子的酷兒一神教，其所追悼的是宇宙原初的那個丑角，那個在生滅之間，矛盾之間，善惡正邪之間，誕生於渾沌之中，坦坦蕩蕩光明磊落扮丑的自己。

＊許仁豪，國立中山大學劇場藝術學系副教授。學術專長領域為現當代華語文戲劇、性別及文化理論、戲劇與社會、西方戲劇。

索引

14 我的劇場是個寓言
15 類和六藝用對話把劇場物質化
16 崔子如是說
17 編劇的國土既遼闊又狹窄
18 在一些失落真誠的國家裡人們把愛作了日常用語／它應該回到靈魂中／愛被社會化以後……
19 畫押是債證或罪證的認證／簽花名兒是電影時代的浪漫主義／扈三娘悲喜劇無處塗鴉／戲劇哀痛史實
20 獨白／一種文體抑或一種面向世界的姿勢／我想起司馬遷時代的腐刑／器官移植暨再造術足以挽救宮裡宦官。只是不知他們是否早已習慣那種性別位置，不肯放棄對閹割恐懼的挑戰／紀德：此時最好。
21 如夢令不喜歡自己的乳房／她知道主任醫師正進行切除／卜算子不打算接受那個雙項器官／卜算子決意靠自己的才能生長一對適於自己細長身材的哺乳器／演員的難度：細節、情緒和節奏／亶爰在家裡練習左側單乳房切除術被嬌妻當場抓獲，橡膠模型慘遭焚毀。
22 類心驚肉跳／他強行將她按倒／四卓想：劇情不能進展太快。
23 黑夜，他在宇宙最初三分鐘開往宇宙最後三分鐘的夜行列車上聽到一個慘烈的故事，就此產生戲劇靈感。
24 劇本摘抄I／海盜版／第二幕第一場
25 〈在你的劃痕上〉／一封有標題情書／讀者致作者亦即你致崔子
26 六藝用標題情書重獲她的芳心／電影館最後一排／小動作太多使他們只看到電影圈大肆風行的新文體：故事大綱／片中的花子虛和燕青就是我們劇院的花子虛和燕青嗎／他們比他們年輕得多也時髦得多／小十年就小了一代人／我認為那是他們主演的影片：十年前或十年後都一樣。

一部短片，讓你淺嘗在文字最後一排與我親吻的滋味／雅俗共賞是一句藝術謊言／曹植拒絕打入文字內部去扮演角色

44 鄧加見聞錄——反傳統見聞錄模式

45 幕間調情／左觀眾致右觀眾／現代主義之後詩歌被純化為一種地地道道的示愛技巧

46 無恥轉讓術

47 關於激素，主要是關於性激素的科學闡述。據說只有科學家和激素水準不高或傾斜的人才對此斤斤計較。

48 以激素學的觀念討論劇本

49 亶爰懷才不遇，從劇本研討會中溜出找我，講了一個不疼不癢的故事，一個老頭兒吃小孩兒的故事，並期望因此而被我佐證為同我一樣的作家，以便像我一樣把花子虛類鄧加之流的當紅丑角收屬於筆下，任意將他們閹割成英雄。

50 我對他說我不是準則任何人都不是準則／作家們的作家是一句戲言／光源為光源導體為傳導光體／真理只在固定的遊戲圈中生殖，任何語境轉換都造成原認真理死亡

51 強姦表演的浮誇魅力和隱喻傾向

52 採訪丑角

53 花子虛讀解《身體讀解》，在偽電影館裡。他試圖向同仁講解它。結果講出了一個比偽電影更偽電影的劇情梗概。

54 三故事：〈多愁善感批判〉和〈測不準原理〉和〈腸腦最發達的人〉。

55 關於變態

56 不要以為切除或移植人體器官有多麼壯烈。人類經常通過戰爭和政治手段整個地切除成批的年輕生命。對殺戮習認為常的城邦還看重顯微外科和器官再造的最新成就嗎？

57 卜算子再度受挫。柳湘蓮再度拒絕戀慕者的原因：她不過是一塊女性的殖民地。

58 劇本摘抄Ⅲ／珍藏版／第三幕第二場
59 反殖民主義的仿真與證偽
60 四面八方的追問
61 窄門／門裡門外／門楣上的福音
62 陳偉因為閱讀而成長為作者並因為寫作而初步學會閱讀。我為他薩德式的小說撰寫跋文。此後正文卻立即消散亡佚於正文所在的地方。
63 變性人和同性戀者斷子絕孫的符號學殘酷性：有生殖符號無衍續符號。試管嬰兒作為否定符號否定了這一符號學：沒有人會斷子絕孫，只要你願意選擇人體之外的人體符號諸如試管。
64 長途電話錄音。作者：朱朱。
65 我和我筆下人物擠坐在我的寫字桌上，用發燒級音響設備收聽立體聲廣播劇《他和我編碼不同》，有人聽得瞠目結舌，有人聽得昏昏欲睡，有人說我的音響設備大材小用。
66 空中電波被風或者同類的力量阻斷後他們紛紛跳下桌面消隱到地板之下。我用指甲尖發掘地板縫想將他們重新發掘出來，掘出的卻只有急於辯白的花子虛。
67 崔子如是說：我為什麼不變性：我為什麼不死。
68 避免器官移植過程中異體排斥的新方法／宇宙最後三分鐘大學馬良博士的資訊資料將破壞新寫實主義戲劇的科學性。陳偉不這麼看無關緊要。
69 卜算子或如夢令可不可以與異類交換性別暨人可否將獸的性器官移植過來作為其性別核心或標誌／第七十七屆「科學與戲劇」國際年會上的發言摘要／《大頭人》總第9期
70 某某某說我夢見了什麼就意味著某某某在經受著夢與現實的雙重嘲諷
71 梁山伯與卜算子
72 為什麼三個人的自私比一個人的自私好？／為什麼集團的利益高於一切？／為什麼天下大同的天下主義一直披著偽理想的面紗？／為什麼

avant-garde 01　PG2845

以性別及性史之名或曰丑角登場

作　　者　崔子恩
責任編輯　尹懷君
圖文排版　黃莉珊
封面設計　王嵩賀

出版策劃　釀出版
製作發行　秀威資訊科技股份有限公司
114 台北市內湖區瑞光路76巷65號1樓
電話：+886-2-2796-3638　傳真：+886-2-2796-1377
服務信箱：service@showwe.com.tw
http://www.showwe.com.tw
郵政劃撥　19563868　戶名：秀威資訊科技股份有限公司
展售門市　國家書店【松江門市】
104 台北市中山區松江路209號1樓
電話：+886-2-2518-0207　傳真：+886-2-2518-0778
網路訂購　秀威網路書店：https://store.showwe.tw
國家網路書店：https://www.govbooks.com.tw
法律顧問　毛國樑　律師
總 經 銷　聯合發行股份有限公司
231新北市新店區寶橋路235巷6弄6號4F
電話：+886-2-2917-8022　傳真：+886-2-2915-6275

出版日期　2023年2月　BOD一版
定　　價　490元

Printed in Taiwan

讀者回函卡

國家圖書館出版品預行編目

以性別及性史之名或曰丑角登場 / 崔子恩著. --
一版. -- 臺北市 : 釀出版, 2023.02
面； 公分. -- (avant-garde ; 1)
BOD版
ISBN 978-986-445-754-0 (平裝)

857.7 111019707